E SE FOSSE VERDADE?

Autoras Bestseller do *New* ...

PENELOPE WARD
VI KEELAND

Copyright © 2020 by Penelope Ward and Vi Keeland
Direitos autorais de tradução© 2021 Editora Charme.

Todos os direitos reservados.
Nenhuma parte desta publicação pode ser reproduzida, distribuída ou transmitida sob qualquer forma ou por qualquer meio, incluindo fotocópias, gravação ou outros métodos mecânicos ou eletrônicos, sem a permissão prévia por escrito da editora, exceto no caso de breves citações consubstanciadas em resenhas críticas e outros usos não comerciais permitido pela lei de direitos autorais.

Este livro é um trabalho de ficção.
Todos os nomes, personagens, locais e incidentes são produtos da imaginação da autora. Qualquer semelhança com pessoas reais, coisas, vivas ou mortas, locais ou eventos é mera coincidência.

1ª Impressão 2021

Produção Editorial - Editora Charme
Designer da capa - Sommer Stein, Perfect Pear Creative
Adaptação da capa e Produção Gráfica - Verônica Góes
Tradução - Alline Salles
Revisão - Equipe Charme

Esta obra foi negociada por Brower Literary & Management.

FICHA CATALOGRÁFICA ELABORADA POR
Bibliotecária: Priscila Gomes Cruz CRB-8/8207

W262s	Ward, Penelope
	E se fosse verdade? / Penelope Ward; Vi Keeland; Tradução: Alline Salles; Revisão: Equipe Charme; Adaptação da capa e Produção Gráfica: Verônica Góes – Campinas, SP: Editora Charme, 2021.
	356 p. il.
	Título Original - Not Pretending Anymore
	ISBN: 978-65-5933-041-6
	1. Ficção norte-americana. 2. Romance Estrangeiro. - I Ward, Penelope. II. Keeland, Vi. III. Salles, Alline. IV. Góes, Veronica. V. Equipe Charme. VI. Título.
	CDD - 813

www.editoracharme.com.br

Editora
Charme

E SE FOSSE
VERDADE?

Tradução: Alline Salles

Autoras Bestseller do *New York Times*
PENELOPE WARD
VI KEELAND

E SE FOSSE VERDADE?

CAPÍTULO UM

MOLLY

— Então, com o que você trabalha?

A mulher tamborilou os dedos na coxa.

— Sou música.

Olhei para baixo, para o formulário de locatário na minha mão. *Lyric Chords* era o nome escrito no topo.

Mordi a língua e tentei manter a mente aberta. Era a décima segunda mulher que eu entrevistava como possível colega de casa. Só porque ela tinha alguns alfinetes na sobrancelha e o que parecia uma coleira de cachorro no pescoço não significava que eu deveria desconsiderá-la.

— Oh. Legal. Você é cantora?

Lyric balançou a cabeça.

— Baterista. Você sabe as dimensões do quarto em que vou dormir? Tenho dois jogos de bateria e preciso fazer cabê-los.

— Humm... Acho que é quatro por quatro. Mas você não pratica em casa, certo? Escrevi no anúncio que estou procurando uma colega de casa silenciosa porque trabalho à noite.

— Pratico, mas não se preocupe. Vou praticar no meu quarto.

Meu quarto e o quarto da potencial colega de casa eram parede com parede, então esse foi o fim da entrevista número doze. Suspirei e forcei um sorriso.

— Obrigada por vir. Tenho mais algumas pessoas para entrevistar antes de decidir. Vou te avisar.

— Ótimo. — A mulher se levantou. — Além do mais, sei que no seu anúncio dizia dois meses de aluguel adiantado, mas estou meio sem dinheiro agora. Teria algum problema?

Eu sorri.

— Não, imagine. — *Já que você não vai morar aqui.*

Depois da Baterista, entrevistei mais duas candidatas. Uma queria que seu namorado se mudasse para o quarto com ela, embora eu tivesse especificado no anúncio que só estava procurando uma pessoa. E a outra chegou vinte minutos atrasada, cheirando a álcool e arrastando as palavras... às três e meia da tarde.

Por que era tão difícil encontrar uma colega de casa em uma cidade com quase três milhões de pessoas? Eu precisava que minha última entrevista do dia fosse um milagre, ou iria ter que gastar com outro anúncio e começar o processo inteiro novamente. E eu, definitivamente, não tinha tempo nem dinheiro para isso. O aluguel venceria dali a duas semanas. Se eu tivesse que pagar a quantia total do lugar sozinha de novo, me alimentaria de comida de gato por um mês.

Quando meu último compromisso bateu na porta bem no horário, respirei fundo, olhei para o teto e pedi uma ajudinha ao cara lá de cima.

Abrindo a porta, pisquei algumas vezes.

Ãhhh. Acho que você atendeu à oração errada, Deus.

Havia um homem parado no corredor — e não qualquer homem, mas um absolutamente maravilhoso com um nariz reto perfeito e maçãs do rosto lindas de viver, um maxilar masculino e quadrado, lábios cheios, pele bronzeada e os olhos castanhos mais sexy e amendoados que eu já tinha visto na vida.

— Ãh. Posso ajudá-lo?

Ele abriu um sorriso matador, que desconfiei imediatamente ter feito inúmeras mulheres tirarem a calcinha.

— Oi. Tenho um horário marcado com Molly Corrigan às quatro e meia.

— Tem? — Eu estava com o último formulário na mão e olhei para o nome no topo. — Acho que não. Meu horário é com D. Tate!

Ele estendeu a mão.

— Sou eu. Declan Tate.

— Mas... você... não é uma mulher.

Ele sorriu de novo.

— Está correta. Muito observadora. *Com certeza*, não sou uma mulher. Mas meu último colega de casa disse que eu deveria ter sido, porque uso hidratante à noite e chorei no fim de *Marley e eu*. E, para ser sincero, fiquei emocionado no fim de *Toy Story*, então, talvez eu seja meio mulherzinha. De qualquer forma, acho que deveria considerar positivas essas minhas qualidades femininas.

Eu estava totalmente confusa.

— Humm... Desculpe. Deve ter lido errado, porque meu anúncio dizia *apenas mulheres*.

— Na verdade, não li errado. Mas, se me der apenas cinco minutos, acho que posso te convencer de que seria um colega de casa melhor do que uma mulher.

Dei risada.

— Deixe-me entender... Você escondeu seu primeiro nome... Como disse que era mesmo?

— Declan.

— Isso. Declan. Enfim, você se inscreveu para um anúncio para uma colega de casa, propositalmente enganando a pessoa que vai decidir se você conseguirá o quarto ao esconder o primeiro nome. E sua estratégia é me convencer de que não sei realmente o que quero em menos de cinco minutos? Acertei?

Ele abriu aquele sorriso de moleque de novo.

— Com certeza.

Debati sobre como lidar com a situação. Por um lado, ele iria me fazer perder tempo, e eu já estava cansada daquele dia. Mas, por outro, minha curiosidade definitivamente falava alto. Algo em seu sorriso me dizia que aquilo poderia ser divertido. *Dane-se*. Eu não tinha nada melhor para fazer, de qualquer maneira.

Abri mais a porta e dei um passo para o lado, estendendo a mão para ele entrar.

— Vou colocar o alarme no meu celular e pegar uma taça de vinho antes de você começar. Gosto de uma bebida enquanto estou sendo entretida.

Declan deu um sorrisinho e entrou no apartamento.

Apontei para o sofá.

— Sente-se. Vou demorar só um minuto.

Quando cheguei à cozinha, ele me chamou.

— Ei, Mollz?

Me virei.

— Sim?

— O que acha de servir duas taças de vinho?

Dei risada.

— Claro. Por que não, *Decs*?

Servi duas taças de pinot grigio e voltei para a sala.

— Aqui está. Espero que goste de vinho branco.

— Viu? Já somos perfeitos juntos. Prefiro branco a tinto.

Levei meu vinho aos lábios.

— Sim, perfeitos. Uma combinação criada no paraíso. Acho que podemos até ser almas gêmeas.

Declan me mostrou seus dentes branquíssimos de novo. Ele realmente tinha um sorriso lindo, e bons dentes. Era uma pena que ele também tinha um *pênis*. Bebi metade do meu vinho e coloquei a taça na mesa de centro. Pegando meu celular, abri o app do relógio e coloquei para cinco minutos.

Mostrei a tela a ele.

— Está pronto?

— Estou sempre pronto.

Apertei para iniciar, coloquei o celular em cima da mesa de centro entre nós e entrelacei as mãos.

— Comece.

— Certo. Bem... Qual é sua cor preferida?

— Minha cor preferida?

Declan apontou para o relógio.

— O tempo está passando, Molly. Vou precisar que não repita as perguntas.

Dei risada.

— Certo. Minha cor preferida é rosa.

Declan enfiou a mão em um dos bolsos da calça e tirou um molho de chaves. O chaveiro tinha um monte de miçangas cor-de-rosa com letras brancas em cada uma. As letras formavam o nome dele.

— A minha também.

Arqueei uma sobrancelha.

— Você mesmo fez isso?

— Não. Minha sobrinha, Arianna, fez para mim.

— Então como vou saber se esta simplesmente não é a cor preferida de Arianna?

— Boa pergunta. Vamos seguir. Seu anúncio dizia que você trabalha à noite.

— Isso mesmo. Sou enfermeira. Trabalho à noite na ala da maternidade.

— Então você dorme durante o dia?

— Saio às sete e tento dormir assim que chego em casa.

Ele colocou a mão no peito.

— Eu trabalho de dia. Saio para a academia às seis e, geralmente, só chego em casa depois das sete da noite. Então, o apartamento vai ficar silencioso quando você precisa.

Assenti.

— Certo. Vou admitir que você daria um bom colega de casa. Mas a maioria das pessoas trabalha de dia, então isso não te torna especial demais.

— Você cozinha? — ele perguntou.

— Macarrão com queijo conta?

— Eu cresci em um lar italiano multigeracional. Minha avó me ensinou a fazer molho caseiro.

— Então vai cozinhar para mim?

— Se depender disso para conseguir este apartamento, sim.

— Por mais tentador que possa ser, há um restaurante italiano virando a esquina que faz uma comida ótima. Engraçado que se chama Nonna's, e é uma *avó de verdade* que faz a maior parte da comida. Não me seduziu, então.

Declan respirou de forma exagerada. Olhou para o celular na mesa.

— Três minutos e trinta e oito segundos. Estou vendo que você não vai facilitar. O que acha de me dizer por que não pode ter um colega de casa homem para eu poder saber? É por causa do assento do sanitário? Porque tenho quatro irmãs mais velhas, então sou apropriadamente treinado. Quando eu tinha oito anos, cometi o erro de deixá-lo erguido uma vez, e minha irmã se sentou onde eu tinha deixado um pouco de xixi sem querer. Ela enfiou minha cabeça na privada *antes* de dar descarga. Essa foi a última vez que deixei o assento levantado. — Ele ergueu três dedos. — Palavra de escoteiro. Não vai ser um problema.

Eu sorri.

— Não é por causa do assento do sanitário.

— Certo. Então por que não quer um colega de casa homem?

Na verdade, nunca tinha pensado muito no porquê meu colega de casa tinha que ser mulher. Só parecia natural ter outra mulher dividindo o apartamento.

— Bem... Não tenho um motivo muito específico. Por exemplo, durmo de camiseta e calcinha. Quando me levanto para fazer o café, não me visto. Seria estranho fazer isso em frente a um homem.

— Por quê?

— Por que seria estranho andar por aí com minha bunda à mostra diante de um homem, e não de uma mulher?

— É.

Dei de ombros.

— Não sei. Simplesmente, seria. Acho que porque as mulheres com quem morei não são atraídas por outras mulheres, então não parece sexual de nenhuma forma.

— Ah. Agora estamos chegando ao cerne da sua questão. Então tem medo de que haja alguma tensão sexual entre mim e você? Isso é porque sou muito lindo?

— O quê? *Não!* E você se acha se presume que eu pense que você é bonito, e esteja preocupada de que não consiga me controlar.

— Só jogando a real, Mollz. Você só vai me dar cinco minutos, então estou tentando chegar ao motivo principal.

— Acho que só não estou a fim de ter que me vestir para sair do meu quarto. Quando seco meu cabelo, uso uma toalha ou um sutiã e calcinha... esse tipo de coisa.

— Sentiria que precisa se vestir se eu te dissesse que sou gay?

Essa pergunta me fez parar. *Sentiria?* Não tinha certeza.

— Você é?

— Porra, não. Só estava tentando identificar seu problema. É o fato de eu ser homem ou o fato de que eu possa admirar sua bunda se estiver à mostra? Parece que é a segunda opção. Então, deixe-me te tranquilizar: não vou fazer isso.

Me senti estranhamente ofendida.

— O que tem de errado com minha bunda?

Ele deu risada.

— Não sei. Não olhei. Sabe por quê?

— Por quê?

— Porque estou apaixonado por uma pessoa.

Por mais louco que fosse, senti uma pontada de inveja.

— Oh. Bem, por que não vai morar com ela?

— Porque ela não sente a mesma coisa... ainda. Então, basicamente, se sua preocupação em ter um homem como colega de casa é que ele vá ficar te olhando, não precisa se preocupar com isso comigo. Sou homem de uma mulher só. Se quiser, posso te passar os números de algumas das minhas ex para referências. Não sou traidor.

Humm...

— Não sei...

Declan olhou para o relógio. Faltavam trinta e um segundos.

— Está acabando nosso tempo, então precisamos acelerar as coisas. Que tal eu apenas te dar os fatos que precisa saber?

— Seria bom.

— Tenho vinte e oito anos. Tenho salário anual de seis dígitos. Minha pontuação de crédito é de oitocentos e dez, e tenho referências de senhorios anteriores. Sou organizado e limpo tudo. Não fico muito em casa, mas, quando fico, sou bem silencioso. Também sou bom pra caramba com um martelo. — Ele olhou em volta no meu apartamento e apontou para um buraco que eu tinha feito sem querer na parede quando abri a porta do armário forte demais. — Posso consertar aquilo e colocar um aparador de porta para não acontecer de novo. — Ele apontou para a cozinha. — E aqueles armários são bem altos. Tenho 1,90m. Não precisa mais subir na cadeira para alcançar alguma coisa na prateleira de cima. E...

O alarme soou no celular.

— Posso só falar mais uma última coisa?

— Claro. Por que não?

— Vou compartilhar minhas senhas de Netflix e Hulu. Tenho a conta *premium* do Hulu.

Dei risada.

— Bem, estas são qualidades bastante atraentes para um colega de casa.

Ele sorriu.

— Então fui aceito?

Suspirei.

— Desculpe. Por mais que eu admire sua persistência, infelizmente, a resposta é não, apesar de eu ter entrevistado outras catorze pessoas hoje e precise admitir que parece que você vai ser um colega de casa fantástico para outra pessoa de sorte.

Declan franziu o cenho, porém assentiu.

— Imaginei que valesse a pena arriscar. Este é um ótimo prédio, e trabalho virando a esquina. É difícil encontrar um apartamento em que são apenas seis meses de contrato.

— Meu aluguel vai aumentar depois disso, e não resolvi se vou estendê-lo ou não.

— Viu? Outro motivo em que eu seria perfeito. Vou ficar na cidade por apenas seis meses.

— Desculpe. Este é, definitivamente, um caso de *o problema sou eu, não você.*

Ele pegou sua taça e bebeu tudo antes de se levantar e estender a mão.

— Agradeço por ter me dado seu tempo. E obrigado pelo pinot.

Nos cumprimentamos.

— Foi um prazer conhecer você, Declan.

Depois que o acompanhei até a porta, fechei-a e me apoiei nela. Que pena; ele parecia mesmo um cara legal e, *de longe*, o melhor candidato que eu tinha conhecido. Eu estava prestes a mergulhar em outra taça de álcool quando ouvi uma batida na porta. Olhando pelo olho mágico antes de abrir, vi Declan ali parado.

— Esqueci uma coisa importante — ele disse.

— Oh! O quê?

Ele pegou sua carteira e mostrou uma foto de uma freira.

— Esta é minha irmã, Catherine, e não é uma fantasia de Halloween. Ela é uma freira de verdade. Como uma pessoa pode ser ruim se a irmã é uma freira?

Dei risada.

— Foi essa irmã que mergulhou sua cabeça na privada?

Ele sorriu.

— Na verdade, sim.

— Bem, não sei se há uma correlação direta entre sua irmã decidir dedicar a vida à igreja e você ser uma boa pessoa. Mas, mesmo que eu acredite na sua palavra, ainda não muda minha resposta.

Os ombros de Declan caíram.

— Eu precisava tentar. Ela me diz que o fato de ela ser uma freira não vai me levar para o Céu. Pensei que, talvez, fosse bom para *alguma coisa*.

— Adeus, Declan.

— Até mais, Mollz.

— Então... como está indo a busca por uma colega de casa? — Emma serviu uma xícara de café e se sentou à mesinha em nossa sala de descanso.

Suspirei.

— Por que está tão difícil encontrar uma pessoa normal ultimamente? Entrevistei mais de uma dúzia de pessoas, e não consegui nenhuma candidata adequada.

— Você postou um anúncio no quadro de avisos dos funcionários, como sugeri?

Balancei a cabeça.

— Não quero outra enfermeira nem técnica. Fica estranho no trabalho se as coisas não derem certo.

— Talvez o dr. Dandy se candidate. — Ela balançou as sobrancelhas. — Fiquei sabendo que ele está dormindo no sofá do dr. Cohen até encontrar um lugar.

Essa informação, com certeza, me animou.

— Sério? Will e sei-lá-o-nome-dela terminaram?

— Aham. Lisa, da Radiologia, me contou que o dr. Cohen disse a ela que ele vai ficar na sua casa. Aparentemente, ele e a aspirante a atriz chegaram ao fim.

— Uau.

Emma sorriu.

— É. E um aviso, minha amiga... vou permitir um período de carência de dez dias para ele viver o luto do fim de um relacionamento de um ano. Mas, depois disso, vou ficar no seu pé para garantir que avise ao homem que está interessada. Ele não ficará no mercado por muito tempo, e você perdeu sua oportunidade da última vez que ele ficou solteiro. Não pode continuar ansiando pelo cara.

Claro que ela tinha razão. E, por mais que me sentisse animada por Will estar livre, o pensamento de revelar para ele meus sentimentos me fazia querer vomitar. Will Daniels — ou, como Emma o chamava, *dr. Dandy*, por causa do sobrenome dele e da estranha semelhança com o modelo David Gandy — e eu éramos amigos há quatro anos. Tínhamos começado a trabalhar no mesmo dia no hospital e passado juntos pela orientação. Eu tinha um namorado naquela época, e ele saía com uma menina da faculdade de Medicina, então, apesar de eu sempre tê-lo achado insanamente lindo, as coisas só floresceram há uns dois anos. E, na maior parte do tempo, desde então, ele estivera com uma ou outra mulher. Emma tinha razão quanto a ele parecer nunca ficar solteiro por muito tempo.

— Ele estará no *happy hour* desta sexta — eu disse. — Alguns dos funcionários da UTI cardíaca vão se encontrar no McBride's. Estou curiosa para saber o que ele dirá sobre o término.

— Ele sabe que você está procurando uma colega de casa?

— Acho que não.

— Bem, ele precisa de um lugar para dormir, e você precisa de alguém para morar junto. — Emma deu de ombros. — O tempo é tudo. Talvez seja destino e ele se mude e cuide de *duas* das suas necessidades.

— Acho que sua imaginação está se adiantando um pouco. Por que não começamos verificando se as coisas realmente acabaram entre ele e sei-lá-o-nome-dela? Eles terminaram algumas vezes, porém sempre acabam voltando.

— Certo. Mas tenho uma boa sensação quanto a vocês dois.

— Em vez disso, poderia ter uma boa sensação quanto a eu encontrar uma colega de casa? Acabei de ter que pagar outro maldito anúncio.

Emma balançou a cabeça.

— Não consigo acreditar que você não encontrou uma candidata decente.

Me lembrando da minha última entrevista, eu disse:

— Na verdade, houve uma pessoa que teria sido perfeita... boa pontuação de crédito, organizada, cozinha, sai cedo de manhã e trabalha até a noite.

— Então por que você não a aceitou?

— Porque *ela* era um *ele*.

CAPÍTULO DOIS

MOLLY

A entrevista número quinze foi a cereja do bolo.

A garota era uma cantora Iodelei e declarou que tinha que praticar para competições com frequência. Ela queria saber se o quarto fazia eco.

Por que eu não conseguia encontrar ninguém silencioso? Não tinha como eu querer ter que ouvir isso. Então, por mais legal que ela fosse, deixei que saísse do apartamento sabendo que eu nunca mais a veria.

Após nos despedirmos, vi algo no chão do lado de fora da minha porta. Era um pote de plástico com um envelope grudado em cima.

Levei-o para dentro e rasguei o envelope.

O recado era:

Vi que o quarto ainda está para alugar. Sinto muito por não estar com sorte. Nesse meio-tempo, curta estes cupcakes que fiz. Talvez eles ajudem a aliviar um pouco do seu estresse. Se houver mais alguma coisa que eu possa fazer — você sabe, tipo, alugar o quarto —, você tem meu número.

Declan

(Mas sendo totalmente sincero: ainda tenho pênis.)

Abafando minha risada, abri a tampa verde e vi oito cupcakes grandes com cobertura branca. Tinha uma palavra diferente escrita em cada um. Logo, entendi que eram para formar uma frase:

FAÇA. ISSO! COMA. UM. E. ME. AGRADEÇA. DEPOIS.

Frustrada, peguei o cupcake "um" e dei uma mordida enorme em cima.

Sempre comia a parte de cima dos cupcakes e deixava a parte de baixo. Sem a cobertura, o bolo não era nada para mim.

Precisava admitir, estava delicioso. A cobertura era amanteigada, e não doce demais. Era cremosa, não endurecida com açúcar.

Mas esse cara achava mesmo que podia ganhar meu coração — ou entrar no meu apartamento — com cupcakes?

Dei risada sozinha e peguei outro, lambendo a cobertura primeiro antes de devorar toda a parte de cima. Eram deliciosos mesmo. Teria presumido que ele os tivesse comprado em uma confeitaria se não fosse pelo pote de plástico, além do fato de as formas estarem um pouco imperfeitas.

Eu realmente tinha enlouquecido, porque estava pensando em dar uma chance a esse cara, pois seus cupcakes eram muito gostosos.

Dentro de dez minutos, eu tinha comido a cobertura de todos os cupcakes, exceto de dois.

Olhei para as palavras em cima dos dois que sobraram.

Faça. Isso!

Faça isso!

Será que era um sinal para eu lhe dar uma chance?

E será que eu estava bastante desesperada para buscar sabedoria em bolinhos?

A resposta era sim. Sim, eu estava.

Respirei fundo, reconhecendo o que eu sabia no meu âmago: a procura tinha acabado. Declan Tate ia vencer por exclusão. Eu precisava do dinheiro. Ele era a pessoa menos doida que passou pela minha porta. E a verdade era que eu o tinha *penilizado* — punido-o por ter pênis. Pensei muito sobre isso nos últimos dias e, estranhamente, pensara *nele*. Seu carisma, em como ele tinha me feito rir — havia características piores em um colega de casa.

No entanto, antes de considerar isso realidade, ele e eu precisávamos ter uma conversa, adotar algumas regras.

Peguei o celular e digitei seu número.

Aparentemente, ele sabia que era eu.

— Ei, Mollz! Como est...

— Certo. Você venceu — soltei.

— Sério?

— Aqueles cupcakes estavam bons demais. Você me ganhou, o que, obviamente, era sua intenção.

— Cupcakes, no plural? Comeu mais de um?

— Sem comentários.

Ele deu risada e falou consigo mesmo:

— Anote, Declan. O caminho para o coração da nova colega de casa é pelo estômago.

Nova colega de casa.

Suspirei.

O que estou fazendo?

Ele deve ter sentido minha frustração.

— Não fique tão chateada por isso, Mollz. Vai ser divertido e, como falei, você mal vai ter que me ver. Nossas agendas trabalham perfeitamente para nos evitarmos.

— Quando pretende se mudar?

— Você que me diz. Posso sair da casa do meu amigo esta tarde e chegar aí às cinco. Ele está ansioso para ter a privacidade de volta, de qualquer forma... algo sobre não me querer no quarto quando ele transa com a namorada. Pode acreditar nisso? — Ele deu risada. — Enfim, você tem que trabalhar esta noite?

Esta noite? Isso parecia bem rápido, mas, sinceramente, talvez fosse melhor acabar logo com isso.

— Na verdade, não. É minha noite de folga. Não vou trabalhar nos próximos dois dias.

— Perfeito, então. Vou arrumar minhas coisas e ir para aí.

Peguei o cupcake "faça" e dei uma mordida.

— Ótimo — eu disse com a boca cheia.

Algumas horas depois, alguém bateu na porta.

Quando abri, fui recebida pelos dentes brilhantes e ofuscantes de Declan.

— E aí, colega?

Saí do caminho, permitindo que ele entrasse.

— E aí?

Uma lufada do seu cheiro flutuou por mim. *Incrível*. Não podia dizer que me importava que meu apartamento ficasse saturado com qualquer que fosse o perfume dele. O clima do meu apartamento estava prestes a ser bombardeado pela energia masculina.

A mala do seu braço caiu no chão com um barulho. Ele olhou em volta antes de levar a mala de rodinha para um canto da sala. Então voltou até mim e me pegou desprevenida quando colocou a mão no meu rosto.

Me encolhi quando ele deslizou o dedo pelo canto da minha boca. Passou por meu lábio inferior, me fazendo arrepiar.

— Tinha um pouco de cobertura aí.

Toquei o mesmo lugar.

— Oh.

Alguns minutos antes de ele chegar, eu tinha devorado a cobertura do cupcake "Isso!" — o último. Tudo que restou foram oito bolinhos sem cobertura.

Ele analisou minha expressão.

— Você está bem?

— Sim. Estou bem — eu disse, me sentindo corada.

Não sabia se todo o açúcar tinha ido para minha cabeça ou o que tinha acontecido, mas eu estava mais nervosa do que pensei que estaria.

— Pare de surtar por eu estar aqui. — Ele deu risada. — Imagino que nunca tenha morado com um cara.

— Sim. Meus pais se divorciaram quando eu tinha dezesseis anos. Então, depois que meu pai foi embora, éramos apenas minha mãe, eu e minha irmã, Lauren.

— Bem, juro que não mordo.

Engoli em seco, nervosa pelo fato de que ele era muito atraente. Quase atraente *demais*. Nunca iria querer ficar com um cara assim. Lá no fundo, provavelmente, ele se achava muito, mesmo que não demonstrasse. Não havia como ele não saber que era bonito.

— Temos que adotar algumas regras, certo?

Ele endireitou a postura e assentiu uma vez de forma exagerada.

— Mande.

— Isto nem deveria ser dito, mas o que é meu é meu e o que é seu é seu. Não compartilho meus itens pessoais, como artigos de higiene pessoal e comida.

— Entendi. Mas tem que funcionar para os dois lados. Tipo... se eu cozinhar alguma coisa deliciosa e você comer, vai me deixar comer algo em troca.

Franzi a testa.

— Em troca? O que exatamente está insinuando?

Ele arregalou os olhos.

— Não o que sua mente imundinha está pensando agora. Já estabelecemos que estou a fim de outra pessoa, lembra? Só quis dizer, sabe, tipo, se você comer minha comida, vai me dever alguma coisa de valor equivalente. Não a julgo se não conseguir aceitar esse tipo de coisa.

Semicerrei os olhos.

— O que o faz pensar que vou comer sua comida?

— Pode ser que não coma. Mas pareceu ter gostado dos cupcakes, então...

Ele tinha razão. Mas os cupcakes foram um presente. Presumi que poderia concordar com sua condição e simplesmente jurar que nunca tocaria na comida dele. *Pfft!* Eu não precisava da sua comida.

— Certo. — Dei de ombros. — Tudo bem. Serve para os dois.

Ele se apoiou na pequena ilha no centro da cozinha.

— Quais outras regras você tem para mim?

— Pode fazer o que quiser quando eu não estiver aqui, mas nada de trazer pessoas para o apartamento enquanto eu estiver dormindo. Nossas agendas devem facilitar bastante isso, já que haverá três noites em que não estarei aqui.

— Certo. Feito. Mande o resto.

— Gosto de tudo limpo e organizado. Então, se vir algo arrumado de um certo jeito, não mude.

— Quer dizer tipo os M&M's de cores pastel que você tem naqueles vidros no balcão? Não misturar o rosa com o verde, esse tipo de coisa?

— Só gosto de certas cores de M&M's, então encomendo on-line. Mas sim... não mexa com nada que posso ter arrumado de um certo jeito.

— Ok. — Ele deu risada. — Você é uma figura, sabe disso?

— Todo mundo tem suas manias. As minhas incluem gostar de M&M's de cores específicas e um apartamento limpo e organizado. Então me julgue. É do que gosto.

— De que tipo de homem uma mulher que gosta de M&M's rosa em um pote de vidro gosta? Um cara que usa camisa rosa da Lacoste e mocassins?

— Não. Gosto de homem que tenha uma boa cabeça e que...

— Seja chato e pretensioso pra cacete?

— Não — respondi, na defensiva.

— Estou brincando, Molly. Só estou te zoando.

Respirando fundo, eu disse:

— Eu sei.

— Você está solteira?

— Sim. Mas... felizmente, não por muito tempo.

— Ah, é? O que está rolando? Quem é o sortudo?

Aff. Por que fui dizer isso? Agora tenho que explicar.

Poderia muito bem admitir minha queda pelo dr. Daniels. Desse jeito,

Declan saberia que eu não seria nada afetada por seus encantos.

— É um médico com quem trabalho. Tenho uma queda por ele há algum tempo, e ele acabou de ficar solteiro. Na verdade, vou encontrá-lo junto com mais um monte de gente para um *happy hour* amanhã à noite. Então, espero que alguma coisa evolua daí.

Ele sorriu.

— Que bom para você. Vá fundo.

Me sentindo envergonhada, pigarreei.

— E você? Qual é o esquema com essa garota da qual você disse gostar?

— Bem, ela também é uma colega de trabalho, na verdade. Trabalhamos na mesma empresa de propaganda. Ambos somos da Califórnia, onde é a sede da empresa, mas viemos para Chicago a fim de trabalhar em uma campanha para um cliente grande daqui. É por isso que só vou ficar na cidade por seis meses. Trabalhamos na conta juntos.

— Ela sabe que você gosta dela?

— Essa é a questão. Ela meio que namora com um babaca lá da nossa cidade. Ele *não* queria que ela viesse para Chicago. Eles sempre têm uns altos e baixos. Então, espero que, um desses dias, tudo vá por água abaixo, e eu possa atacar. Não seria um babaca e tentaria tomar uma atitude quando, tecnicamente, ela tem namorado. Então, no momento, só estou esperando na coxia.

— Certo, mas ela sabe que gosta dela?

— Não sei. Mas aposto que desconfia. Somos amigos... por enquanto. Porém, quero mais. Não só porque ela é linda, mas também é inteligente e gentil. O pacote completo. E acho, sim, que somos compatíveis.

A pontada de inveja que sentia era irritante. Acho que era mais do que apenas desejar que alguém sentisse a mesma coisa por *mim*. Certamente, *não era* por causa de uma atração por Declan. Ele era bonito e tal, mas não era meu tipo.

— Qual é o nome dela?

— Julia.

— Nome bonito.

— E o Médico Gostosão?

Sorrindo timidamente, respondi:

— Will.

— Que tipo de médico?

— Ele é ginecologista-obstetra.

— Oh, é mesmo. Você falou que trabalha na ala da maternidade. Faz sentido. Pelo menos, os bebês chorões de quem você cuida são fofos... diferentes dos meus clientes. — Ele fingiu se esticar para o meu pote de vidro de M&M's, então recuou a mão com um sorriso travesso. — Mais alguma regra, Molly?

— Bem, coisas óbvias, como não andar nu pela casa.

Ele balançou as sobrancelhas.

— Preocupada que talvez fique excitada?

— Não. — Olhei para os meus pés. — Só não é apropriado.

— O mesmo vale para você, então. Mas é só para ser justo. — Ele baixou a voz. — Cá entre nós, não vou reclamar se fizer isso.

Revirei os olhos.

— Pensei que só tivesse olhos para uma mulher.

— Estou apaixonado, não morto, Mollz. — Ele sorriu. — Se acontecer, provavelmente vou dar uma olhada. Mas não vou dizer nada nem ser esquisito.

Minhas bochechas estavam quentes conforme mudei de assunto.

— Sua irmã é uma freira mesmo?

Ele deu risada.

— É.

— Isso é tão... único.

— Por quê? Porque o irmão dela é a antítese diabólica do sagrado? — Ele abriu um sorriso safado.

— Bem, sim, e não se ouve falar sobre muitas pessoas se tornando freiras atualmente.

— Catherine sempre foi diferente do resto das minhas irmãs, sempre procurando um objetivo maior. Mas foi bem chocante quando ela nos contou.

— Seus pais são religiosos?

— São católicos e vão à igreja todo domingo, mas não são obcecados com religião nem nada. Minha mãe chorou quando Catherine contou que iria entrar para um convento. Ela sempre imaginou um futuro diferente para ela. Mas, você sabe, no fim, as pessoas fazem o que querem. E ela está feliz.

— Bom para ela.

— Engraçado como crianças podem crescer juntas e ser todas bem diferentes. Catherine está morando em um convento, rezando, realizando boas ações e, na maior parte das noites, eu fico mexendo na internet ou assistindo Hulu. Mesmos pais. O que aconteceu?

— Você parece bastante bem-sucedido. Tenho certeza de que eles têm orgulho.

— Eles gostariam que eu me estabelecesse em algum momento, porém, sim, ainda não me deserdaram. — Ele mudou de assunto. — Então, qual é o plano para amanhã à noite?

— Como assim?

— Vai à caça com o Dr. PauDelícia. Qual é sua estratégia?

Por que fui contar a ele sobre Will?

— É para eu ter um plano?

— Bem, você quer que ele saiba que gosta dele, certo?

— Sim. Mas não quero ser muito direta. Ele acabou de sair de um relacionamento. Pela mesma razão, caras como ele não ficam solteiros por muito tempo.

— Certo, então você sabe que precisa lidar com ele com inatingibilidade.

— O que isso significa?

— Tudo com homens se trata de psicologia reversa. Se pensarmos que não podemos ter alguma coisa, queremos isso dez vezes mais. Somos como crianças nesse sentido.

— É por isso que está tão a fim de Julia... porque ela está comprometida?

Ele coçou o queixo.

— De forma inconsciente, isso poderia estar atiçando o fogo. Mas nem chega perto dos motivos principais pelos quais gosto dela.

— O que está sugerindo que eu faça? — Meu tom foi desdenhoso, no entanto, uma parte de mim *realmente* queria saber o que ele tinha a dizer. Não era sempre que eu tinha a perspectiva de um homem para tais coisas.

— Não mostre que gosta dele. Mostre *por que* ele deveria gostar *de você*.

Eu me animei.

— E isso consiste em fazer o quê?

— Parecendo gostosa pra cacete, o que sei que consegue facilmente. Inserir-se em conversas com todo mundo, exceto ele... mostrar a ele o que está perdendo. Então, quando, inevitavelmente, ele vier, converse com ele, mas depois mude sua atenção para outra pessoa. Isso vai deixá-lo esperando e querendo mais. Nós amamos uma boa caça.

— Não tem risco de parecer que não gosto dele?

— Acredite em mim. Se ele quiser você, vai tomar uma atitude em algum momento. Quanto mais você parecer desinteressada, mais duro o pau dele vai ficar.

— Bem, obrigada por essa dica, eu acho.

— Por nada. Vai descobrir que sou bem direto e não enrolo. — Ele olhou em volta. — Acabamos com as regras de colegas de casa?

— Sim. Acho que sim... até eu pensar em alguma coisa que esqueci.

— Que bom. — Ele foi até sua mala de ginástica e a abriu, pegando duas garrafas de Gatorade. — Importa-se se eu colocar isso na geladeira?

— Nem um pouco.

Depois de guardar as bebidas, ele viu o pote de plástico e o abriu.

— Caramba. Acho que você gostou!

— Me empolguei um pouco. Estavam bons mesmo.

— É outra das suas manias... decapitar cupcakes igualmente?

— A cobertura é minha parte preferida.

— Não vai comer a parte de baixo agora?

— Sem a cobertura, não.

— Bom, viu? Eu sabia que formávamos uma boa dupla. Odeio a cobertura. Normalmente, como em volta dela. Depois disso e da nossa afinidade mútua por vinho branco, diria que vai dar certo. — Ele sorriu. — Você também gosta de cobertura de muffin?

— Sim.

— Bingo. Viu? Eu gosto da bundinha. — Ele revirou os olhos. — É, tá bom, isso não saiu legal, mas você sabe o que quis dizer.

— Você é louco. — Balancei a cabeça, sem conseguir conter meu sorriso. — Mas obrigada, mais uma vez, por fazer os cupcakes. Foi bastante carinhoso.

— Bem, obviamente, você sabe que tive um motivo oculto.

— Um que, claramente, foi alcançado.

Seus olhos foram na direção dos quartos.

— Importa-se se eu desfizer as malas?

— Vá em frente.

— Legal. Indique o caminho.

Declan rolou sua mala conforme me seguiu para seu novo quarto.

Entrei no meu quarto para dar um pouco de privacidade a ele, mas me senti incapaz de me concentrar em qualquer coisa além do fato de que ele estava lá.

Conforme ouvi o som de Declan cantarolando as músicas que tocavam em seu celular enquanto ele desfazia as malas, não pude deixar de sorrir. Estava apavorada por ter um novo colega de casa, perdendo o sono por isso. Mas, pela primeira vez em muito tempo, senti que teria uma boa noite de descanso.

Ele me assustou quando enfiou a cabeça no meu quarto.

— Tudo bem colocar minha escova de dentes ao lado da sua?

— Te dei a impressão de que teria problema?

— Falou que o que é seu é seu. Então não sabia se isso se estendia ao suporte de escova de dentes.

— Desculpe se soei meio cruel no início. Só preciso me acostumar. Só isso. Já estou me sentindo melhor em relação a você estar aqui.

— Que bom. — De repente, ele se acomodou na beirada da minha cama, deitando-se de costas conforme olhava para o teto. A visão do seu corpo espalhado pela minha cama foi... algo mais.

Ele colocou as mãos atrás da cabeça e se virou para mim.

— Você falou que amanhã é seu dia de folga, certo?

— Sim.

— Você tem ovos, pão e tal?

— Sim. Apesar de achar que vencem em breve.

— Legal. Vou fazer café da manhã para nós... uma comemoraçãozinha de inauguração. Sem compromisso. Não vai me dever nada. — Ele deu uma piscadinha. — Desta vez.

— Não vai me ouvir reclamar sobre alguém fazendo café da manhã para mim. Nunca.

— Mas vou te avisar: gosto de colocar música quando cozinho, rebolar com a batida. Cantar um pouco. Pode ser que use a espátula como microfone. Não tem problema um pouco de karaokê na cozinha?

— Contanto que eu esteja acordada e você, vestido, vá em frente.

Ele levantou da minha cama, deu um giro como os do Michael Jackson e desapareceu no corredor.

Serão longos seis meses.

CAPÍTULO TRÊS

MOLLY

Na manhã seguinte, acordei com o cheiro de bacon.

Após lavar o rosto e escovar os dentes, deixei que meu nariz guiasse o caminho para a cozinha. Declan estava em pé no fogão cantando *Wagon Wheel*, de Darius Rucker. Estava com fones de ouvido, então não me ouviu entrar de imediato. Me deu uma chance de ouvir a voz dele, que era... *ruim pra caramba*. Por algum motivo, isso me fez sorrir. Um homem com a aparência dele e que foi abençoado com tanto carisma precisava ter alguns defeitos. Além do mais, eu gostava do fato de não parecer que ele se importava em não ser afinado.

Fui direto na cafeteira, abri o armário acima dela e peguei uma caneca. Declan tirou um fone de ouvido e sorriu.

— Bom dia, colega de casa. Espero não ter te acordado com minha cantoria.

Em geral, eu não era uma pessoa matutina — mais porque trabalhava no plantão à noite —, então tinha dificuldade de dormir antes das duas da manhã nos dias de folga. Mesmo assim, me sentia mais animada hoje.

— Não acordou. — Servi café para mim e ergui a caneca até os lábios. — E era isso que significava esse som? Você estava cantando? Pensei que, talvez, alguém estivesse estrangulando um gato.

Declan semicerrou os olhos.

— Está tentando me dizer que não tenho uma voz boa?

— Não pode ser que eu seja a primeira pessoa a te dar essa notícia.

Ele sorriu como se eu o tivesse elogiado em vez de insultá-lo e sinalizou com o queixo para minha caneca.

— Você bebe café puro. Eu também. Falei para você que nosso destino era sermos colegas de casa.

Dei risada e me aproximei mais do fogão. Declan estava usando três bocas do fogão, inclusive a que nunca tinha funcionado desde que eu me mudara.

— Como conseguiu fazer a boca esquerda da frente funcionar?

— Estava entupida. Eu a retirei e usei uma escova de dentes para limpar um pouco da gordura ressecada presa nos buracos.

— Oh. Uau. Bem, obrigada.

— Grato por ter sido útil. Agora, por que não se senta? O café da manhã está quase pronto.

Alguns minutos depois, Declan colocou um prato com uma omelete perfeitamente formada, bacon e *hash browns*[1]diante de mim, junto com um copo de suco de laranja.

— Parece incrível. Por causa dos meus horários, não costumo comer muito no café da manhã. Se estiver com fome ao sair do trabalho, normalmente, apenas tomo um iogurte ou algo assim. Não durmo bem de barriga cheia. Mas esta é, na verdade, minha refeição preferida. Prefiro comidas do café da manhã à maioria dos jantares. Provavelmente, é do que mais sinto falta em um horário normal matutino.

Declan se sentou e cortou sua omelete.

— Por que precisa sentir falta? Só faça o café da manhã no jantar, antes de ir trabalhar.

Franzi o nariz.

— Não conseguiria fazer isso.

— Por que não?

— Não sei... porque café da manhã é comida da manhã.

— Quem disse?

— Humm... todo mundo?

— Deixe-me entender. Café da manhã é sua refeição preferida, mas você não a come porque, tradicionalmente, as pessoas a comem de manhã e você, geralmente, está dormindo a esta hora.

---

1   Prato típico de café da manhã dos Estados Unidos feito com batata ralada frita em pouca gordura. (N.E.)

— Está fazendo parecer bobeira. Mas faz sentido.

Ele ergueu uma sobrancelha.

— Para quem?

Dei risada.

— Para mim.

Declan fez tsc, tsc, tsc.

— *Molly, Molly, Molly.* Nem tudo precisa ter um horário ou um lugar específico. É bom que eu esteja aqui. Você precisa da minha ajuda.

— Oh, preciso? Exatamente que tipo de ajuda é essa de que preciso?

— Precisa relaxar um pouco.

Estávamos brincando até agora, mas seu comentário me irritou. Meu último namorado tinha me chamado de tensa mais de uma vez. Então me senti meio na defensiva.

— Acho que você não me conhece tão bem para fazer esse tipo de julgamento. Vou te avisar que não sou tensa.

Declan inclinou a cabeça para o lado.

— Não?

— Não.

— Tá bom, Molly. O que você disser...

Agora ele estava sendo condescendente.

— Não fale *tá bom, Molly*. Está me fazendo soar rígida. Mas não sou. Não falei que *não iria* comer café da manhã à noite se tivesse oportunidade. Só que não tive uma. Só isso.

— Certo. Desculpe se te chateei.

Definitivamente, eu tinha estragado o clima. O que havia começado como uma manhã divertida, agora tinha se transformado em um café da manhã silencioso. Quando terminamos de comer, me senti uma grande idiota.

— Estava muito gostoso. Desculpe ter discutido com você.

Declan forçou um sorriso.

— Tudo bem.

— Não, não está tudo bem. Você teve todo esse trabalho, e eu pulei na sua garganta. Não vai acontecer de novo.

Ele fez uma careta.

— Oh, vai, sim. Costumo dizer coisas que, provavelmente, deveria guardar para mim mesmo. Então, com certeza, vai acontecer de novo.

Dei risada.

— Certo. Bem, talvez você possa trabalhar nisso, e eu vou trabalhar em não discutir com você com tanta facilidade.

— Ok, Mollz. Tem algum plano para hoje? Está de folga, certo?

Peguei meu prato e comecei a arrumar a mesa.

— Sim, estou de folga. Fiz três plantões de doze horas seguidos, então agora vou ficar de folga por dois dias. Mas não tenho nenhum grande plano. Hoje, vou fazer compras no mercado e vou à lavanderia. E depois vou encontrar uns amigos do trabalho no *happy hour*. Mencionei ontem à noite.

— Isso mesmo. Esta noite você vai ver o *Doc in the Box*.

— Está falando do Will? Ele trabalha no hospital comigo, não em um desses lugares de atendimento de urgência na beira da estrada, que levam esse nome.

— Oh, eu sei. Mas ele é obstetra, certo?

— Sim... mas... *Ohh, doc in the box*, no sentido sexual. — Dei risada. — Legal.

Declan e eu arrumamos a cozinha juntos. Enchi a máquina de lavar louça enquanto ele guardava tudo que usara para cozinhar, limpou a mesa da cozinha e passou pano no fogão. Quando nós dois acabamos, sequei as mãos em uma toalha antes de encharcar minha camiseta. A maldita torneira da cozinha tinha um vazamento que espirrava quando abria a água mais do que um filete. Eu havia colocado um pedaço de fita isolante enrolada nela como um conserto temporário, mas deve ter caído.

Jogando o pano de prato no balcão, olhei para cima e vi Declan me encarando. Rapidamente, percebi por quê. Ontem à noite, eu tinha dormido com uma camiseta branca e sem sutiã, e agora a metade superior da minha camiseta estava totalmente transparente. Não apenas isso, mas a umidade estava gelada na minha pele, então meus mamilos estavam completamente eretos, praticamente perfurando minha camiseta invisível.

Cruzando meus braços, tentei me cobrir.

— A... ãh... torneira espirra um pouco.

Os olhos de Declan se ergueram para os meus. Ele engoliu em seco e pigarreou antes de desviar o olhar.

— Vou cuidar disso hoje.

— Oh. Tudo bem. Está assim há um tempo. Posso simplesmente chamar o encanador de novo. Não precisa consertar.

Ele resmungou.

— Preciso, sim. Preciso fazer isso *imediatamente*.

Mais tarde naquela noite, fiquei meio decepcionada por Declan não ter chegado em casa antes de eu sair para o *happy hour*. Havia me arrumado mais do que o normal, e poderia ter usado sua sinceridade para descobrir se parecia que eu estava tentando demais. Quero dizer, *eu estava*, mas não queria que parecesse assim.

Minhas quatro mudanças de roupa me fizeram me atrasar, então a maioria das pessoas já estava no McBride's quando cheguei. Logo percebi que a *sei-lá-o-nome-dela* não estava, pois, normalmente, ela ia ao *happy hour* para ficar pendurada no braço de Will. Me sentindo incomumente nervosa, fui direto para o bar e me sentei ao lado de Daisy, uma nova assistente de médico. Eu a tinha encontrado algumas vezes no hospital, porém aquela era a primeira vez que ela vinha a um dos nossos encontros que aconteciam duas vezes por mês.

— Oi — eu disse. — Que bom que você veio.

— Oi, Molly. — Ela deu uma rápida olhada na minha roupa. — Adorei esse verde em você. Você fica tão diferente sem jaleco e rabo de cavalo.

Eu sorri, agora feliz pela última mudança de roupa e por ter feito uma escova profissional à tarde. A cor esmeralda da blusa de seda era meio ousada para mim, principalmente em contraste com minha pele pálida e o cabelo escuro. No entanto, eu a tinha combinado com jeans escuros e sandálias simples a fim de tentar manter casual.

— Obrigada. Você também está muito bonita.

O barman se aproximou e colocou um guardanapo diante de mim.

— Oi, Molly. Como vai? O que posso servir para você hoje?

— Oi, Patrick. Vou beber uma Stoli com gengibre e baunilha, por favor.

Ele assentiu.

— Pode deixar. Já está saindo.

— Hummm... — Daisy disse. — Essa é a bebida que parece um refrigerante cremoso, não é?

— É. Quer uma?

Ela olhou para a garrafa de cerveja em sua mão, que estava quase vazia.

— Claro. Por que não?

Olhei para o barman.

— Pode fazer duas? E a dela é por minha conta.

— Quer abrir uma comanda?

— Sim, por favor.

Depois de Patrick ter se afastado para fazer nossas bebidas, Daisy falou:

— Não precisava ter feito isso. Mas obrigada.

Eu sorri.

— Sem problema. Então, me conte se está gostando de Chicago General. Já faz quanto tempo? Deve fazer um mês, certo?

Ela assentiu.

— Cinco semanas, na verdade. Estou gostando bastante. Não que tenha muita coisa para comparar. Este é meu primeiro emprego depois de formada. Alguns médicos são bem intimidadores.

— Está falando do dr. Benton?

Daisy fez uma careta.

— Principalmente o *dr. Benton*. Deus, aquele homem me deixa muito nervosa. Ele entra na sala e começo a ficar gelada.

— Vou te contar um segredinho sobre ele que pode ajudar.

— Qual?

Me inclinei para a frente.

— Sorria bastante. Ele fica aterrorizado.

Ela deu risada.

— Está falando sério?

— Sim. Qualquer coisa que ele te pedir, só responda com um sorriso enorme. É como se o desarmasse ou algo assim. Tenho uma teoria de que ele briga com todo mundo para não poderem sorrir, porque sorrisos são criptonitas para ele.

— Uau. Certo. Vou tentar. É muito bom saber disso. Do que mais você sabe?

— Já conheceu o dr. Arlington?

— Sim. Ele também é bem rabugento.

— Ele vai tentar jogar os internos dele para você e sumir por horas, se o deixar.

Daisy arregalou os olhos.

— Ele fez isso comigo outro dia. Me falou para ensiná-los. Eu não fazia ideia do que fazer com quatro internos. Eles estão no General há mais tempo do que eu. Seria melhor *eles* me ensinarem.

— É. Então, da próxima vez que ele tentar te largar com eles, você fala "Na verdade, preciso falar com Edith na enfermaria".

— Mesmo que eu não precise falar com ela?

Assenti.

— É. Ele morre de medo da Edith.

— É mesmo? Mas ela é tão pequena e gentil.

Apontei para Daisy.

— Até você irritá-la. Aí ela fica bastante assustadora. Somente a ameaça de Edith vai assustar o dr. Arlington. Uma vez, ela brigou com ele por largar seus internos e, agora, se apenas mencionar o nome dela, ele recua.

Ela deu risada, provavelmente presumindo que eu estivesse exagerando, mas não estava. Trabalhávamos com um verdadeiro elenco de personagens. Patrick, o barman, aproximou-se e entregou nossos drinques. Enquanto bebíamos, nós duas olhávamos para o grupo. Estava uma noite legal.

Daisy ergueu o queixo e apontou para onde Will estava conversando com um anestesista no fundo do bar.

— E o dr. Daniels? Qual é a história dele?

— Will é um dos bonzinhos. É bem legal com todo mundo. Não terá problemas com ele.

Ela mordeu o lábio inferior.

— Quis dizer *qual é a história dele*. Ele é... solteiro?

Oh. *Aff.* Merda.

— Humm... Não sei. Ele sempre está com alguém. Você está... interessada?

Daisy bebeu seu drinque com um sorriso modesto.

— Ele é muito bonito.

É, é mesmo. Dei de ombros. E, claro que, neste momento, ele tinha que vir na nossa direção.

Ele beijou minha bochecha.

— Oi, Molly. Não vi você chegar.

Daisy endireitou sua postura.

— Acabei de chegar — eu disse.

Ele assentiu e voltou sua atenção para a mulher ao meu lado.

— É Daisy, certo?

Ela abriu um mega sorriso.

— Sim. É um prazer ver você, dr. Daniels.

— Por favor, me chame de Will.

— Tudo bem, Will. Sabe, outro dia, acabei vendo você entrar no seu carro no estacionamento. Você tem um adesivo da Universidade de Northwestern. Foi lá que estudou?

— Foi.

— Eu também. — Ela cerrou o punho e comemorou dando um soco no ar. — Vai, Wildcats.

— Ah, é? Sou um grande fã. Ainda guardo os ingressos da temporada.

Daisy fez beicinho.

— Que inveja. Não tive dinheiro para vê-los este ano. Fui líder de torcida por quatro anos, e sinto falta dos dias animados de jogo.

Aff.

Will bebeu sua cerveja.

— Vai ter que vir junto para ver um jogo algum dia.

Seu beicinho se curvou em um sorriso.

— Adoraria.

Aff em dobro.

A Pequena Miss Novinha acabou de se convidar para um dia sozinha com Will em trinta segundos, bem na minha frente. Eu realmente mandava muito mal na paquera.

Os dois se envolveram em uma conversa sobre um novo *quarterback* para a próxima temporada de futebol, e me restava tentar sorrir em momentos apropriados enquanto sentia que meu coração estava se despedaçando. Normalmente, eu não era de pegar o celular quando estava com pessoas, mas, quando ele tocou no meu bolso, resolvi abrir uma exceção.

Fiquei surpresa ao ver o nome de Declan na tela.

> Declan: Como está indo? Está bancando a difícil?

Suspirei e digitei uma resposta.

> Molly: Aparentemente, o estilo de Will é mais facinho. Uma mulher, basicamente, acabou de combinar um encontro com ele bem na minha frente.

Os pontos no meu celular pularam por um minuto, depois pararam, então recomeçaram. Em certo momento, meu celular tocou na minha mão. O nome de Declan brilhou com uma chamada.

Pedindo licença da conversa da qual eu não estava mais realmente participando, me afastei do bar para atender.

— Oi.

— Pensei que ligar pudesse garantir uma conversa de verdade. O que houve?

Balancei a cabeça.

— Uma nova assistente acabou de me contar que está a fim de Will e, quando ele se aproximou para falar oi, ela se convidou para um jogo de futebol em trinta segundos.

— Certo. Eles ainda estão conversando?

Olhei de volta para o bar e vi Daisy jogando o cabelo e rindo. Franzindo o cenho, respondi:

— Sim.

— O que você está vestindo?

Olhei para baixo.

— Uma blusa verde de seda e jeans.

— Legal. Nem preciso ver para saber que você está fenomenal de verde com a cor do seu cabelo e da sua pele. O jeans é justo?

— Mais ou menos.

— Saltos?

— Estou de sandálias.

— Certo, então você está gostosa pra caramba. Isto é bom... muito bom. Quero que faça o seguinte. Está quente no bar?

— Humm... acho que está confortável.

— Certo. Bem, você está com calor. Volte para a conversa e, enquanto o dr. PauDelícia está conversando com... qual é o nome da mulher?

— Daisy.

Ele bufou.

— Que nome idiota. Enfim, volte para essa conversa e, enquanto ele está conversando com Violet, erga a parte de trás do cabelo e meio que o abane para cima e para baixo como se estivesse com calor. Então, peça um copo de água gelada no bar. Quando o barman trouxer a água, você, sem querer, derrama um pouco na sua blusa.

— O quê? *Não*. Por que eu faria isso?

— Só confie em mim e faça isso.

— Metade do meu armário está na minha cama porque tive dificuldade em encontrar a roupa exata para vestir esta noite, e você quer que eu a estrague?

— Não vai estragá-la. Mas deixe-me perguntar outra coisa... sua bolsa é grande?

Olhei para baixo, para minha mão a segurando.

— Não sei, uns trinta centímetros de comprimento por vinte e cinco de altura, talvez. Por quê?

— Ok, perfeito. Então, antes de ir pegar sua água, vá rapidinho ao banheiro feminino e tire o sutiã. Está usando um, certo?

— Esteve bebendo, Declan?

— Não. Mas pode ser que eu acabe com aquela garrafa de vinho que você deixou aberta na geladeira quando desligarmos, se não me escutar.

— Declan, não vou tirar meu sutiã e derramar um copo de água em mim mesma de propósito.

— Fique calma, Mollz. Não é grande coisa. Se quer que esse cara repare em você de uma forma nova... isso vai, definitivamente, fazê-lo reparar. Acredite em mim, ele vai esquecer Rose totalmente.

— Daisy.

— Que seja. Agora, vai assumir as rédeas ou não? Esse é o caminho.

— Pensei que o caminho fosse se fazer de difícil.

— Vou pedir um "audible".

— Um o quê?

— É um termo de futebol americano. Um que a Pequena Miss Marigold que vai ao jogo com seu médico deve saber. Mas isso não é importante agora. Só acredite em mim nessa.

Balancei a cabeça.

— Acho que não, Declan. Não é assim que quero que reparem em mim.

— Certo. Mas estou te dizendo... vai funcionar.

— Tchau, Declan.

— Até mais tarde, Mollz.

CAPÍTULO QUATRO

MOLLY

Conforme a noite passava, Will e Daisy continuavam a relembrar a Northwestern, e eu queria vomitar.

— Você pintou a rocha alguma vez? — ela perguntou.

— Sim, na verdade, meus irmãos de fraternidade e eu fizemos isso uma noite. Nós a pintamos de rosa para a consciência de câncer de mama, por causa da mãe do meu amigo. Ficamos acordados a noite toda protegendo-a.

— Que fofo — ela disse.

Pigarreei.

— O que é a rocha?

Will sorriu.

— É uma tradição da Northwestern. Desde os anos quarenta ou cinquenta, acho. Há uma rocha gigante no centro do campus. Os alunos a pintam para promover causas ou postar informações de eventos. Então precisam protegê-la pelo máximo de tempo que puderem para evitar que outra pessoa a pinte.

— Ah. Bem legal. — Bebi o resto do meu drinque.

Daisy continuava torcendo o cabelo e paquerando Will.

Eu não conseguia mais aguentar, então me levantei e disse, antes de ir ao banheiro:

— Com licença.

Assim que entrei, me olhei no espelho, me sentindo derrotada.

Parecia que eu estava perto de perder minha única chance. Havia uma janela bem pequena para fisgar um cara como Will Daniels. Ele era um ímã para todas as mulheres solteiras à sua volta. Mas eu não me permitiria perdê-lo para a assistente novata. Eu tinha investido tempo — tempo passado paquerando e ficando obcecada por aquele homem. Talvez eu perdesse, mas não seria para alguém que estava ali há alguns minutos e não tinha conquistado seu espaço.

Pensei na sugestão de Declan. A pequena quantidade de álcool que eu tinha consumido já estava subindo para minha cabeça, e concluí que momentos desesperados pediam medidas desesperadas. Enfiando a mão debaixo da blusa, soltei meu sutiã e o retirei. Então o guardei na bolsa. O ar frio do banheiro fez meus mamilos enrijecerem imediatamente. Era cedo demais para exibi-los, então liguei o secador de mãos e apertei a mão quente no meu peito.

Seria um milagre se isso funcionasse. Daisy tinha envolvido tanto Will na nostalgia que eu não sabia se alguma coisa conseguiria tirá-lo disso. Coloquei meu cabelo nos seios para meu estado sem sutiã não ficar tão óbvio ainda.

Quando me aventurei de volta ao bar, haviam aparecido mais pessoas do trabalho. Will agora estava se juntando a alguns dos nossos colegas, com Daisy ainda grudada ao seu lado conforme ela ria de tudo que ele falava.

Queimando de ciúme, perguntei:

— Sou só eu ou está quente aqui?

Parecia que minha apresentação teatral tinha começado. Ergui a mão para chamar o barman e pedi uma água. Depois de bebê-la, coloquei o copo diante de mim e aguardei o instante perfeito para atacar.

Daisy pediu licença e foi ao banheiro. Um minuto depois, deslizei meu braço na frente do copo e o derrubei no meu peito, fingindo, claro, que era um acidente infeliz.

Simulando surpresa, eu disse:

— Oh, não. Sou muito desastrada!

Olhei para mim mesma. *Jesus*. A seda fina da minha blusa era mais suscetível a água do que eu tinha imaginado. Minha primeira reação foi ficar envergonhada — mais pelo meu próprio comportamento.

Até...

Até os olhos de Will quase saírem das órbitas conforme varriam meu peito.

Ele se apressou e me entregou um guardanapo.

— Aqui está, Molly.

— Obrigada — agradeci, me secando com movimentos descuidados, porque minha intenção não era *realmente* fazer o trabalho de forma apropriada.

Após Will roubar mais uma olhada, seus olhos se ergueram e se demoraram em mim.

— É bom ver você sair de novo conosco. Você faltou nas últimas duas vezes. — Ele sorriu.

Diminuindo a velocidade dos movimentos no meu peito, eu soltei:

— Estou surpresa por você ter notado.

— Sempre sei quando você está por perto... no trabalho ou fora.

Puta merda. É assim tão fácil? Declan é um puta de um gênio!

Quando Daisy voltou do banheiro, Will e eu estávamos envolvidos na conversa. Ele passou a meia hora seguinte ao meu lado. Então me lembrei de um dos conselhos de Declan mais cedo: "Quanto mais você parecer desinteressada, mais duro o pau dele vai ficar".

Era um risco, e parecia totalmente não natural me afastar quando o tinha, finalmente, fisgado, mas eu disse:

— Com licença.

— Claro — Will concordou, parecendo pego de surpresa por minha interrupção da conversa.

Então pedi outro drinque para mim e me juntei a alguns dos meus colegas de trabalho. Daisy se aproximou de Will de novo, porém, estranhamente, eu continuava observando os olhos dele se desviando na *minha* direção. Certo, talvez fosse o fato de que meus mamilos ainda estavam salientes, mas, mesmo assim, sua atenção implorava para estar em *mim*, não em Daisy.

Com outra ação ousada, bebi o resto do meu drinque. Então, alto o suficiente para Will ouvir, anunciei:

— Bem, está legal, pessoal, mas preciso ir.

De repente, Will soltou sua cerveja, parecendo decepcionado.

— Vai tão cedo, Molly?

— Sim. Tenho... planos.

— Um encontro?

Pausei.

— Algo assim.

— Certo. — Ele assentiu. Então olhou para mim por um instante antes de se inclinar no meu ouvido. — Ouça, adoraria tomar um café alguma hora. Talvez da próxima vez em que fizermos plantões juntos?

Agi friamente.

— Claro... talvez.

Talvez?

Até parece.

Claro que sim!

— Que bom. Ok. Tenha uma boa noite, Molly.

— Você também — eu disse antes de sair pavoneando de lá, me sentindo no topo da porra do mundo.

Mal podia esperar para chegar em casa e contar a Declan que seu pequeno plano tinha realmente funcionado.

Para minha surpresa, quando abri a porta do apartamento, Declan estava na sala, mas não estava sozinho. Uma mulher linda ruiva estava sentada na poltrona à frente dele. Havia papéis espalhados pela mesa de centro.

Declan se levantou.

— Ei, colega de casa. Não pensei que fosse voltar tão cedo.

— Bem, eu não estava planejando chegar em casa tão cedo, mas segui seu conselho esta noite.

Declan olhou para baixo, para o meu peito ainda sem sutiã.

— Estou vendo.

— Não *só* isso. Mas funcionou como uma mágica.

Cruzei os braços à frente.

— Enfim, o que quis dizer foi que me lembrei do que você falou sobre parecer desinteressada. Realmente fui embora cedo e mencionei para ele que tinha outros planos. Ele me convidou para tomar um café alguma hora na saída. Então suas duas estratégias funcionaram.

— Eu não tinha dúvida. — Ele se virou para a mulher. — Desculpe a grosseria. Deveria ter te apresentado. Esta é minha colega de casa, Molly. E, Molly, esta é Julia. — Ele se virou para mim e deu uma piscadinha para garantir que eu soubesse que ela era *a* Julia. — Julia e eu trabalhamos juntos. Temos um prazo para a mais recente campanha do nosso cliente, então ela veio para podermos fazer um *brainstorming*.

— É um prazer conhecer você — Julia disse, estendendo a mão, mas encarando meu peito.

— Igualmente. — Apertei sua mão e olhei em volta, me sentindo esquisita. — Bem, não deixem que eu interrompa o trabalho de vocês.

— Não está interrompendo — ela negou.

— É — Declan disse. — Praticamente acabamos de terminar.

Quando Julia olhou para o meu peito de novo, eu falei:

— Tenho certeza de que está se perguntando por que não estou usando sutiã.

— É por minha causa — Declan contou.

Ela arregalou os olhos.

— Sério?

— Não entenda mal — esclareci. — Declan só me deu uns conselhos que foram meio ousados, mas brilhantes.

Então, contei a Julia sobre minha queda por Will e minha experiência no *happy hour*.

— Então, é tudo graças a Declan que agora tenha um café informal com Will.

Julia olhou entre Declan e mim.

— Bem, vocês dois parecem estar se dando muito bem para duas pessoas que acabaram de começar a morar juntas.

— Preciso dizer que está *sendo* muito bom. Ele está me ganhando.

Declan fez careta.

— Ela está mentindo. Sua afinidade em relação a mim foi instantânea.

— Minha afinidade em relação aos seus *cupcakes* foi instantânea.

Conforme ela nos observava interagir, o sorriso de Julia pareceu forçado. Será que ela estava desconfortável? Me fez pensar que, talvez, estivesse com ciúme de como Declan e eu nos dávamos bem.

Eu sabia o que ele sentia por ela, mas agora estava começando a desconfiar que os sentimentos eram mútuos, apesar de ela ter namorado.

Julia olhou para meus potes de chocolate de cores pastel.

— Nunca tinha visto M&M's tão bem-organizados.

— Mollz é meio perfeccionista.

— Não sou, não. Por mais que goste das coisas de um certo jeito, estou longe de ser perfeita.

— Me dê um exemplo — Declan me desafiou.

— Bem... primeiro, meu plano original era ser médica, mas nunca tive coragem de estudar Medicina. Não que tenha algo errado em ser enfermeira, tenho muito orgulho do que faço, mas meu medo do fracasso me impediu de seguir um sonho maior. Então, por mais que possa ser organizada, estou longe da perfeição.

Sua expressão suavizou.

— Nunca me contou isso.

— Bem, considerando que só conheço você há alguns dias, isso não deveria ser surpreendente.

Ele deu uma piscadinha.

— Parece que faz mais tempo.

Um silêncio bizarro pairou no ar.

Declan uniu as mãos.

— Enfim, quem está com fome? Posso fazer alguma coisa para nós.

Apesar de Molly não poder comer a menos que esteja disposta a pagar.

Julia arregalou os olhos.

— Pagar?

— Só um pequeno acordo que temos. Ela acha que consegue resistir à minha comida. Vai ter que ficar me devendo algo se ceder à tentação.

— Já comi — menti. Na verdade, eu estava morrendo de fome, porém não comeria com eles por dois motivos. Um, eu não queria provar que ele tinha razão, e dois, imaginei que, talvez, ele quisesse um pouco de privacidade com sua *crush*.

— Vocês dois tenham um bom jantar. Vou para o meu quarto terminar de maratonar uma série a que estou assistindo no Hulu, graças ao meu colega de casa, que compartilha sua senha premium comigo.

— Falei para você que não se arrependeria de me deixar mudar para cá — ele disse alto.

Acenei.

— Foi um prazer conhecer você, Julia.

— Também foi ótimo te conhecer, Molly.

Enquanto estava deitada na cama assistindo à série, ouvi Julia rindo conforme o cheiro do que quer que Declan estava cozinhando flutuava pelo apartamento. Parecia que era apenas uma questão de tempo para ela sucumbir aos encantos dele.

Meus sentimentos estavam aflorados naquela noite, variando de satisfação por ter chamado a atenção de Will a um estranho desconforto por Julia. Falei para mim mesma que estava com ciúme do que Declan sentia por ela, não por causa de qualquer sentimento que *eu* nutria por Declan.

No dia seguinte, era quase meio-dia quando saí da cama. Nunca dormia até tão tarde. Meu relógio biológico era ferrado, em geral, por causa das noites em que trabalhava, e tentava ficar acordada durante o dia em vez de dormir nos meus dias de folga.

Quando saí para a cozinha, havia um recado de Declan no balcão.

Bom dia (ou boa tarde, dorminhoca).
Fui para o escritório. Te vejo mais tarde.

Trabalhar em um sábado? Isso que era dedicação. Ou, talvez, ele só estivesse procurando uma desculpa para passar mais tempo com Julia. Devia ser isso.

Meu estômago roncou. Eu não tinha comido nada desde a tarde anterior. O que quer que Declan tenha feito na noite anterior tinha um cheiro incrível...

Abri a geladeira e vi uma tigela de vidro de sobras me encarando. Havia um recado grudado no topo.

Melhor risoto de cogumelos que já fiz na vida.
Pode até valer a pena arcar com as consequências.
Você decide.

Balancei a cabeça e dei risada. Era estranho eu quase querer comer só para ver quais eram as consequências dele?

Tirando o papel-alumínio, senti o cheiro. Tinha cheiro de alho e um delicioso aroma de muitas ervas e especiarias. *Talvez só um pouquinho.* Servi um pouco em um prato e coloquei no micro-ondas.

Levando o prato para o sofá, cruzei as pernas e coloquei uma garfada gigante na boca.

Dane-se você e sua comida, Declan.

CAPÍTULO CINCO

DECLAN

Julia e eu estávamos sentados na sala de reuniões vazia. Tínhamos passado a manhã praticando para nossa apresentação da nova campanha. Estávamos fazendo um intervalo, saboreando um café.

Ela colocou um pouco de creme em sua xícara.

— Sua colega de casa parece gostar de você.

— O que a faz dizer isso?

— Simplesmente dá para perceber.

— Somos amigos, sim. Nos damos bem.

— Sim, mas quero dizer que acho que pode ser que ela *goste* de você mais do que você pensa.

— Você não a ouviu dizer que está a fim daquele médico do trabalho?

— Bem, sim, quero dizer, é isso que ela diz... mas acho que pode ser que ela também goste de *você*. Quero dizer, por que ela não gostaria? Você é bonitão.

Ora, ora, ora...

Em todo o tempo em que Julia e eu éramos amigos e colegas de trabalho, ela nunca tinha chegado perto de me elogiar assim. Também nunca havia demonstrado nada remotamente parecido com ciúme. Ainda assim, dada a vermelhidão em suas bochechas, se eu não a conhecesse, teria pensado que estava com ciúme. *Ora, vou ficar felizão.* Talvez houvesse uma chance para mim, afinal.

— Ela também podia, com certeza, ter colocado o sutiã de volta antes de chegar em casa — Julia complementou. — Acho que foi uma desculpa para exibir os peitos perto de você, para ser sincera.

Era difícil não mostrar meu divertimento.

Resolvi cutucar a onça.

— Bem, ela é bonita. Vou admitir. — Dei de ombros. — Não sei, talvez ela *esteja* a fim de mim. Você pode ter razão.

Então, a coisa mais louca aconteceu.

— O que vai fazer esta noite? — Julia perguntou.

— Não tenho planos. Por quê?

— Quando acabarmos aqui, podíamos jantar.

Certo, então.

— Sim. Boa.

Julia quase nunca me convidava para fazer algo fora do trabalho. Sempre era eu que sugeria isso. *Puta merda*. Talvez eu *estivesse* no caminho de algo. Estivera dando a Molly conselhos sobre como fazer o dr. Otáriolícia gostar dela — ao parecer desinteressada. Mas, talvez, fosse ainda mais poderoso parecer interessado em outra pessoa.

Naquela noite, abri a geladeira e vi que minha colega de casa tinha acabado com a maioria das sobras. Molly estava deitada no sofá lendo, quando resolvi provocá-la.

— Que safadinha, Mollz. Vi que não conseguiu resistir ao risoto.

Ela fechou o livro e se sentou.

— Na verdade, consegui. Mas escolhi não resistir. Também fiquei curiosa para saber qual seria minha punição. Como vou saber se resistir à sua comida vale a pena se não sei quais são as consequências?

Dei risada. Nem eu sabia quais eram as consequências.

— Vou inventar alguma coisa. A penalidade será posta na sua porta esta noite.

— Ah, uma coisa para ficar ansiosa. Você falou que sua avó te ensinou a cozinhar? Sua mãe também é uma boa cozinheira?

Eu não estava a fim de explicar a história complicada da minha dinâmica familiar ou como minha mãe nem sempre estava muito bem da cabeça para se importar com os filhos. Em vez disso, dei de ombros.

— Todo mundo cozinhava na minha casa. Mas aprendi a maior parte das coisas com minha avó. — Abrindo uma garrafa de Gatorade, mudei de assunto. — Então, como está indo tudo? Teve notícia do Doutor Gostoso?

— Não. E, infelizmente, descobri por minha amiga que Will se aconchegou bastante em Daisy depois que fui embora do bar.

— É, mas isso é só porque você não estava lá.

— Acho vou conseguir medir melhor como as coisas estão no trabalho esta semana. Ele falou que queria tomar um café. Vamos ver se continua com a ideia.

— Narciso não vai ter a menor chance quando você entrar no jogo de novo.

— Vamos torcer.

— Então... uma coisa interessante aconteceu na minha vida — comecei, ansioso para compartilhar minha experiência do dia.

— O quê?

— Julia e eu estávamos trabalhando no escritório, e ela começou a falar de você aleatoriamente. Senti um pouco de ciúme.

— Sério? Que engraçado você dizer isso, porque pensei ter sentido a mesma coisa ontem à noite. O que ela falou?

— Falou que acha que você gosta de mim. — Abri um sorriso presunçoso. — Quero dizer, nós dois sabemos que você gosta. Mas foi interessante ela ter reparado nisso. — Dei uma piscadinha. — Estou brincando. Bem, não quanto a ela *achar* que você gosta de mim. O sinal de ciúme que senti dela fez as engrenagens funcionarem na minha cabeça.

— Sobre o quê?

— Me fez perceber que a única coisa melhor do que mostrar desinteresse como estratégia pode ser a ameaça de outra pessoa.

— Interessante. Bem, fico feliz por ter podido ajudar.

— Acho que seus mamilos ajudaram mais do que qualquer coisa. Agradeça a eles por mim.

Molly corou.

— Espere... Ela pensa que fiz aquilo para *você*? Mas contei a ela sobre Will.

— É, mas ela falou que você poderia ter colocado o sutiã antes de chegar em casa. Sentiu que você os estava exibindo.

— Ela acha que sou uma vadia. Ótimo. Não pensei em colocar o sutiã, porque estava vindo direto para casa e pensei que você estivesse fora.

— Bem, *você* sabe disso, e *eu* sei disso, mas *ela* não. Então, deixe que ela pense assim. Deixe que pense que também gosto de olhar para você. Talvez isso seja o que finalmente vai funcionar. — *E gosto mesmo de olhar para você, mas essa não é a questão aqui.*

Mais tarde, após Molly ter ido dormir, grudei um recado em sua porta.

Aquele risoto te colocou em um dilema, porque agora deve lavar minhas roupas.

Vou preparar um cesto para amanhã à noite. ;)

Molly e eu não nos cruzamos de novo até ela me ligar do seu plantão no dia seguinte. Eu estava no meio de uma atividade física tarde da noite no meu quarto e parei para conversar com ela.

— E aí, Mollz?

— Sério? Lavar suas roupas?

Sequei a testa com uma toalha.

— Estou puxando ferro enquanto falamos. Muita suadeira para você lavar.

— Oh, aproveite.

— Estou empolgado, porque aposto que você vai organizar minhas cuecas por cores. — Quando ela ficou em silêncio, eu disse: — Ei, preciso me aproveitar disso. Foi por isso que ligou? Para reclamar da punição?

— Na verdade, não. Queria te contar uma coisa interessante.

Dei um gole na minha água.

— Estou sempre pronto para isso.

— Lembra quando estava me contando que Julia pareceu ficar com ciúme quando estava falando de mim?

— Sim?

— Bem, acho que você está certo. Will e eu acabamos de tomar café juntos durante nosso intervalo. Ele me perguntou o que tinha de novidade, e contei a ele tudo sobre meu novo colega de casa. Comecei a idolatrar você, como se fosse um presente de Deus para as mulheres.

— Então não exagerou muito. Certo. Continue.

— Que seja. — Ela deu risada. — Enfim... o humor dele pareceu mudar conforme eu falava de você. Pareceu interessado no nosso relacionamento.

— Ele te chamou para sair?

— Não. Mas estou pensando que, talvez, ele precise de alguma coisa que acenda um fogo na bunda dele. Talvez eu precise fazê-lo acreditar que *estou* interessada em você.

Cocei o queixo. *Poderia funcionar. Melhor ainda...*

— Talvez eu possa visitar você no hospital. Se ele me vir, se sentirá ainda mais ameaçado.

— Que presunçoso.

— Só estou tentando ajudar.

— Na verdade... — ela disse. — Tenho uma ideia melhor. Por que não vem ao próximo *happy hour*?

— Posso aceitar isso, com certeza. Mas com uma condição.

— Por que sempre há condições com você?

— Esta é justa.

— O que é?

— Você faz a mesma coisa por mim. Não pensei na logística, mas quero deixar Julia com ciúme. Acho que deveríamos fingir que está havendo alguma coisa entre nós.

Após uma breve pausa, ela decidiu:

— Certo, mas precisamos pensar o que isso envolve.

Uau. Fiquei um pouco surpreso por ela aceitar. Deve estar mesmo apaixonada pelo Willy Pau.

— Envolve o que quer que seja para deixar a outra pessoa com ciúme — eu disse. — Se é para sermos visto juntos, significa...

— Temos que, tipo, tocar... e beijar?

Dei risada da reação dela.

— Se achar que é demais, não precisamos. Podemos apenas parecer *mesmo, mesmo* a fim um do outro de uma forma bizarra, tipo uma encarada assustadora constante e comunicação telepática.

Ela suspirou.

— Não... acho que deveríamos fazer com que acreditem mesmo.

Bem, isto vai ser interessante pra caramba.

Não vi Molly nos dias seguintes. Ela fez três plantões de doze horas e nossas agendas não bateram. Mas eu sabia que hoje era seu dia de folga, então naquela tarde tinha lhe enviado mensagem para perguntar se estaria em casa para jantar e passei no mercado depois do trabalho para comprar umas coisas que precisaria para fazer uma das minhas especialidades.

Ela chegou e tentou xeretar por cima do meu ombro, enquanto eu mexia os ingredientes em uma tigela. Me virei para ela não conseguir ver o que eu estava fazendo.

— Não pode olhar até o jantar estar pronto — eu disse.

Ela fez beicinho, porém vi o sorriso por debaixo daqueles lábios carnudos e tristes.

— E se eu não gostar do que está fazendo?

— Vai gostar.

— Como sabe?

— Porque eu que estou fazendo, e parece que você come qualquer coisa que eu cozinho.

Ela revirou os olhos.

— Não fique se achando. Só roubei aquelas suas sobras de novo ontem porque estava com muita preguiça de ir ao mercado comprar frios.

Eu sorri.

— Tudo bem admitir que gosta da minha comida, sabe?

Molly balançou a cabeça.

— Pelo pouco tempo que conheço você, tenho certeza de que não precisa de ninguém acariciando seu ego e aumentando-o.

— Tem razão. Tenho uma coisa melhor do que o meu ego que aumenta quando se acaricia. — Dei uma piscadinha.

Ela começou a corar, mas se virou de costas para eu não ver. Não sei por que, mas adorei quando ela ruborizou e tentou esconder.

— Falta quanto tempo para o jantar ficar pronto? — ela perguntou.

— Depende... De quanto tempo você precisa?

— Bem, se faltar quinze minutos, vou ligar para minha mãe antes de comermos. Ela ligou enquanto eu estava a alguns quarteirões daqui, mas tento não falar mais no celular e dirigir ao mesmo tempo. Tive um pequeno incidente há alguns meses. Estava brigando com a empresa do cartão de crédito sobre uma cobrança que não era minha e não estava prestando muita atenção.

— Demore o quanto precisar.

— Quinze minutos devem ser suficientes. Se eu ainda estiver no telefone, é só dizer em voz alta que o jantar está pronto. Isso vai me ajudar a desligar. Minha mãe gosta *muito* de conversar.

Sorri.

— Pode deixar.

Na verdade, eu só precisava de alguns minutos para terminar o que estava fazendo, então pensei em aguardar até ela sair do telefone para recomeçar. Mas se passou quase meia hora, e Molly ainda não tinha saído do quarto. Então, bati na porta levemente. Talvez ela não estivesse exagerando e realmente precisasse de ajuda para desligar.

— Ei, Moll? O jantar ficará pronto em alguns minutos.

— Certo. Já vou.

Dez minutos depois, ela, enfim, saiu do quarto. Eu tinha servido dois pratos na mesa da cozinha e estava prestes a zombar dela por fazer meu jantar esfriar quando olhei para cima e vi seu rosto todo vermelho e manchado. Com certeza, ela estivera chorando.

Esfreguei meu esterno. Parecia que meu peito estava queimando ou algo parecido.

— O que houve? Sua mãe está bem?

Molly fungou algumas vezes.

— Sim. Está bem. Não é minha mãe. É meu pai.

— O que aconteceu?

— Ele está doente. Aparentemente, foi diagnosticado com câncer de pulmão, e o prognóstico não é bom.

— Merda, Moll. Sinto muito. Venha aqui. — Puxei-a para um abraço.

Ela começou a chorar de novo nos meus braços. Sem saber o que dizer ou fazer, só a abracei forte e continuei acariciando seu cabelo e lhe dizendo que vai ficar tudo bem. Quando ela se acalmou, levei-a para o sofá.

— Quer alguma coisa? — perguntei. — Uma taça de vinho, ou água, talvez?

— Não, tudo bem. Você fez o jantar, e provavelmente já está esfriando.

— Não se preocupe com o jantar. Me diga do que precisa.

Seu rosto estava tão vermelho que destacava o azul dos seus olhos. Máscara de cílios ou algum outro tipo de maquiagem escorria por uma das suas bochechas. Sequei-a com o polegar.

— Quer vinho?

Ela assentiu.

— É, acho que seria bom uma taça de vinho.

Na cozinha, servi duas taças de vinho branco e levei a garrafa comigo quando fui me sentar ao seu lado de novo. Entregando-lhe uma taça, eu disse:

— Meu pai teve câncer de próstata quando eu era adolescente. Fiquei aterrorizado e pensei que ele não fosse sobreviver. Mas ele conseguiu. A medicina evolui todos os dias. Às vezes, um prognóstico ruim pode mudar.

— Eu sei. É só que meu pai e eu... Nós temos um relacionamento complicado.

Assenti.

— Entendo. Meu relacionamento com minha mãe também não é simples.

Molly bebeu seu vinho enquanto encarava os próprios pés, parecendo perdida em pensamentos. Dei-lhe um tempo para decidir o que queria compartilhar comigo. Em certo instante, ela continuou.

— Quando eu tinha dezesseis anos, meu pai deixou minha mãe. Ele é dermatologista e se casou com a enfermeira dele nem um ano depois de ter ido embora. Kayla, sua esposa, é apenas seis anos mais velha do que eu. Acho que tive mais dificuldade do que minha mãe em aceitar o término e seu novo casamento. — Ela balançou a cabeça. — É que eu estava tão brava com ele. Basicamente, ele começou uma nova vida sem a gente. Tudo foi tão estereotipado e clichê. Minha mãe tinha trabalhado em dois empregos para ajudá-lo a pagar a faculdade de Medicina. Ele lhe pagou de volta trocando-a por um modelo mais novo um mês antes do seu quinquagésimo aniversário... e pela enfermeira dele, nada menos do que isso. Na verdade, tenho uma irmãzinha que as pessoas pensam que é minha filha.

— Que droga. Sinto muito, Molly.

— Obrigada. Enfim, já faz quase doze anos. Minha mãe superou. Está namorando um cara bem legal agora. Mas meu rancor nunca desapareceu, e realmente colocou uma distância na minha relação com meu pai ao longo dos anos. Ele me liga a cada duas semanas, mas nossas conversas são como dois estranhos conversando... *Como está o trabalho? Como está o tempo? Planejando algumas férias boas?*

— Ele mora aqui em Chicago?

Ela assentiu.

— Mora perto do Lincoln Park. — Molly ficou quieta por uns minutos de novo, depois falou: — Perdi muitos anos abrigando sentimentos ruins por algo que nem se tratava de mim.

— Bem... — Peguei sua taça quase vazia e enchi novamente. — O bom sobre o perdão é que não tem data de validade. Você pode perdoar a qualquer hora.

Molly forçou um sorriso.

— Obrigada.

— Ele está no hospital?

Ela balançou a cabeça.

— Aparentemente, ele fez uns exames e vai começar a quimioterapia daqui a uns dias. Ligou para minha mãe, porque me deixou uma mensagem semana passada, e ainda não tive vontade de ligar de volta. Parece que minha irmã mais velha também não.

— Sua irmã mora aqui em Chicago?

— Não, Lauren mora em Londres. Ela fez um intercâmbio durante o primeiro ano da faculdade e conheceu um cara. Mudou-se para lá para ficar com ele no dia em que se formou. Ambos são professores em uma universidade, então ela só vem visitar uma vez por ano.

Assenti.

— Como você está lidando com as coisas? Vai ligar para ele ou ir visitá-lo?

— Não sei. Acho que é melhor eu fazer as duas coisas: ligar e depois conversar com ele pessoalmente. Apesar de que, para ser sincera, fico enjoada só de pensar nisso. Faz bastante tempo, e não sei como consertar as coisas, principalmente agora.

— Vou com você, se quiser.

Molly piscou algumas vezes.

— Vai?

— Claro. Você é minha colega de casa. Te dou todo apoio.

— Agradeço por isso. De verdade. Mas, provavelmente, seria estranho levar alguém que ele nunca conheceu. Acho que preciso resolver essa questão sozinha.

Assenti.

— Ok. Bem, o que acha de eu te dar uma carona até o Lincoln Park quando você for? Vou estacionar na esquina e te esperar. Posso levar meu laptop para trabalhar. Assim, você não precisa dirigir se ficar chateada, e vai ter alguém para te acalmar até lá.

— É muito generoso da sua parte. Sei que vou ficar preocupada demais para prestar atenção no trânsito. Então, vou aceitar sua oferta, se está falando sério.

— Estou. E considere feito. Só me avise o dia, e estarei lá.

Molly sorriu, e pareceu que a mão que apertava meu coração tinha soltado um pouco.

— Obrigada, Declan.

Ela ficou quieta por uns minutos.

— Seus pais também tiveram um divórcio turbulento? — Ela inclinou a cabeça para o lado.

Franzi a testa, e Molly percebeu.

— Você falou que tem um relacionamento complicado com sua mãe — ela explicou. — Então pensei que, talvez, você tivesse uma situação similar à minha.

Balancei a cabeça. Era muito mais fácil falar sobre a situação do meu pai com o câncer do que a doença da minha mãe, principalmente nesses últimos dias. Além disso, enfim, eu havia aliviado um pouco o clima. Molly não precisava que eu a deixasse mais triste. Então tentei minimizar o que eu tinha falado mais cedo.

— Não, só uma besteira de família. — Me levantei. — Por que não termina seu vinho e relaxa um pouco? Vou preparar o jantar. Vou demorar dez minutos para fazer uma nova leva.

Molly olhou por cima do meu ombro na direção da cozinha.

— O que você fez?

— Waffles belgas com sorvete. Pensei que parte do meu trabalho como seu colega de casa era ajudar você a desbloquear sua aversão a comidas matinais à noite. E vou te dizer uma coisa... Já que você teve uma noite difícil, esta refeição é por minha conta. Não vai ter que lavar minhas roupas nem pegar minha roupa seca.

Ela balançou a cabeça, mas deu risada.

— Obrigada.

Joguei os waffles frios e o sorvete derretido no lixo e fiz uma leva nova. Fiquei feliz que Molly se entreteve e pareceu esquecer sobre o pai por um tempinho.

— Então, como estão indo as coisas com Julia? — ela perguntou enquanto comíamos.

— Boas, eu acho. Jantamos depois do trabalho na outra noite.

— Vocês tiveram um encontro?

— Não de verdade. Trabalhamos juntos e viajamos bastante, então comemos juntos com frequência. Mas, desta vez, meio que pareceu diferente.

— Tipo como?

— Ela reclamou bastante do Bryant, o namorado dela. Eles estão juntos há quase um ano, e ela nunca tinha feito isso.

— Então ela quer que você saiba que há problemas no paraíso?

Dei de ombros.

— Pensei que o momento foi interessante. De repente, ela me avisa, pela primeira vez, que, talvez, as coisas não sejam tão boas em seu relacionamento, logo depois de desconfiar que pode haver algo entre mim e minha colega de casa gostosa. — Assim que falei isso, vi que poderia não ser apropriado chamar Molly de gostosa. Gostava de brincar com ela, porém não queria deixá-la desconfortável. — Desculpe. Não deveria ter te chamado disso. Quero dizer, obviamente, você é linda, mas não quero que pense que seco você quando está andando pelo apartamento ou nada parecido. É só o jeito que falo.

A verdade era que eu realmente secava Molly quando ela não estava olhando. Seria difícil pra caramba não o fazer. No entanto, ela não precisava saber disso.

Ela sorriu.

— Tudo bem.

— Enfim, o momento poderia ser total coincidência. Mas não acho que seja. E você? Como estão as coisas entre você e o bom doutor? Alguma novidade nessa área?

— Na verdade, não.

— Bem, talvez nos ver juntos dê a ele o empurrãozinho de que precisa, como parece ter feito com Julia.

Molly comeu o último pedaço de waffle do seu prato, mergulhando-o no sorvete derretido.

— Por que precisa ser um jogo? Se Will gosta de mim, por que agiria apenas se pensa que pode perder a oportunidade? A mesma coisa com Julia. Isso tudo parece tão imaturo. Para ser sincera, ainda não consigo superar o que fiz na outra noite no bar. Tirar meu sutiã e fingir derrubar água em mim mesma para chamar a atenção de um homem? Tenho vinte e sete anos, não dezessete. Olhando para trás, apesar de ter conseguido o que queria, fico bem envergonhada.

Balancei a cabeça.

— Acho que, às vezes, todos estamos tão ocupados procurando o que está por aí que perdemos algo incrível bem na nossa frente. Importa se for ciúme ou o que for que nos acorde, contanto que o faça?

Ela deu de ombros.

— Sei lá. Acho que não. Talvez só seja assim que é a vida... mas parece bobagem.

Percebi que, embora Molly estivesse falando de Will, ela poderia estar falando do que houve com sua mãe e seu pai. E não me passou despercebido que Will tinha a mesma profissão do pai dela, e Molly e sua madrasta eram enfermeiras. Eu não era psiquiatra, mas sentia que poderia haver uma correlação enraizada profundamente.

Me levantei para colocar meu prato na pia.

— Quando é a próxima vez que vai trabalhar com o dr. Hipermetropia?

Ela enrugou o nariz.

— Hipermetropia?

— Oposto de miopia. É como chama quando alguém consegue ver de longe, mas não de perto.

— Oh. — Ela sorriu. — Entendi. — Molly levou seu prato à pia e o enxaguou. — Ele ficará de sobreaviso nesta sexta à noite. Então, se alguém entrar em trabalho de parto, provavelmente, vou vê-lo. É raro passarmos uma noite sem que o obstetra tenha que fazer parto.

— Então por que não vou te buscar para almoçar?

— Ãh... porque trabalho das sete da noite às sete da manhã. Meu horário de almoço é à meia-noite.

Dei de ombros.

— E?

— Não vou pedir para você ir ao hospital a essa hora.

— Você não pediu. Eu ofereci.

— Eu sei... mas...

— Está combinado, Mollz.

Ela suspirou.

— Certo, obrigada. Vamos ver se ele vai lá.

Limpamos o resto da cozinha juntos em silêncio, então Molly disse:

— Acho que vou ligar para minha mãe de novo. Se não ligar, ela vai ficar preocupada a noite inteira porque desliguei muito chateada. Também talvez seja bom ligar para minha irmã, mas está bem tarde em Londres agora. Acho que vou esperar amanhecer para ligar para ela.

— Parece ser uma boa ideia.

— Aliás, não comia waffles belgas com sorvete desde que era criança. Estava delicioso. Obrigada por me fazer café da manhã para jantar.

— Sem problema. Vou ler alguma coisa no meu quarto para o trabalho. Mas, se quiser conversar depois de desligar com sua mãe, sabe onde me encontrar.

— Obrigada.

Molly se serviu de outra taça de vinho e falou boa-noite antes de cruzar o corredor até seu quarto. Virou-se de costas ao chegar à porta do quarto, só para me flagrar com os olhos grudados em sua bunda. Pensei que ela fosse ficar brava, mas, em vez disso, fez uma careta.

— Acho que você não tem hipermetropia.

Meus lábios se curvaram em um sorriso.

— Visão perfeita. Graças a Deus.

— Boa noite, Dec. Obrigada por tudo. E não estou dizendo apenas por fazer o jantar.

— A qualquer hora. Boa noite, Mollz.

E SE FOSSE VERDADE?

CAPÍTULO SEIS

MOLLY

— Puta merda. Alguma mulher que acabou de parir uma melancia vai engravidar de novo muito em breve.

Daisy e eu estávamos sentadas na enfermaria uma ao lado da outra, mas eu não fazia ideia do que ela estava falando. Olhei para cima da tela do computador e segui para onde ela estava olhando.

Oh, nossa. Um homem cruzando o corredor de forma empertigada carregando um buquê enorme de flores. Estava usando um terno bem ajustado de três peças com o nó da gravata meio frouxo, e uma barba por fazer delineava seu maxilar. Não somente qualquer maxilar — o maxilar de *Declan*. Avistando-me, ele abriu um sorriso de um milhão de dólares e duas covinhas profundas.

— Na verdade... — Daisy sussurrou. — Acho que ele acabou de *me* engravidar.

Eu não fazia ideia de que ele viria, já que era para ter me ligado primeiro. Então, entre a surpresa de vê-lo e perceber o quanto ele estava incrível, eu parecia incapaz de falar. Em vez disso, me sentei e o encarei até ele se aproximar de mim.

— Oi, linda.

Daisy arregalou os olhos conforme me levantei.

— Declan... O que está fazendo aqui?

Ele ergueu uma bolsa que eu nem tinha visto em sua mão.

— Fiz jantar para você... ou acho que seria seu almoço. — Ele estendeu as flores para mim. — E trouxe isto.

— São lindas. Mas... não precisava ter feito isso. Não sabia que você viria.

— Queria te fazer uma surpresa. Já fez seu intervalo?

Balancei a cabeça.

— Não. Mas posso fazer, tipo, em quinze minutos. Só preciso terminar umas coisas aqui.

Daisy, que eu tinha esquecido que ainda estava sentada ao meu lado, se levantou e pegou o prontuário do paciente das minhas mãos.

— Vou terminar para você.

— Oh... certo. Obrigada, Daisy.

Declan se atentou ao ouvir o nome.

— Daisy, hein? — ele disse. — Sou Declan, o encontro de Molly para o jantar desta noite.

— É um prazer conhecer você, Declan.

— Você também. Agradeço por cobrir para minha garota para que eu possa comer com ela. Trabalho de dia e ela, à noite, então sinto falta de ver o rosto dela.

Daisy parecia incapaz de parar de sorrir.

— Isso é tão fofo. Fique o tempo que quiser. Está uma noite bem tranquila, então consigo lidar com tudo sozinha.

Declan estendeu a mão para eu pegar por cima do balcão e me levou para seu lado.

— Mostre o caminho, linda.

Assim que estávamos fora de alcance, ele se inclinou para mim.

— Então aquela é Ivy, hein? Ela não chega aos seus pés. Se o dr. PauDelícia escolher aquilo em vez de você, ele não é apenas cego, é um idiota.

Por um motivo estranho, meu coração estava acelerado. Não sabia se era a surpresa da visita, a cena que estávamos fazendo no trabalho ou o fato de realmente meio que ter surtado quando Declan entrou daquele jeito. O homem tinha uma presença tão grande.

— É muito gentil da sua parte dizer isso, mesmo que esteja mentindo — falei. — Mas detesto te dizer que parece que estamos tendo uma daquelas raras noites em que nenhuma das nossas pacientes entra em trabalho de parto, então Will nem está aqui. Queria que tivesse ligado antes para eu poder ter poupado seu trabalho.

Declan deu de ombros.

— Tudo bem. Queria ver como você estava, de qualquer forma. Hoje foi o primeiro dia de quimioterapia do seu pai, certo? Você mencionou que ele ia te ligar depois. Imaginei que pudesse querer conversar sobre isso.

Levei Declan para a sala de descanso. Tecnicamente, era apenas para funcionários, porém ninguém realmente se importava, ainda mais no plantão noturno. Ele começou a organizar a comida, exatamente como fez na cozinha de casa. Tirando um pote de plástico da bolsa, ele o colocou no micro-ondas e puxou uma cadeira para eu me sentar enquanto aquecia o que quer que tivesse trazido.

— Conseguiu conversar com ele? — ele perguntou.

— Sim. Conversamos por quase meia hora, o que, sinceramente, é a conversa mais longa que consigo lembrar de termos em uma década. Na maior parte do tempo, falamos sobre o plano de tratamento dele, e de quais médicos gostávamos e de quais não. Estava mais para um médico e uma enfermeira falando sobre os registros médicos de um paciente do que uma conversa de pai e filha, mas acho que é um começo.

Ele assentiu.

— É bom vocês terem esse assunto em comum para aliviar as coisas. — O micro-ondas apitou, e ele retirou o pote e o colocou diante de mim.

— Nhoque caseiro com molho cremoso.

— Uau. Caseiro? Tipo, você também fez a massa?

— Aham. Falei para você que sou o colega de casa perfeito.

Espetei duas bolinhas de massa e as coloquei na boca. Se Declan não estivesse ali para ver minha reação, eu poderia ter revirado os olhos e gemido um pouco. Estava *bom assim*.

— Está absolutamente delicioso.

Ele se sentou à minha frente e sorriu.

— Que bom. Coma.

Espetei mais massa.

— Quer dividir?

— Não. Coma você. Já comi um pouco. Mas me conte como ficaram as coisas com seu pai. Você fez planos de visitá-lo pessoalmente?

Suspirei.

— Ele me convidou para ir lá jantar.

— Que bom. Quando?

— Na terça.

Declan coçou o queixo.

— Tenho uma reunião, mas, provavelmente, posso remarcar.

— Não, não precisa fazer isso. Posso ir sozinha.

Ele pegou seu celular e começou a digitar. Quando terminou, jogou-o na mesa.

— Pronto. Enviei um e-mail para o cara e perguntei se poderíamos fazê-la na sexta-feira. Tenho certeza de que não haverá problema.

Coloquei mais nhoque na boca.

— Você é realmente um bom amigo, Declan. — Mesmo que nos conhecêssemos há poucas semanas, eu sabia, de alguma forma, que poderia contar com ele.

Alguns minutos depois, eu havia quase esvaziado o recipiente. Peguei mais alguns nhoques e ergui o garfo até a metade do caminho para os meus lábios.

— Quero comer o restante, porém estou empanturrada.

— Tem certeza de que está cheia? — perguntou Declan.

— Absoluta.

— Que bom. — Ele se debruçou na mesa e abocanhou o garfo. — Porque eu menti. Eu não havia comido nada ainda. Trabalhei até bem tarde, e demora para fazer essas malditas bolinhas. Saí correndo, porque não queria perder seu intervalo. — Ele mastigou e manteve o rosto diante de mim, debruçando-se na mesa. — Então me dê a última garfada, sim?

Dei risada, mas coloquei mais dois pedaços grandes de nhoque na boca dele. Nós dois estávamos tão ocupados com a comida e curtindo tanto a companhia um do outro que não ouvimos alguém entrar na sala de descanso. Só quando uma voz grave de homem nos interrompeu.

— Oi, Molly...

Me virei e vi Will Daniels segurando uma caneca de café. Seus olhos se moveram de um lado a outro entre Declan e mim.

Pigarreei.

— Oi, Will.

Declan arregalou os olhos quando percebeu o que estava acontecendo, um olhar presunçoso de "missão cumprida" estampado em todo o seu rosto.

Will estendeu a mão para Declan.

— Will Daniels.

— Declan Tate. É um prazer te conhecer.

— Você é amigo da Molly?

— Estamos saindo, na verdade — Declan respondeu sem hesitar nem por um segundo.

Will olhou para mim, compreensivelmente confuso. Tínhamos acabado de tomar um café na semana anterior, e eu havia falado sobre meu colega de casa, mas não que estava saindo com alguém. Não mencionara o nome de Declan, então não tinha como ele saber que meu novo "interesse amoroso" era o mesmo cara de quem eu tinha falado.

Sem saber o que dizer, balbuciei:

— Ãh, é... novidade.

Will forçou um sorriso.

— Acho que muita coisa pode mudar em uma semana.

— É.

Ele se virou para Declan.

— O que quer que seja que aqueceram no micro-ondas tem um cheiro incrível.

Declan sorriu.

— Obrigado. Foi nhoque. Eu que fiz.

— Ah. Um chef. — Will se aproximou da cafeteira e encheu sua caneca pelo que pareceram dez bizarros segundos. Colocou a tampinha e disse: — Bem, vou deixar vocês dois voltarem ao jantar. — Então ele foi embora.

Depois que Will estava, seguramente, fora de alcance, Declan falou baixo.

— Certo... quer minha avaliação sobre o PauDelícia?

— Sim.

Ele continuou sussurrando.

— Finalmente, o doutor ficou com ciúme. Aquilo tudo foi bizarro. Foi ótimo. Claramente, ele ficou decepcionado e surpreso por ver você comigo.

Me enchi de esperança.

— Você acha?

— Não *acho*, eu *sei*. Então foi bom. Definitivamente a visita não foi desperdiçada.

— E agora? — perguntei. — Quero dizer, será que isso pode sair pela culatra? Agora que ele pensa que estou comprometida?

— Não falei que estávamos saindo exclusivamente, só que estávamos saindo. Acredite em mim, da próxima vez que ele a vir sozinha, vai perguntar de mim. Será sua oportunidade de avisá-lo de que não estamos tão sérios assim. Vou apenas ser presente o suficiente para fazê-lo perceber que precisa se apressar ou vai perder a oportunidade.

Soprando meu cabelo para cima, eu disse:

— Bem, isto é muito mais simples do que expor meus mamilos. E nem preciso ficar enojada comigo mesma.

— Vai ser divertido, Mollz. — Declan recolocou a tampa no recipiente do nhoque. — Falando na diversão que estamos tendo, estava torcendo para que, talvez, não se importasse de ficar em casa na próxima quarta à noite. É sua noite de folga, certo? Estava pensando em pedir para Julia ir para lá a fim de discutirmos a campanha. Pode ser uma boa oportunidade para você e eu... flertarmos.

Não podia exatamente negar; ele tinha me ajudado bastante naquela noite.

— Oh... sim. Claro. Posso fazer isso. É justo. Você me fez um favor enorme.

Ele sorriu largamente.

— Legal.

Ele estava especialmente bonito de terno naquela noite.

Declan ficou até meu intervalo acabar, então voltei ao trabalho.

Mais tarde naquela noite, claro, Will me viu na enfermaria.

Ele mexeu em umas pastas e disse:

— Declan, certo? Ele pareceu legal.

Meu coração martelou.

— É. Ele é. Como falei... é novidade. Nada sério nem nada.

— Mas ele parece bem sério, se está trazendo comida para você à meia-noite...

— Achei legal da parte dele. Mas não é exclusivo.

Ele guardou uma pasta de volta no local correto, depois se virou para mim e disse:

— Bom saber. — Ele deu uma piscadinha antes de voltar para o corredor.

Isso me animou, mas, ao mesmo tempo, tinha que me perguntar por que ele estava demorando tanto para me convidar para sair. Poderia, facilmente, ter feito isso agora.

Alguns minutos depois, Daisy apareceu.

— Puta merda, Molly. Me conte sobre seu cara novo.

Contei a ela a mesma história que acabara de contar a Will — que era novidade e que o veredito ainda seria dado.

— Bem, se não der certo, mande-o para mim, porque um homem bonito daquele *e* que traz comida e flores é ouro.

Pensei em dizer *é, homens assim não existem.*

Mas Declan realmente é falso? Ele *é* bonito e *é* um cozinheiro incrível. Por mais que o jantar de hoje tenha sido para exibição, os waffles belgas que ele fez na outra noite não foram. Nem sua proposta de me acompanhar para visitar meu pai ou o fato de ele ser mesmo um bom ouvinte.

Minha visão estava fixa em Will, porém, por algum motivo, conforme a noite passou, foi em Declan que não consegui parar de pensar.

CAPÍTULO SETE

MOLLY

Declan encontrou uma vaga para estacionar na esquina da casa do meu pai no Lincoln Park.

— Então vou só ficar aqui trabalhando um pouco se precisar de mim.

Me senti mal por fazê-lo esperar no carro. Ele dissera que tinha trabalho a fazer, mas não poderia imaginar que ele teria escolhido ficar preso no carro se não estivesse me fazendo um favor. E, se eu admitisse que me sentia mal por pedir que ele me esperasse no carro, ele insistiria em fazê-lo de qualquer forma. Então, em vez de fazer isso, fiz parecer que precisava do seu apoio no jantar. Não era totalmente mentira.

— Acha... que poderíamos mudar o plano? Eu adoraria se você pudesse entrar comigo.

Ele franziu a testa.

— Quer que eu jante com você e seu pai?

— Sei que é meio aleatório eu te levar junto, mas preferiria não ir sozinha.

— Bem, só precisava dizer isso. — Declan tirou seu cinto. — Mas qual é a história?

— Como assim?

— Quem devo ser?

Soquei seu ombro com delicadeza.

— O que acha de meu colega de casa, Declan?

— Essa é uma ideia nova. — Ele deu risada.

— Apenas seja você mesmo.

Ele deu uma piscadinha.

— Posso fazer isso.

Saímos do carro e subimos as escadas para a porta do meu pai. Ele morava em uma casa grande de três milhões de dólares em uma elegante rua larga de um dos melhores bairros de Chicago.

Minha "madrasta" Kayla atendeu à porta.

— Molly, é tão bom ver você.

Ela me deu um tapinha nas costas conforme demos um abraço obrigatório.

— Você também.

— E quem é este? — ela perguntou.

— Este é meu amigo, Declan. Espero que não se importe de eu tê-lo trazido.

— Claro que não! Temos bastante comida.

— É um prazer conhecer você — Declan disse.

Poderia jurar que Kayla deu uma olhada de cima a baixo em Declan. Isso não teria me surpreendido. Qualquer uma que roubava um homem da sua família não tinha vergonha.

— Onde está Siobhan? — indaguei.

— Sua irmã está na casa da amiga dela. Ela queria ver você, mas foi convidada para dormir na casa da amiga e era para ir às quatro da tarde. Ela ficou indecisa.

— Ah. Espero que eu a encontre da próxima vez.

Por mais que eu teria gostado de ver minha meia-irmã de nove anos, até que estava feliz por ter meu pai todo para mim naquela noite. Siobhan falava tanto que ninguém conseguia falar uma palavra.

— Seu pai está na sala de estar — Kayla informou.

Nós a seguimos pela entrada da casa. Meu pai estivera olhando para fora pela janela e se virou quando nos ouviu entrar.

Ele abriu os braços.

— Aí está minha filha linda.

— Oi, pai.

Conforme nos abraçamos, consegui sentir o quanto ele estava emagrecendo. Ele estava careca, mas eu sabia que isso era porque ele tinha raspado antecipadamente. Porém, ainda assim, foi chocante de ver.

Seus olhos se moveram para minha direita.

— Quem é o cara?

Declan estendeu a mão.

— Oi, dr. Corrigan. Sou Declan, o colega de casa de Molly.

Meu pai assentiu, reconhecendo.

— Oh... este é o cara engraçado do qual você me contou.

Declan arregalou os olhos.

— Shh... — Eu sorri. — Declan não pode saber que falo bem dele.

— Estou feliz que ele pôde vir.

— Eu também, dr. Corrigan.

— Por favor, me chame de Robert, Declan. Aceita alguma coisa para beber?

— Seria ótimo.

Seguimos meu pai para a sala de jantar. A sala foi decorada com uma moldura linda de coroa. A arquitetura vintage da casa era exuberante. Ele abriu o armário de bebidas, que era um armário de canto.

— Tenho quase qualquer coisa que seja do seu gosto. Do que você gosta?

— Um uísque seria ótimo — Declan disse.

— Saindo já. — Ele se virou para mim. — E minha Molly? O que ela quer?

— Vou beber apenas vinho branco.

Ele gritou para a cozinha.

— Kayla, pode servir para Molly um pouco do vinho branco que você abriu ontem à noite?

— Claro. — Eu a ouvi dizer.

Durante o jantar de massa carbonara que estava surpreendentemente bom, considerando que foi feito por uma pessoa jovem, meu pai contou histórias da minha infância enquanto Declan parecia aproveitar cada minuto.

Kayla apenas assentiu a maior parte do tempo, o que estava bom para mim. Não queria ter que fingir gostar de uma conversa com ela. Com meu pai, por outro lado, por mais que tivéssemos nossas divergências, eu gostava da sua companhia de verdade. Sentia falta dele.

Kayla se levantou para lavar a louça. Declan e eu nos oferecemos para ajudar, no entanto, ela insistiu que ficássemos e conversássemos com meu pai. Com apenas nós três na sala de novo, o tom da noite inteira mudou, como se alguém tivesse apertado um botão.

— Por que você realmente veio, Declan? — meu pai perguntou. — Foi porque minha filha não queria me encarar sozinha?

A sala ficou em silêncio por alguns minutos.

Meu colega de casa, que nunca ficava sem palavras, olhou para mim antes de balbuciar suas palavras.

— Não, eu...

— Sim — interrompi. — Precisava do apoio dele. Estava nervosa por muitos motivos... assustada, principalmente, porque não queria ver você doente. Tenho vários arrependimentos quanto ao nosso relacionamento, mas, no fim, você ainda é meu pai. Só estava com medo, com medo de ter medo.

— Eu sei — meu pai disse. Após uns minutos de silêncio, ele se virou para Declan. — Obrigado por acompanhá-la.

— O prazer é meu.

— Como vocês dois acabaram morando juntos?

Declan sorriu maliciosamente.

— Ela não conseguiu resistir aos meus encantos.

— Bem, a história não é exatamente essa — rebati.

— Na verdade, entrei por exclusão. Todo mundo era tão desagradável que ela não teve escolha a não ser se render... além de eu ter feito cupcakes para ela.

— Ideia bem engenhosa. — Meu pai deu risada. — Como um cara que faz cupcakes pode ser ruim?

— Foi exatamente o que pensei, Robert.

— Como é morar com minha filha?

Declan olhou para mim e sorriu.

— Ela é divertida, o que não daria para saber imediatamente por suas regras e organização rígidas.

Meu pai se virou para mim.

— Rígida, hein?

— Ela gosta de tudo bem limpo e organizado — Declan esclareceu. — Mas não há nada de errado nisso. É quem ela é.

O olhar do meu pai penetrou no meu.

— Não é quem ela sempre foi. Quando morava com Molly, me lembro de ela ser bem bagunceira e despreocupada. — Ele pausou. — Depois que saí de casa, minha ex-esposa me contava que Molly tinha se tornado meio obsessiva com limpeza e ter tudo organizado. — Ele olhou para seu prato e suspirou. — E eu só conseguia pensar que... essa não era a Molly. — Meu pai balançou a cabeça. — Me perguntava se ela se tornar assim tinha algo a ver com minha partida.

Não sabia o que dizer. Isso nunca tinha me ocorrido, mas também nunca havia analisado meu comportamento.

Meu pai continuou, olhando diretamente para mim.

— Meu terapeuta acha que fazemos certas coisas a fim de criar um senso de ordem ou estabilidade em nossa vida, porque são coisas que conseguimos controlar. Quando parti, virei sua vida toda de cabeça para baixo.

Fiquei surpresa ao ver que meu pai *sabia* das minhas peculiaridades, porém, aparentemente, minha mãe contava para ele mais coisa do que eu imaginava. Também fiquei surpresa em saber que ele fazia terapia.

— Você faz terapia?

— Sim. Faço há um tempo. Tenho muitos arrependimentos, Molly... Sobre como lidei com as coisas com sua mãe e vocês, garotas. E sinto muito.

Meu peito se apertou. Ele não deveria estar se martirizando agora. Tentei tranquilizá-lo.

— Todos nós cometemos erros.

— O meu foi um grande erro.

Partia meu coração ver que meu pai estava focado em seus arrependimentos enquanto lutava contra sua doença. Ele poderia muito bem ter um tempo limitado; precisava se concentrar no lado bom.

— Pai, por favor, não se preocupe com o passado agora.

A tensão no ar era densa, e senti a mão de Declan cobrir a minha — não entendia como ele sabia que eu realmente precisava disso.

Ele apertou minha mão.

— Se posso dizer alguma coisa, dr. Corrigan...

Meu pai deu um gole em sua bebida.

— Claro.

— Sei que foi embora de casa quando Molly tinha dezesseis anos, e a maioria de nós somos formados como pessoas nessa idade. Você esteve lá nos anos da formação dela. Esse fato não deveria ser descontado. Claro que cometeu uns erros, mas sua filha é uma pessoa incrível, bem ajustada, com uma boa cabeça e uma ótima carreira. É feliz e ama os prazeres simples da vida... ama comida, principalmente. — Ele olhou para mim, e revirei os olhos. — Ela vai ficar bem. E eu, por exemplo, sou feliz por chamá-la de minha amiga.

Não importava se as palavras de Declan eram verdadeiras. Ele sabia *exatamente* o que meu pai precisava ouvir. E eu queria beijá-lo naquele instante. *Jesus, de onde saiu isso?*

— Você deveria fazer marketing — meu pai brincou, sabendo muito bem, por nossa conversa no jantar, que a carreira de Declan *era* em marketing. — Mas obrigado. Fico feliz que minha filha tenha alguém como você para cuidar dela.

Depois de um minuto, Declan foi ao banheiro.

Meu pai me levou para a sala de estar e disse:

— Ele é gay, não é?

Quase cuspi meu vinho.

— O quê? Não! Por que diz isso?

— Está brincando. Ele não é?

— Não. É totalmente hétero.

— Está querendo me dizer que ele fala de você assim e te olha daquele jeito, mas ainda assim não está acontecendo nada *e* ele é heterossexual?

Engoli em seco.

— Sim.

— Bem, ele me enganou direitinho.

Dei um gole grande na bebida.

— Ele está enfeitiçado por outra mulher.

Meu pai demorou um tempo para refletir sobre isso.

— Nem conheço essa pessoa, mas não tem como ela chegar aos seus pés. Tenho certeza de que é só uma questão de tempo até ele enxergar isso.

— Bem, ele vai embora em questão de meses, então...

Meu pai estreitou os olhos.

— Não sabia disso.

— É. Ele vai voltar para a Califórnia, de onde ele é. Só está aqui para um trabalho temporário de seis meses.

Uau. De alguma forma, pensar que Declan iria embora causou um efeito bem maior em mim do que quando ele tinha se mudado. Seria uma droga quando esse momento chegasse.

Ficamos mais uma meia hora. Depois, fui à cozinha a fim de agradecer Kayla pelo jantar e dar um abraço de despedida no meu pai. Em geral, a visita foi melhor do que eu poderia ter imaginado. Fiz planos com meu pai de visitá-lo de novo sozinha na semana seguinte. Felizmente, seria o início de um recomeço do nosso relacionamento.

Quando Declan e eu voltamos para o carro, me virei para ele.

— Tenho uma história engraçada para você.

— Qual?

— Naquele tempo todo, meu pai pensou que você fosse gay.

Ele tinha acabado de ligar o carro, mas desligou.

— O que disse?

— Isso mesmo.

Um olhar perplexo tomou conta da sua expressão.

— Pareço gay para você? Me diria, certo? Dou essa impressão?

— Não. — Dei risada. — Ele pensou que fosse gay porque não conseguia entender como você e eu nos damos tão bem, como pode dizer todas aquelas coisas boas sobre mim, como podemos morar juntos, mas não *estarmos juntos*. Então ele simplesmente presumiu.

— Bem, caramba — Declan reagiu conforme ligou o carro. — Por isso que ele foi tão legal comigo. Ele não me viu como uma ameaça. Contou a ele que não sou gay?

— Claro. Contei a ele que está enfeitiçado por outra pessoa.

Ele franziu o rosto como se eu o tivesse ofendido, de alguma forma.

— Enfeitiçado? Acho que essa não é exatamente a palavra certa. Quero dizer, gosto bastante de Julia. Bastante. Mas *enfeitiçado* é um pouco demais. Faz parecer assustador.

— Quando te conheci, você me disse que estava apaixonado por ela. Nem está com ela, e ela tem namorado. Se isso não é feitiço, não sei o que é.

— Posso ter exagerado um pouco. Também estava tentando facilitar minha entrada no seu apartamento e teria dito qualquer coisa para me mostrar alguém que não estaria interessado em sexo com você. Deveria simplesmente ter dito que era gay.

Dei uma piscadinha.

— Aparentemente, meu pai teria acreditado.

CAPÍTULO OITO

DECLAN

Na noite seguinte, Julia e eu estávamos trabalhando juntos na sala de estar. De novo, tínhamos nos sentado no chão, usando a mesa de centro como escrivaninha improvisada. Não sabia se era minha imaginação, mas ela parecia estar mais próxima de mim do que o normal.

O plano era que Molly saísse em algum momento e flertasse comigo. Não seria nada muito extravagante, somente algo para confundir Julia.

Mas o plano não tinha ido de acordo com a programação, porque Molly estava demorando demais. Eu não sabia o que ela estava fazendo no quarto — masturbando-se com sua série do Hulu ou o quê —, no entanto, ela ainda não tinha aparecido.

Tirei a atenção da digitação no meu laptop e vi Julia olhando para mim. Pega no flagra, ela desviou o olhar. *Perfeito.* Agora, se ao menos Molly pudesse fazer sua parte para que conseguíssemos provocá-la...

— Você falou que sua colega de casa está aqui, certo?

— Sim. Mas não daria para saber, não é? Ela está bem silenciosa.

— Verdade. Não estou ouvindo um pio. Acha que ela não está feliz de eu estar aqui? Será que a estamos perturbando?

— Não. Acho que não. Ela deve ter dormido.

Essa era a única explicação que fazia sentido.

Fingi precisar de alguma coisa da geladeira e enviei uma mensagem para Molly discretamente.

Declan: Vai sair alguma hora esta noite?

Os três pontinhos saltitaram conforme ela digitava.

Molly: Estou tendo umas dificuldades técnicas.

Declan: Do que está falando?

Molly: Estava testando cílios novos, e grudei cola no meu olho esquerdo. Mal consigo abri-lo.

Declan: O que a fez decidir testar isso esta noite?

Molly: Queria ficar mais sexy… para nossa performance.

Declan: Então você grudou seu olho? O olhar de um olho só é sexy pra caramba, Mollz. De verdade.

Molly: Cale a boca. Isso é tudo culpa sua.

A imagem mais engraçada de Molly saindo do quarto com um tapa-olho veio à minha mente. Mas isso rapidamente se transformou nela usando uma fantasia de pirata sexy — com aquelas coisas apertadas na cintura que amarravam e cobriam sua caixa torácica. Pararia logo abaixo dos seios, fazendo seus peitos praticamente pularem do top.

Eu estava encarando meu celular, perdido em uma fantasia ridícula, e não tinha ouvido Julia entrar na cozinha.

— Para quem está mandando mensagem aí? — ela perguntou. — Está com o sorriso mais malicioso do mundo.

Merda.

— Eu, ãh, para minha irmã. — Fechei os olhos, silenciosamente xingando a mim mesmo e minha resposta idiota. — Ela estava, ãh... — tentei consertar. — Ela está tentando me juntar com uma das suas amigas.

— Oh.

— É, com quatro irmãs, é um acontecimento bem comum.

— Você... vai sair com a mulher?

Balancei a cabeça.

— Aprendi a lição há muito tempo. Mantenha sua vida amorosa o mais longe possível das irmãs. Da última vez que deixei uma delas me arranjar alguém, acabei em um encontro com uma mulher que amava gatos.

— E? É alérgico ou algo assim?

— Não. Mas ela me buscou em seu carro e, quando entrei, percebi exatamente o quanto ela amava seus gatos. Seis deles estavam no banco de trás.

— Ela levou os gatos no encontro?

Assenti.

— Disse que eles ficavam solitários em casa, gostavam de passeios de carro e que eram bons julgadores de caráter.

— Isso é meio bizarro. Pelo menos, os gatos aprovaram seu caráter?

— Um saltou para o banco da frente enquanto estávamos a caminho do restaurante e vomitou em toda a minha calça.

Julia deu risada.

— Ah, meu Deus. Quer dizer que eles nem estavam em caixinhas de transporte? O que você fez?

— Ela me levou de volta para casa para eu poder me trocar, e fingi ter uma dor de cabeça. Mas essa nem é a pior parte.

— Não?

Balancei a cabeça.

— Minha irmã não falou comigo por um mês porque a amiga dela contou que não fui legal com seus gatos. Ela estava convencida de que eu os tinha deixado nervosos, e foi por isso que um vomitou em mim.

O celular tocou na minha mão. Julia olhou para ele.

— Vou deixar você terminar de decepcionar sua irmã. Só vim perguntar se você tem vinho.

— Acho que Molly tem. Tenho certeza de que ela não se importaria se bebêssemos um pouco. Vou servir uma taça para você e já vou.

Depois que Julia voltou para a sala, enviei mensagem para Molly de novo.

> Declan: Você está bem? Precisa que eu lave seu olho ou algo assim?

> Molly: Não, vou ficar bem. Só preciso de uns minutos para a sensação pinicante diminuir para poder tentar colar os cílios de novo.

> Declan: Esqueça os cílios. Não precisa deles. Seus olhos são bonitos sem nenhuma maquiagem.

> Molly: Isso é fofo. Mas não tenho escolha neste momento. Estou com um colado, e não consigo tirar o maldito! Já saio.

Dei risada ao digitar.

> Declan: Sim, Sim, Capitão.

Não pensei que ela fosse entender a piada, mas respondeu logo de volta.

> Molly: Ha ha. Já saio para ver vocês.

Dez minutos depois, Molly, enfim, saiu do quarto. Eu tinha decidido me juntar a Julia na taça de vinho e estava no meio do gole quando vi minha colega de casa. Infelizmente, eu não estava preparado para ver como ela estava. Engoli pelo lugar errado e comecei a tossir e, descuidadamente, cuspi vinho em Julia.

— Merda. Desculpe. — Peguei o guardanapo debaixo da taça e comecei a limpar a bagunça que fiz em seu rosto.

Devagar, Declan... bem devagar esta noite.

Molly foi até onde Julia e eu estávamos sentados no chão perto da mesa de centro. Ela estava gostosa pra caramba em um minivestido preto e curto e de sandálias de tiras prateadas e altas que se enrolavam em seus tornozelos. Seu cabelo estava seco em uma massa de ondas suaves, e ela tinha muito mais maquiagem do que normalmente usava, inclusive cílios supergrossos, longos e escuros. Caramba, valia a pena um pouco de cola no olho por aquelas coisas. Eles realmente destacavam o azul-claro dos seus olhos.

— Oi, Moll. — Pigarreei e tentei soar indiferente, como se ela andasse pelo apartamento daquele jeito todos os dias. Ergui minha taça de vinho. — Espero que não se importe de bebermos um pouco do seu vinho. Vou substituir a garrafa para você amanhã.

Molly piscou os cílios e sorriu. Seus lábios estavam pintados de vermelho e cobertos por uma camada grossa de gloss. Eu não sabia para onde olhar primeiro — para seus olhos sedutores, seus lábios carnudos e brilhantes ou para o comprimento das suas pernas à mostra.

— Sem problema — ela disse. — Não me importo nem um pouco. Além do mais, estou de folga amanhã à noite, então, talvez possamos compartilhar a garrafa substituta. — Ela me olhou nos olhos por alguns segundos a mais, e fingiu só então ter notado Julia.

— Oh, oi... Jessica.

Julia apertou os lábios.

— É Julia.

Molly torceu seu cabelo.

— Desculpe. Verdade. Julia... — Ela voltou sua atenção para mim. — Está quase terminando de trabalhar, Dec?

— Quase — eu disse. — Por quê? Estamos te perturbando?

— Não, nem um pouco. — Ela ergueu a mão e esfregou a nuca. — Mas aquele nódulo voltou, e estava esperando que pudesse usar seus dedos mágicos neles de novo... como fez na outra noite.

— Ãh, sim. Claro... sem problema.

Molly olhou para Julia e praticamente murmurou:

— Ele tem as mãos mais fortes.

Julia sorriu, mas eu sabia, de vê-la com clientes difíceis, que aquele não era seu sorriso verdadeiro. Esse era mais rígido e forçado. O músculo do seu maxilar endureceu. Observei seus olhos subirem e descerem pelo corpo de Molly pela segunda vez. Com toda sinceridade, não poderia culpá-la... Mollz estava incrível pra caralho.

— Foi a um encontro esta noite? — Julia perguntou. — Está tão arrumada.

Molly deu risada e gesticulou tipo "que nada" para o comentário de Julia.

— Não, acabei de vestir isto porque era a única coisa limpa.

Julia franziu o cenho.

— Aham.

— Certo, bem, vou deixar vocês voltarem a trabalhar. Só vou pegar uma taça de vinho para mim para poder relaxar um pouco antes de você me ajudar com aquela massagem. Pode entrar no meu quarto quando tiver terminado, Dec. — Molly piscou, e um dos seus olhos ficou grudado fechado.

Quase não vi isso quando ela virou a cabeça a fim de tentar escondê-lo e teve que usar os dedos para abri-lo. Acho que ela não tinha conseguido solucionar a situação da cola, afinal.

Assim que Molly retornou ao quarto, Julia engoliu o resto do vinho em um gole. Suas bochechas estavam meio coradas.

— Será que ela conseguiria ser mais óbvia?

Fingi não fazer ideia do que ela queria dizer, mas a pessoa teria que ser cega e surda para não ter entendido o flerte exagerado de Molly.

— Como assim?

Julia deu risada e roncou.

— Aquele vestido, o rosto cheio de maquiagem... sem contar que ela estava piscando para você quando falava da *massagem*. Ela nem está com dor no pescoço, Declan.

Piscando? Não exatamente. Mas quase! Ela achou que o olho colado de Molly era uma sedução.

Pigarreei.

— Como assim, ela não tem dor no pescoço?

Julia revirou os olhos.

— Ela está a fim de você e quer suas mãos nela.

— Oh, bem... Isso é ruim? Quero dizer, nós dois somos solteiros...

— Com certeza, seria um erro, Declan.

Franzi a testa. Por um motivo inexplicável, me senti na defensiva.

— Por quê? Molly é bem legal.

— Bem, para começar, ela é sua colega de casa.

— Isso parece que seria um ponto positivo na análise de prós e contras. — Dei de ombros. — Conveniência.

O rosto de Julia ficou vermelho.

— Olha, só não acho que seja uma boa ideia você se envolver em algo do qual poderá não conseguir sair. Sei, por experiência própria, que uma vez que segue esse caminho, é difícil de voltar para épocas mais simples. Veja Bryant e eu, por exemplo. Entramos em um relacionamento exclusivo logo de cara. Na época, não pensei que poderia não ser uma boa ideia, já que viajo tanto a trabalho. Ultimamente, estamos com algumas dificuldades, então sugeri recuarmos um pouco... mantermos nosso relacionamento mais casual.

— Imagino que essa conversa não foi boa, já que está usando sua situação para me prevenir de qualquer coisa acontecer entre mim e minha colega de casa.

Ela balançou a cabeça.

— Não foi mesmo. Bryant não gostou da ideia de um relacionamento não exclusivo, porque é difícil voltar uma vez que avançou. É por isso que acho que poderia querer pensar bem em qualquer coisa acontecendo com sua colega de casa. Quando começa, provavelmente fica difícil de voltar.

Ela tinha falado um monte de palavras, mas a única parte que ouvi foi *não exclusivo*.

— Então, como estão as coisas com você e Bryant agora, se não querem a mesma coisa?

Julia suspirou.

— Ele me disse para pensar bem... basicamente um ultimato. Ou estou com ele e apenas ele, ou não estou com ele.

Assenti.

— Uau. Certo. Parece que você tem uma grande decisão a tomar.

Ela me surpreendeu ao estender o braço para tocar minha mão. Olhei para cima e nossos olhos se encontraram.

— Tenho. Me importo com você, Declan. Então, talvez, nós dois devêssemos pensar no que realmente queremos, em vez de tomar qualquer decisão precipitada.

Ora, ora, ora. Meus olhos baixaram para seus lábios, então se ergueram a fim de encontrar seus olhos de novo.

— É. Parece ser uma boa ideia.

Meia hora depois, Julia me abraçou para se despedir — algo que raramente fazíamos. Quando fechei a porta depois de ela sair, provavelmente deveria estar nas nuvens de como tinha sido a noite, mas, em vez disso, sentia uma agitação na boca do estômago.

Molly deve ter ouvido a porta da frente, porque saiu do quarto um minuto depois.

— Como foi?

Ela ainda estava com o vestidinho preto, e não pude deixar de notar o quanto era bem mais curvilínea do que Julia. O tipo de corpo de Julia era mais reto, enquanto o de Molly tinha curvas femininas. E, naquela noite, com aquele vestido, estava impossível não notar o quanto suas curvas eram perigosas.

Obriguei meus olhos a encontrarem os dela, apesar de não ser fácil.

— Foi bem. Ela falou que disse ao namorado que quer estar em um relacionamento aberto.

— Oh, uau! Como nosso relacionamento falso!

Dei risada.

— Aparentemente, Bryant deu um ultimato a ela. Ou é exclusivo ou não é nada. Então ela está pensando no que fazer.

— Bem, se sequer está considerando que quer sair com outros homens, claramente, o cara atual não é *o certo*.

— É.

— Então, nosso plano diabólico parece ter funcionado.

— Graças a você. Não consigo imaginar nenhuma mulher que não ficaria com ciúme do jeito que você está esta noite. Você foi com tudo.

Molly corou.

— Vai dormir?

— Não, ainda não. Não estou cansado.

— Quer dar uma caminhada e tomar um sorvete? Estou desejando um sorvete de morango agora. Há um lugar que amo a duas quadras daqui.

— Claro. Parece bom.

— Ok! Vou vestir um jeans rapidinho e já volto.

Fiquei meio decepcionado que ela ia tirar o vestido sexy, mas fazia sentido. Além do mais, não era fácil não ficar olhando para ela nele, e eu não queria ser flagrado secando-a.

Ela voltou usando jeans rasgado e uma camiseta, mas, sinceramente, estava tão linda quanto quando estava toda arrumada. Não percebi que estava encarando até ela me chamar a atenção.

— O que foi? — Ela limpou a bochecha. — Meus cílios saíram de novo?

Dei risada.

— Não. Estava só te olhando. Geralmente, você não usa tanta maquiagem.

Ela apontou para o olho.

— É, agora você sabe por quê. Não sou exatamente uma sábia com esse tipo de coisa. Colar meu olho não foi a primeira complicação que tive com cosméticos.

— Você não precisa dessa porcaria, de qualquer forma.

Ela arqueou uma sobrancelha.

— Sério? Está dizendo que não me olhou um pouco mais com todo o trabalho que tive esta noite?

— Claro que olhei. Sou homem, e você dificultou não notar. Mas isso só chama a atenção da pessoa. Não a mantém.

Molly fez careta e bateu o ombro no meu.

— Eu dificultei, é?

Abri a porta da frente e estendi a mão para ela passar primeiro.

Caramba... a bunda dela está fantástica também nesse jeans.

Balançando a cabeça, respirei fundo.

Minha colega de casa, definitivamente, estava *endurecendo* as coisas para mim.

Na manhã seguinte, eu sorri ao ver o nome da minha irmã Catherine brilhar no meu celular. Ela era minha pessoa preferida de zombar, então me recostei na cadeira e joguei a caneta na mesa antes de responder.

— Casa dos pecados de Satã. Temos pornô, apostas e prostituição. O que posso fazer por você?

— Ha. Sabe, quando virei freira, era para você começar a ser mais legal comigo.

— Quem falou?

— Está no manual.

— Que manual?

— De freira.

— Acho que está mentindo, Irmã-Irmã. Gostaria de ver esse manual que você jura constantemente que existe.

— Bem, você não pode. É estritamente para os olhos de uma freira.

Dei risada.

— Como você está, Cat? Quais são as novas na ensolarada Califórnia?

— Bem, comecei a fazer aula de ioga, então essa é uma novidade. Adorei. Já fez ioga?

Imaginei-a inteira de traje de freira fazendo a posição de guerreiro; apesar de eu saber que ela, na verdade, raramente, usava a vestimenta completa.

— Tentei uma vez — eu disse. — Mas achei difícil me concentrar na aula.

— Sério? É o oposto para mim. Acho totalmente propício para concentração. Talvez não tenha tido uma boa instrutora.

— Não. A instrutora era boa. Provavelmente, eu só precisava estar na primeira fileira.

— Oh, você diz que não conseguia enxergá-la do fundo?

— Não. Dava para vê-la muito bem. Mas como poderia me concentrar com uma sala cheia de mulheres se abaixando usando essas calças justas de ioga?

Minha irmã deu risada.

— Deveria ter percebido o que você queria dizer, seu cachorrão.

— Cachorrão? Isso não é palavrão que você não pode usar?

— Não sei. Vou ter que olhar meu manual de freira.

Dei risada. Sentia muita falta de Catherine. Ela podia ser freira, mas era engraçada pra caralho e tinha o melhor senso de humor de todas as minhas irmãs.

— Então, o que mais está acontecendo na terra do sol? Tem visto a mamãe e o papai ultimamente?

O tom da sua voz mudou.

— Sim, eu os vi na semana passada.

— Não estão bem?

Ela suspirou.

— O de sempre.

Eu sabia o que ela queria dizer, então não pressionei. Pelos quinze minutos seguintes, conversamos um pouco sobre o tempo de Chicago, ela me contou sobre uma aula de quilt que estava dando, e contei um pouco sobre minha nova colega de casa e como as coisas estavam indo no trabalho.

— Então... como tem passado? — ela finalmente perguntou. — As medicações ainda estão funcionando?

— Estou bem, Cat.

— Falou com o dr. Spellman?

— Não, porque é para eu falar com ele só se precisar.

— Mas *tem certeza* de que está se sentindo bem?

Estava esperando essas perguntas. Minha irmã queria meu bem, porém se preocupava demais.

— Eu mentiria para uma freira?

Ela deu risada.

— Com certeza. Mas isso não vem ao caso. Sério, Declan. Estou preocupada com você. Seis meses é bastante tempo para ficar longe do médico.

Não mencionei que o dr. Spellman tinha expressado a mesma preocupação e passado alguns números de pessoas locais que eu poderia consultar em Chicago.

— Olhe, se algo mudar, juro que você será a primeira a saber. Ok?

— Jura?

— Não consegue me ver agora, mas estou com a mão no coração.

Ela suspirou.

— Está bem. Mas me faça um favor e me ligue mais.

— Sim, senhora.

— Te amo.

— Também te amo, Irmã-Irmã.

Após desligar, pensei no que eu tinha falado para ela. Não menti quando disse que realmente me sentia muito bem nos últimos tempos. Vir para Chicago tinha sido bom para mim em muitos quesitos. O trabalho me deu bastante visibilidade com os executivos e me aproximou mais da promoção que eu estava buscando. Além disso, as coisas estavam ótimas com Molly.

Julia.

Quis dizer Julia.

As coisas estavam ótimas com *Julia*.

Não estavam?

CAPÍTULO NOVE

MOLLY

— Alguém está de bom humor às duas da manhã.

A voz de Will me pegou desprevenida. Era sábado à noite, e eu não o vira nos últimos dias. Eu nem sabia que ele estava de plantão naquela noite. Daisy e eu estávamos sentadas na enfermaria. Ela estava ocupada cadastrando anotações em um prontuário eletrônico de paciente, e eu estava ocupada rindo com meu celular — trocando mensagem com Declan sobre a tarefa de passar roupa que ele me falou para fazer em troca das sobras que eu roubara no dia.

— Ela sorri o tempo todo ultimamente — Daisy contou. — Não posso dizer que a culpo depois de dar uma olhada em seu novo cara.

Oh... Will estivera se referindo a mim com seu comentário? Não tinha percebido que eu estivera sorrindo enquanto enviava mensagens.

Will olhou para o meu celular e franziu o cenho.

— Você tem um minuto, Molly?

Guardei o celular no bolso do meu jaleco e me levantei.

— Sim, claro.

Conforme andávamos pelo corredor, Will me atualizou sobre uma paciente que estava dando entrada. A mulher estava grávida de trigêmeos, e seu trabalho de parto havia começado cedo demais. Então ele tinha vindo em seu dia de folga para tentar interrompê-lo. Juntos, preparamos uma sala de exame, nos certificando de que tivéssemos as medicações de que precisaríamos, então revisamos o histórico da paciente. Quando terminamos, Will olhou para seu relógio.

— A sra. Michaels já tinha saído há uma hora quando falei com ela, então temos mais uns vinte minutos até ela chegar. Provavelmente, será uma noite bem longa. Quer tomar um café?

— Claro.

Na sala de descanso, a cafeteira estava vazia.

— Vou fazer um novo para nós — avisei.

Will apoiou um quadril no balcão enquanto eu enxaguava a jarra de vidro e media a quantidade de pó de café e água.

— Então... — ele disse. — Como estão indo as coisas?

Sua pergunta foi vaga, mas tive a sensação de que ele estava perguntando sobre algo específico.

— Boas. E você?

— Muito bem. — Ele pausou por alguns segundos bizarros. — Então... as coisas com o cara novo... Acho que estão indo bem, se está sorrindo o tempo todo.

Dei de ombros.

— Acho que sim. Ainda é bem recente, e queremos ser casuais.

Ele coçou o queixo.

— Que engraçado; não pensaria que você é o tipo de pessoa de relacionamento aberto.

— Não? Por quê?

— Não sei. Você simplesmente é uma pessoa bem leal e sensata. Mais séria, eu acho.

— Bem, gosto de manter minhas opções em aberto.

Ele ficou quieto enquanto eu servia o café nas canecas. Sabia que Will bebia o dele com creme e açúcar, então o preparei antes de entregar a ele.

— Aqui está.

— Obrigado. — Ele deu um gole e continuou me observando acima da caneca. — Já foi naquele lugar novo grego na Avenida Amsterdam?

Balancei a cabeça.

— Não. Mas passo por lá a caminho de casa, e parece estar lotado o tempo todo.

— Gostaria de ir na sexta à noite?

Por algum motivo, presumi que ele quisesse dizer com o grupo — antes do *happy hour*.

— Parece ótimo. Quem mais vai?

Will sorriu timidamente.

— Só eu...

— Ah... — Balancei a cabeça. — Pensei que estivesse falando de ir com o grupo de *happy hour*.

Ele passou uma mão no cabelo.

— E eu aqui pensando que estava sendo muito sutil.

— Estava... Quero dizer, acho que estava. Está me convidando para jantar, tipo, em um encontro?

Ele deu risada.

— Acho que sou tão extremamente sutil que minhas intenções passaram despercebidas por você. Sim, Molly, estou te convidando para sair.

— Ah. — Minha pulsação acelerou, e a palma das minhas mãos começou a suar.

— Quer mudar de ideia agora que está claro?

Balancei a cabeça.

— Não, definitivamente, não. Adoraria sair com você, Will.

Claro que Daisy tinha que entrar na sala de descanso naquele exato instante. Pelo seu olhar decepcionado, eu sabia que ela tinha ouvido o que eu disse.

O celular de Will tocou. Olhando para a tela, ele disse:

— É o departamento de admissão. A sra. Michaels está aqui. Se ela chegou tão rápido, acho que pisaram no acelerador por um motivo. É melhor eu correr para garantir que eles não a segurem para preencher os cinquenta e sete formulários de cadastro. Até daqui a pouco.

Eu sorri.

— Ok.

No minuto em que Will saiu, Daisy colocou as mãos na cintura.

— Ah, meu Deus. Will também? Você já tem aquela outra fera sexy. Agora vai sair com o dr. McHottie?

Dei risada.

— Acho que sim.

— Vai ficar com os dois?

— Não sei se essa é minha decisão, considerando que são humanos e não sou dona deles.

Daisy revirou os olhos.

— Certo, bem, se der o fora no primeiro cara... Posso pegar o número dele?

Balancei a cabeça e fui até a porta da sala de descanso.

— Tchau, Daisy.

— Gulosa — ela resmungou baixinho.

Declan tinha ficado acordado até tarde trabalhando em um projeto para seu cliente. Como estávamos trocando mensagens meia hora antes, imaginei que ele ainda estivesse acordado.

> **Molly: Tenho notícias boas!**

A resposta veio quase imediatamente.

> **Declan: Você roubou o pote de plástico de alguém da sala de descanso no trabalho e foi flagrada. Agora preciso pagar a fiança para te tirar da prisão, não é?**

Sempre espertalhão. Dei risada ao digitar.

> **Molly: Não, melhor! Will me convidou para sair!**

Os pontinhos começaram a saltitar, então pararam. E recomeçaram. Então pararam de novo. Passaram-se cinco minutos inteiros até eu receber outra mensagem. E essa deixou claro que nossa conversa tinha acabado naquela noite.

> Declan: Que ótimo. Fico feliz por ter conseguido o que queria. Boa noite, Molly.

Foi bem estranho ele interromper uma troca de mensagens daquele jeito. Por um mero segundo, pensei se, talvez, algo naquela declaração o tinha chateado. Mas era um absurdo, certo? Deus, estava no meio da noite, e ele estivera trabalhando até tarde. Provavelmente estava cansado. Devia ter sido por isso que ele falou boa-noite de forma tão repentina.

Na noite seguinte, Declan estava no escritório, e eu estava em casa sozinha quando alguém bateu na porta.

Uma mulher de boné dos Yankees estava com uma caixa branca enorme.

— Oi. Entrega de bolo para Scooter.

Semicerrei os olhos.

— Scooter? Não temos ninguém aqui com o nome de Scooter.

— Bem, este é o endereço correto, então vou deixar aqui com você.

— Ãh... está bem. — Peguei o bolo e fechei a porta com o pé.

Havia um recado no topo da caixa. Abri.

> Scooter,
> Feliz aniversário! Queríamos poder estar aí com você!
> Com amor,
> Suas irmãs, Samantha, Meagan, Catherine e Jane.

Aniversário? Era aniversário de Declan? Além disso, suas irmãs o chamavam de Scooter?

Peguei meu celular e enviei mensagem para ele imediatamente.

> Molly: Como você não me contou que era seu aniversário?
>
> Declan: Como descobriu?
>
> Molly: Suas irmãs mandaram um bolo para você.
>
> Declan: Eita. O que está escrito nele?
>
> Molly: Não abri a caixa. O recado está endereçado ao Scooter!
>
> Declan: Ótimo. Não abra ainda. Chegarei em casa em meia hora.

Quando Declan chegou, eu o recebi com um olhar desafiador.

— Não posso acreditar que não me contou.

Ele jogou sua jaqueta em uma cadeira.

— Não é nada de mais. É só um dia qualquer. Minhas irmãs sempre fazem um fuzuê. Se eu estivesse em casa, na Califórnia, elas estariam bombardeando meu apartamento e fazendo uma grande coisa disso, como fazem todo ano. — Ele desfez o nó da gravata. — Deu uma olhada no bolo?

— Não. Você falou para não olhar.

Declan foi até a geladeira e pegou a caixa. Me apoiei no balcão, ansiosamente aguardando para ver o bolo. Ele abriu a tampa e balançou a cabeça antes de virá-lo para mim.

Cobri a boca, rindo. Tinha uma foto de um garotinho muito esquisito com dentes tortos e corte tigelinha. Vagamente, parecia um jovem Declan. *Parabéns, Scooter* estava escrito no topo.

— Ah, meu Deus! É você?

— Elas sempre mandam fazer um bolo com minhas piores fotos. No ano passado, foi minha bunda gorda de bebê. Neste ano, foi a foto da minha primeira série que não as impediu de me dar o "bolo" ao lembrarem do meu aniversário. Trocadilho intencional.

Era engraçado pensar que um garoto com aparência tão pateta tinha se transformado em um Adônis.

— Uau. Você está tão... diferente.

— Isso é ser sutil.

Ele abriu a gaveta e pegou dois garfos, me entregando um. Declan espetou o meio do seu rosto no bolo e deu uma garfada.

— Pelo menos está bom — ele disse com a boca cheia. — Prove.

— Não tão bom quanto seus cupcakes, mas está — falei após experimentar. — Então, de onde vem o nome Scooter?

— Estava esperando você perguntar isso. — Ele limpou um pouco de cobertura do seu lábio inferior. — Bem, você sabe que sou o caçula e o único menino. Costumava seguir minhas irmãs pelo bairro na minha scooter, como um animalzinho. Então, todas as crianças do bairro me chamavam de Scooter. Pegou, e minhas irmãs também começaram a usar o apelido.

— Deve ter algo a ver com ser o único menino da casa, não é?

Declan assentiu.

— Elas me zoaram demais na infância, mas eu não a trocaria. Acho que ter irmãs me faz um homem melhor. Acho que não conseguiria me identificar com as mulheres da mesma forma se não tivesse tido irmãs. Vi muita coisa... a mágoa delas por causa de garotos, os desafios que tiveram que enfrentar para serem vistas como iguais em coisas como esportes competitivos. Embora eu seja o caçula, sou muito protetor delas.

Meu coração se apertou.

— Isso é tão fofo.

— Ao mesmo tempo, tenho praticamente certeza de que qualquer uma delas, principalmente a Irmã Catherine, ainda conseguiria me dar uma surra a qualquer dia.

— *Ainda* sendo a palavra operativa. Significa que aconteceu várias vezes?

— Sim. — Ele suspirou.

— Pagaria muito para ver isso. — Dei risada.

Declan pegou um monte de cobertura com o dedo do seu pedaço e passou na ponta do meu nariz. Nós dois começamos a rir. Fiquei aliviada. Apesar de ele ter finalizado nossas mensagens de forma abrupta na noite anterior, parecia que estava tudo bem entre nós.

CAPÍTULO DEZ

DECLAN

Meu aniversário acabou sendo melhor do que eu esperava. Não tinha planejado dizer algo sobre isso, mas, graças às minhas irmãs, Molly e eu devoramos metade daquele bolo. Depois, ela insistiu em me levar para sair, então fomos ao restaurante italiano da esquina. Foi ótimo, mas sempre era assim com Molly. Não fazia nem um mês que eu havia me mudado, mas ela tinha se tornado uma boa amiga. Molly era engraçada, brilhante e de conversa fácil.

No dia seguinte, no trabalho, Julia estava agindo meio estranho. Ela parecia meio aérea e não muito atenta à apresentação que um dos nossos gerentes voara para cá para dar.

Quando saímos da sala de reuniões naquela tarde, perguntei sobre isso.

— Está tudo bem com você?

Ela hesitou e revelou:

— Bryant e eu terminamos.

Sua declaração me fez parar.

— O que houve?

Julia respirou fundo.

— Resolvi cortar pela raiz. Se eu não queria estar com ele exclusivamente, havia algo errado, não é? Mesmo que eu não conseguisse identificar o quê?

Ainda tentando processar, assenti.

— É. Terei que concordar. Não deveria se sentir presa em um relacionamento. Deveria querer estar lá. Deveria pensar apenas naquela pessoa. Não deveria querer estar com mais alguém.

— Exatamente. Então... essa foi minha revelação ontem à noite. Resolvi ligar para ele hoje cedo e contar. Se eu estiver meio aérea hoje, é porque estou triste por tê-lo magoado, apesar de ter tirado um peso enorme das costas.

— Imagino.

Estava sentindo uma coisa estranha. Esperara Julia terminar com o namorado por muito tempo. Mas agora não sabia como reagir.

— E agora? — perguntei.

Ela piscou sedutoramente os cílios.

— Não sei. Você que me diz. Como deveria marcar esta ocasião?

— Acho que deveríamos beber um drinque. Ou dois.

Sempre oportunista, Declan.

Ela sorriu.

— Parece incrível. Quero ir para casa e me trocar primeiro, se não tiver problema. Foi um longo dia.

— Sim. Tranquilo. Farei isso também. Posso te pegar às sete na sua casa?

— Perfeito.

Para alguém que tinha acabado de romper com o namorado, Julia pareceu se animar bem rápido.

Molly estava se aprontando para seu encontro com o dr. Pequeno Willy quando voltei para o apartamento. Minha reação na outra noite, quando ela me contou que ele a tinha convidado para sair, foi uma surpresa. Havia um clima entre nós desde a noite em que ela se arrumou toda com aquela roupa sexy pra cacete para deixar Julia com ciúme. Mas acho que não percebi a mudança que tinha que fazer nos *meus* sentimentos por ela até aquela mensagem.

Mas não importava se seu encontro me deixava com ciúme. Não podia acontecer nada entre mim e Molly. Ela estava conseguindo o que queria com Will e, em breve, estaríamos morando em costas diferentes.

Fiquei parado na porta enquanto Molly se maquiava. De novo, ela estava com aqueles cílios compridos. O vestido vermelho que usava naquela noite era ainda mais sexy do que o preto da última vez.

— Will vai surtar quando te vir.

Ela pulou de susto.

— Você me assustou.

— Desculpe. — Dei alguns passos para dentro do seu quarto.

— Pensei que não fosse estar em casa tão cedo.

— Bem, nossa reunião terminou cedo, então Julia e eu saímos do trabalho. Vou pegá-la mais tarde para beber uns drinques.

Ela franziu os lábios conforme aplicava o batom.

— Deus, o namorado dela não deve ficar muito feliz por ela passar tanto tempo com você.

— Bem, engraçado você dizer isso...

Ela fechou o tubo do batom e se virou.

— O quê?

— Ela terminou com ele.

Molly arregalou os olhos.

— Terminou?

— Sim.

Ela pausou.

— Puta merda.

— Pois é. Que estranho que você e eu tenhamos conseguido o que queríamos quase ao mesmo tempo.

Molly arregalou os olhos.

— É, quero dizer... Jesus. Quais as chances, certo? — Ela soltou a respiração. — Você deve estar feliz.

Me deitei de costas na cama dela e coloquei as mãos atrás da cabeça conforme encarei o teto.

— Não sei. É meio estranho.

— Como assim?

— Eu a quis por tanto tempo e, agora que o maior obstáculo está fora do caminho... é só meio... não me sinto do jeito que pensei que me sentiria.

— Entendo o que quer dizer. Aconteceu a mesma coisa quando Will me convidou. Não foi tão emocionante quanto eu tinha imaginado.

Me virei para olhar para ela, e meu olhar viajou para seus sapatos sexy. Pigarreando, eu disse:

— Enfim... Está tudo bem, certo?

Nossos olhos se fixaram por alguns segundos.

— Sim. — Ela sorriu. — Tudo bem.

Mudei de assunto.

— Como está seu pai?

Sua expressão escureceu conforme ela se sentou na beirada da cama.

— Falei com ele hoje. Ele não parecia tão bem, para ser sincera. A voz dele estava bem rouca. Estou ficando assustada.

Merda.

— Tente pensar positivo. Sei que é difícil, mas um olhar otimista é melhor para todo mundo. Seu pai vai se sentir bem melhor se não pensar que você está triste por causa dele.

— Eu sei. É que é muito difícil. — Lágrimas começaram a se formar em seus olhos. — Perdê-lo é uma possibilidade real. E acho que não entendo totalmente isso.

Era culpa minha; eu que tinha tocado no assunto.

Me sentando, me aproximei mais, secando as lágrimas dos seus olhos com o polegar.

— Sinto muito, Molly. Queria poder fazer alguma coisa. Tiraria a dor se pudesse.

— Obrigada. — Ela secou os olhos. — Comecei a fazer terapia.

— Sério? Não me contou que estava pensando nisso. Que bom para você.

— Bem, estranhamente, foi o fato de saber que meu pai fazia terapia que me deu a coragem de fazer.

— Estou orgulhoso de você. Quando começou?

— Esta semana. Contei a ela o que o terapeuta do meu pai disse sobre precisar da perfeição. Ela concordou que o fato de aqueles comportamentos terem se iniciado depois que meu pai partiu poderia significar que há uma correlação. Ela quer que eu pratique, aos poucos, deixar alguns desses hábitos como uma forma de aceitar que não há controle de verdade na vida. Ela diz que isso também vai ajudar minha aceitação da doença dele.

— Tipo, o que ela está pedindo para você fazer?

— Essa é a questão... Ela não sugeriu nada específico. Preciso identificar onde estou sendo controladora ou buscando a perfeição e criar meus próprios exercícios. — Ela inclinou a cabeça para o lado. — Tem alguma ideia?

— Tenho certeza de que poderia pensar em algo. — Fiz o que meu primeiro instinto falou: saí da cama e abri sua gaveta de cima.

— O que vai fazer?

— Te ajudar.

Sem olhar o conteúdo, peguei as roupas de dentro e as joguei no ar. Infelizmente, algo que não era roupa caiu no chão com o restante das coisas... uma porra de um vibrador.

Eu o peguei do chão.

— Oh, merda. Desculpe. Eu nunca...

Ela estendeu a mão.

— Me dê isso, por favor.

— Obviamente, eu não...

— Eu *sei* que você não sabia. Só dê para mim.

Limpando minhas mãos, declarei:

— Acho que foi exercício suficiente para esta semana.

— É. Terei que concordar. — Ela ficou corada. — Este dá para um mês!

Me perguntei se conseguiria pensar em qualquer coisa naquela noite que não fosse Molly massageando seu clitóris com aquele pau de borracha.

E SE FOSSE VERDADE?

CAPÍTULO ONZE

MOLLY

Will se levantou da sua cadeira quando entrei no restaurante Mykonos.

— Você está incrível, Molly.

— Obrigada — agradeci, inclinando-me e aceitando um beijo na bochecha.

Will estava ótimo de camisa polo azul e calça cáqui. Sempre era bom vê-lo sem jaleco.

Sentando-me, peguei o guardanapo diante de mim e o coloquei no colo.

— Sempre quis provar este lugar.

Ele inspirou o ar.

— Dá para sentir que a comida será incrível, não dá?

— Sim, meu estômago está roncando.

— Sabe... — ele disse. — Na verdade, sou um quarto grego.

— Não brinca! — Eu sorri.

O restaurante lotado estava barulhento. Uma banda se preparava para tocar no canto, e o cheiro de alho, hortelã e outras especiarias saturava o ar. Era um deleite para os sentidos. No entanto, meus olhos e ouvidos estavam mais concentrados no médico lindo à minha frente.

Will pediu mussaca, e eu, uma salada grega com frango grelhado. Conversamos tranquilamente durante a hora seguinte. Ele contou algumas das suas histórias mais malucas de parto, e comparamos comentários das nossas experiências trabalhando com certos colegas. Não havia falta de assunto, e comecei a pensar que poderia realmente haver um futuro para mim e Will, se toda noite fosse como essa.

De vez em quando, contudo, minha mente se desviava para Declan. Com certeza, estava pensando que ele estava em um encontro com Julia pela primeira vez desde o término dela. Me perguntei se eles realmente eram compatíveis ou se isso se tratava mais da "conquista" para ele. Presumi que somente o tempo diria.

Em certo ponto, Will mudou de assunto, e isso transformou o clima da noite inteira.

— Então, uma confissão... — ele iniciou, limpando a boca com o guardanapo de pano azul.

Me mexendo na cadeira, falei:

— Certo...

— Eu tive uma queda gigante por você por um tempo.

Sentindo minhas bochechas esquentarem, eu disse:

— Uau. Bem, obrigada. Eu também te admirava.

— Como provavelmente sabe, acabei de sair de um relacionamento — ele complementou.

— Sim. Estou sabendo.

— Parte do motivo desse relacionamento ter acabado é porque ela queria uma coisa que eu não poderia dar no momento.

Engoli em seco.

— O que era?

— Bem, ela queria um compromisso maior logo, com casamento e filhos.

— Oh. — Um nó começou a se formar no meu estômago. — Você... não quer essas coisas?

— Não no futuro próximo. Mas, além disso, ela simplesmente não era certa para mim.

Embora o restaurante estivesse barulhento, de alguma forma, tudo pareceu desaparecer naquele instante.

— Entendi...

Ele continuou.

— Uma das coisas que me atraiu em você foi sua filosofia liberal quanto a encontros. Sabe, parece que você não quer nada sério demais imediatamente. Preciso de tempo para respirar depois daquele relacionamento. Então pareceu seguro te chamar para sair.

Seguro?

Assenti, precisando de um instante para absorver tudo.

O que o atraiu em mim foi o fato de eu estar saindo com outra pessoa? Esse foi o motivo de ele ter me convidado para sair?

Não minha personalidade. Não nossos interesses em comum.

Mas o fato de que eu o deixaria sair com outras pessoas?

Tentando manter a calma, enfim, eu disse:

— Ah, entendi.

— Espero que não se importe de eu ser sincero. Sei que é apenas nosso primeiro encontro, mas acredito em transparência completa.

Forçando um sorriso, respondi:

— Sim... bem... agradeço, sim, sua sinceridade.

— Obrigado. E eu agradeço por você ser sincera *comigo*. Foi isso que me fez, finalmente, arriscar e fazer uma coisa que queria fazer há muito tempo.

A comida se revirou no meu estômago. Parecia que isso tinha terminado antes de sequer começar. Dizer que estava decepcionada não abrangeria nem metade de como me sentia.

Mas era minha culpa, certo? Eu tinha lhe dado a impressão de que não queria nada sério.

Quando saímos do restaurante, eu estava prestes a ir para o meu Uber quando Will segurou meu rosto e me puxou para um beijo. Conforme ele enfiou a língua na minha boca, só consegui pensar no quanto era diferente do que eu tinha imaginado. Era bom, mas nada como poderia ter sido se ele não tivesse esmagado minhas esperanças naquela noite. Me fez perceber, mais do que nunca, que eu realmente queria encontrar um parceiro — meu parceiro. A questão era: será que eu sairia casualmente com Will na esperança de que sua atitude mudasse enquanto nos conhecíamos? Senti que precisava da opinião de Declan nisso.

Entretanto, quando voltei ao apartamento, meu colega de casa não estava lá. Não era surpresa. Eu sabia que ele tinha planos com Julia. Só queria que sua noite também tivesse terminado cedo para poder conversar com ele.

Eram quase duas da manhã quando, finalmente, a porta se abriu.

Me levantei do sofá.

— Ei.

Imediatamente, percebi. O cabelo de Declan estava todo bagunçado, e ele tinha batom na boca. Não estava preparada para o nível de ciúme que me tomou.

— Oi. — Ele abriu um sorriso torto.

— Parece que teve uma boa noite.

— Foi legal. Por que diz isso?

— Vá se olhar no espelho.

Declan se aproximou do espelho no corredor.

— Oh, merda. É.

— Imagino que Julia precisasse de consolo por causa do término. — Bufei.

Ele esfregou os lábios.

— Ficamos meio bêbados e nos pegamos no táxi.

Com calor, comentei:

— Uau. Ela é rápida, hein?

Em vez de responder a isso, ele perguntou:

— Como foi o seu encontro?

De alguma forma, parecia estranho reclamar agora. Não que fosse uma competição, mas não queria enfatizar o quanto meu encontro tinha sido horrível comparado ao dele — que havia, claramente, sido bom.

Então, amenizei minha decepção.

— Foi bom. Fomos àquele novo restaurante grego, Mykonos.

— Foi bom?

— Sim. A comida estava deliciosa.

— Legal. — Ele parou e me olhou, então estreitou os olhos. — Você está bem?

Aparentemente, eu não estava fazendo um bom trabalho fingindo indiferença. Minhas emoções estavam por todo lado, e eu precisava ir dormir, finalizar esse dia.

— Sim. Estou bem.

— Tem certeza?

— Aham. — Forcei um sorriso. — Vou capotar. Estou supercansada.

Declan não saiu de onde estava conforme me observou seguir para o quarto.

— Boa noite, Mollz — ele disse às minhas costas.

Me virei uma última vez e sorri.

— Boa noite.

Nos dois dias seguintes, não cruzei muito com Declan. Ele esteve passando mais tempo fora — provavelmente, com Julia. Devido a uma mudança de horário, eu havia trabalhado os dois últimos dias, porém tinha a sexta de folga.

Acordei e encontrei um recado:

Graças a Deus é sexta-feira! Feliz dia de folga, colega de casa. Fiz esta massa ontem à noite, mas acabei saindo para jantar de última hora.

Coma no almoço "sem penalidade" por minha conta. ;)

Beijos, Declan

Por algum motivo, este simples recado apertou meu peito. Tinha sido uma semana longa demais, e eu sentia falta dele. Era um absurdo o quanto.

Lá no fundo, eu sabia que era bom ter esses períodos em que não o via, porque teria que me acostumar com isso de qualquer forma quando ele fosse embora. Era um saco.

Sexta à noite, encontrei meus colegas de trabalho para o *happy hour* no centro. Will sentou-se à minha frente, mas ninguém nunca imaginaria que tínhamos saído recentemente. Ele não havia me convidado para sair de novo. E, naquela noite, apesar de ele me lançar olhares sedutores, não tinha se aproximado sequer para me beijar na bochecha. Claramente, ele estava mantendo suas opções em aberto.

Não sabia se aceitaria se ele me convidasse para sair de novo. Sexo casual com Will Daniels não seria a pior coisa do mundo, porém eu não queria perder tempo com alguém que já tinha excluído a possibilidade de um relacionamento. Então, se ele me pedisse para sair de novo, eu teria que ver como me sentia.

Meu celular vibrou.

> Declan: Pensei que fosse te ver esta noite. Sinto que não te vejo há séculos.

Meu coração se agitou.

> Molly: Estou no happy hour.
>
> Declan: Com Will?
>
> Molly: Bem, ele está aqui, mas não estamos realmente juntos. Tem um monte de gente.
>
> Declan: Qual é o problema?

Meu primeiro instinto foi ser sincera e contar sobre o encontro. Mas minha parte egoísta queria uma desculpa para ver Declan naquela noite e continuar com Will ao mesmo tempo.

> Molly: Acho que poderia usufruir da sua presença aqui, se não se importar de vir.

Declan: Você diz como seu "encontro"?

Molly: Sei que está saindo com Julia agora, então não se preocupe se não se sentir confortável com nosso acordo anterior.

Os pontinhos se moveram conforme ele digitou.

Declan: Julia não é minha namorada. Ela não está pronta para isso. Estamos apenas nos divertindo.

Molly: Ela não vai se importar se eu pegar você emprestado? ;)

Meu coração martelou no peito enquanto esperava por sua resposta.

Declan: Chegarei aí em vinte minutos.

— Finja surpresa ao me ver — Declan sussurrou no meu ouvido ao envolver o braço na minha cintura por trás. Ele movimentou a boca até minha bochecha e deu um beijo suave.

Me virei em seus braços.

— Ãh... Declan. Você está aqui. Que... surpresa boa.

Ele tirou uma mecha de cabelo do meu rosto e sorriu.

— É mesmo? Espero que não se importe de eu ter aparecido assim. Você mencionou, outro dia, que viria aqui para o *happy hour*. Eu estava apenas a alguns quarteirões e pensei em te fazer uma surpresa.

— Não, tudo bem. Estou feliz por ter vindo.

Eu estava em pé ao lado da minha amiga Emma, e a flagrei com a boca aberta pela minha visão periférica. Fazia sentido, já que eu havia acabado de atualizá-la sobre o encontro que tive com Will, e agora outro homem estava com as mãos em mim de forma íntima — outro homem lindo.

— Humm. Declan... esta é minha amiga, Emma. Trabalhamos juntas no hospital.

Declan abriu seu sorriso deslumbrante e estendeu a mão.

— É um prazer te conhecer, Emma. Desculpe se estiver interrompendo.

— Não está, não. Molly e eu acabamos de nos atualizar. Eu estava de férias nas duas últimas semanas. — Ela me olhou com desaprovação. — É incrível o quanto se pode perder em apenas catorze dias.

— Imagino. — Declan apontou para minha taça quase vazia. — Vou pedir uma bebida. Esse é seu pinot de sempre?

— É.

Ele apontou para Emma.

— O que você quer, Emma?

— Oh, não precisa fazer isso.

Declan sorriu.

— Claro que preciso. Regra número um: certifique-se de manter as amigas da mulher de quem você gosta bebendo e felizes.

Emma deu risada.

— Gostei dessa regra. Vou querer uma vodca com cranberry. Obrigada.

Enquanto Declan conversava com o barman, Emma sussurrou para mim:

— Humm... tem alguma coisa que se esqueceu de mencionar?

Emma era uma boa amiga, mas achei que não era a hora nem lugar para explicar a verdade sobre meu relacionamento com Declan. Além do mais, eu estava meio envergonhada por ter apelado para esses jogos infantis.

— É... novo. Estamos mantendo tudo casual e apenas nos divertindo.

— Divertindo, hein?

Assenti.

Emma levou sua bebida aos lábios e falou.

— Bem, sabe quem parece que *não* está se divertindo neste instante?

— Quem?

Seus olhos se moveram para olhar além do meu ombro.

— O dr. Elegante. E ele está vindo para cá.

E SE FOSSE VERDADE?

CAPÍTULO DOZE

DECLAN

Bem, definitivamente, não demorou.

Quando me virei, com as bebidas em mãos, o dr. Otário já tinha se aproximado para mijar em Molly como se ela fosse um hidrante. Deus, eu não gostava desse cara.

— É Declan, certo? — ele disse quando me aproximei.

Passei para Emma sua bebida e apertei a mão de Will. Cumprimentando com firmeza, sorri.

— É. Como vai indo, Bill?

Ele franziu o cenho.

— É Will.

— Will... verdade, certo. Desculpe por isso. — Me virei para Molly e estendi a taça de vinho para ela. — Aqui está, linda.

Molly arregalou os olhos. Parecia que ela ia cagar na calça. Então, por mais que eu quisesse colocar minha mão livre na sua bunda na frente daquele cara, me contive para o bem dela.

Nós quatro nos encaramos conforme bebi meu drinque. *Bem, isto está desconfortável.*

— Então, Declan, você mora no centro?

— Moro no West.

— Ah... o lado da Molly da cidade.

Meus olhos encontraram os de Molly.

— É. Moramos *muito* perto.

— Foi assim que se conheceram?

O bom e velho Will era bem xereta, não era?

— Na verdade, sim. — Olhei para Molly. — Provavelmente, vou envergonhá-la se contar a história, não vou, Mollz?

Os olhos de Molly se arregalaram mais.

— Talvez não devesse contar, Declan.

Não consegui resistir.

— Eu estava no metrô a caminho de casa certa noite. Molly estava sentada à minha frente lendo um livro. Não conseguia parar de olhar para ela. Os cantos dos seus lábios ficavam se mexendo conforme ela lia, como se realmente quisesse sorrir. Como um bobão, eu a deixei sair do trem sem tentar falar com ela. Mas, naquela noite, não consegui parar de pensar nela. Então, no dia seguinte, peguei o mesmo trem no mesmo horário, torcendo para encontrá-la de novo. Ela não estava nele... nem no dia seguinte ou no dia depois desse. Então, certa noite, uma semana depois, eu estava indo para o meu trem em um horário totalmente diferente. No caminho, passei por uma livraria, e vi o livro que ela estivera lendo na vitrine, assim, entrei para comprá-lo. O vendedor me contou que tinha acabado de chegar o segundo livro da série, então também comprei-o. Quando cheguei no meu trem vinte minutos mais tarde, lá estava ela. — Olhei para Molly, admirando-a. — Me sentei ao seu lado, dei o livro dois a ela e a convidei para tomar um drinque.

Emma estava com os olhos sonhadores.

— Essa é a história mais romântica que já ouvi.

Dei uma piscadinha para Molly.

— Só fico feliz por ela não ter pensado que eu a estava perseguindo.

Tive que beber meu drinque para me impedir de dar risada com a expressão do dr. Otário. Eu já tinha ouvido o termo *verde de inveja*, mas nunca realmente tinha visto isso em um humano. Sua pele estava meio amarelada.

Um cara se aproximou.

— Ei, Will. Você tem um minuto? Mark e eu estamos pensando em fazer um voluntariado restrito com os Médicos Sem Fronteiras. Queríamos sua opinião quanto a qual região deveríamos ir, já que você se voluntariou algumas vezes.

— Sim, claro.

Estivera me sentindo bem presunçoso sobre mim mesmo nos últimos minutos, mas saber que o dr. Otário doava seu tempo baixou um pouco minha bola. O mais próximo que eu tinha chegado de ajudar a salvar vidas foi quando gritei "Cuidado", quando uma bola de beisebol estava voando na direção da cabeça da minha irmã. Como poderia competir com aquela merda? Ou melhor, por que eu estava sentindo que tinha que competir? Talvez estivesse me envolvendo demais no personagem.

Após Will se afastar, Emma foi ao banheiro feminino, o que deu um tempo para Molly e eu ficarmos sozinhos.

— Você me viu no trem e se sentiu loucamente apaixonado? — Ela deu risada. — Dava para ser mais detalhista, Romeu?

Dei de ombros.

— Sou um eterno romântico. Você é uma garota muito sortuda.

Molly suspirou.

— Não tivemos chance de conversar ultimamente, mas as coisas com Will não foram exatamente como eu esperara no encontro.

— O que houve?

— Bem, é minha culpa, na verdade. Enfatizei como você e eu estávamos em um relacionamento sem compromisso, então Will entendeu que eu queria algo casual.

Meu coração acelerou.

— Você diz que ele quer ser amigo de foda?

Ela deu de ombros.

— Ele não falou exatamente isso. No entanto, me contou que nunca tinha me convidado para sair porque não pensou que eu fosse o tipo de mulher que quisesse um relacionamento casual. Basicamente, resolveu me convidar para sair assim que descobriu que eu era aberta a esse tipo de coisa. O problema é que *não* gosto de encontros casuais. Pensar em estar com alguém que também pode estar dormindo com outra mulher, principalmente Will, não me atrai em nada. Não me entenda mal, não preciso que um homem me peça em casamento nem nada, mas, quando sinto algo por alguém, sou monogâmica.

A palma das minhas mãos estava suada.

— Então vocês dois estão...

— Não, não transamos no nosso primeiro encontro.

Senti uma onda enorme de alívio.

— Sinto muito, Moll. O que vai fazer? Vai dizer a ele como se sente?

— Não sei se realmente preciso dizer alguma coisa, já que ele não me convidou para sair de novo. Acho que ele não está interessado em sair comigo casualmente, que dirá em algo mais.

Ela estava cega? Balancei a cabeça.

— Ah, ele está interessado, sim. Praticamente tinha fumaça saindo das ventas do cara quando me viu parado ao seu lado.

— Não sei, não...

— Acredite em mim, Moll. Eu sei.

Molly mordeu o lábio.

— Acho que só o tempo dirá.

É, mas apostaria meu último centavo que dirá muito em breve. Não tem como aquele cara não tentar prendê-la. Ele se sentiu ameaçado.

Bebi o restante do meu drinque em um gole, sentindo que precisava de mais alguns para relaxar.

— Quer mais vinho?

— Geralmente, me limito a duas taças quando saio. Mas, já que está aqui comigo, e não vou voltar sozinha para casa no escuro, claro. Por que não?

Depois de eu pegar outra rodada para nós, Emma voltou do banheiro. Molly me apresentou a mais alguns amigos, e demos umas risadas. No entanto, durante toda a noite, flagrei o dr. Otário com os olhos em Molly, no mínimo, umas doze vezes. Em certo ponto, ele estava conversando com a colega de trabalho dela, Daisy. A mulher estava, claramente, flertando com ele, fazendo tanto contato corporal quando conseguia e jogando seu cabelo loiro para lá e para cá. Molly olhou e viu, e meu coração se apertou com a decepção no seu rosto. Então coloquei o braço no seu ombro e a puxei para perto. Aparentemente, o sr. Casual não gostou muito disso, porque, em minutos, ele estava ao nosso lado de novo.

— Vou embora — ele disse. — Você tem um minuto, Molly?

Precisava dar crédito ao cara; ele tinha coragem de vir e pedir a ela para conversar em particular quando eu a estava abraçando.

Molly olhou para mim. Tive o desejo forte de apertá-la mais para perto e falar para o idiota vazar, mas, em vez disso, deixei que ela decidisse como lidar com as coisas.

— Humm... claro. Com licença um minuto, ok, Declan?

Meu coração gelou.

— Sim... lógico. — Com relutância, eu a soltei.

Os dois passaram uns quinze minutos conversando num canto sozinhos. Durante esse tempo, bebi mais dois drinques. Embora conversasse com alguns dos colegas de trabalho dela, meus olhos nunca se afastavam demais de Molly.

Quando ela voltou, estava sorrindo. Meu sorriso murchou.

— Essa foi uma reviravolta interessante... — ela disse.

— O que houve?

— Will admitiu que ficou com ciúme de nos ver juntos. Me convidou para jantar amanhã à noite para conversarmos.

Que otário.

Sim, o plano tinha sido usar ciúme para fazer nossos *crushes* perceberem que poderiam perder a chance. Mas algo naquele cara me fazia pensar que se tratava menos de perder a chance com Molly e mais de vencer uma competição. No entanto, Molly parecia feliz, então não queria acabar com sua graça.

— Que ótimo. — Olhei em volta e não vi o dr. Otário. — Ele foi embora?

— Sim. Vai acordar cedo amanhã, então já foi.

— Você não tem que trabalhar amanhã, certo?

— Não. Estou de folga por três gloriosos dias.

Eu já tinha bebido bastante, mas, de repente, tive vontade de ficar chapado.

— O que me diz de bebermos um *shot* de comemoração?

— Oh, cara... Estou meio alegre.

Dei uma piscadinha.

— Tudo bem. Sou forte. Consigo te carregar.

— Você tem alguma *rattoo*?

Deixei cair a chave do apartamento no chão pela segunda vez conforme ficávamos diante da porta.

— *Rattoo*?

Molly, bêbada, riu e roncou.

— Você disse *rattoo*!

Dei risada.

— Só repeti o que você falou. *Você* disse *rattoo*.

— Não falei *rattoo*. Falei *rattoo*. — Ela soluçou. — Ah, meu Deus! Falei *rattoo*. Por que não consigo falar *rattoo*?

Peguei a chave do chão e semicerrei os olhos conforme tentava, pela terceira vez, enfiá-la na fechadura.

— Consegui!

Abri a porta para deixar Molly entrar antes de mim.

Na porta, ela se virou para me encarar. Sua boca exagerava toda sílaba enquanto ela formava cada som de forma lenta.

— Tat-tooo. Tem alguma tat-too?

— Ah. *Tat*toos. Tenho, sim. Mas ainda não tenho nenhuma *rattoo*.

Molly tirou os sapatos logo que passou pela porta e foi direto para a cozinha.

— O que você fez hoje? Estou morrendo de fome.

— Acho que tem um penne alla vodca que sobrou.

Ela abriu a geladeira e pegou o pote.

— Vamos comer gelado.

Dei risada e arranquei o pote das suas mãos.

— O que acha de eu aquecer para nós? Só vai demorar cinco minutos.

Molly fez beicinho.

— São quatro minutos e meio de demora.

Joguei a massa em uma panela e acendi o fogo. Nós dois havíamos bebido demais, mas Molly estava apoiada no balcão da cozinha, e parecia que precisava se segurar em pé.

— Por que não fica confortável na sala?

— Quero ver você cozinhar. É sexy ter um homem que faz comida para mim.

— Ah, é?

Me virei a fim de olhar para ela justamente quando seu cotovelo escorregou no balcão e ela quase caiu.

— Uou, calma. Cuidado. — Segurei sua cintura e a ergui no balcão. — O que acha de se sentar aqui, então?

Molly alcançou o pote de vidro dos M&M's cor-de-rosa ao seu lado. Pegou uma mão cheia e colocou alguns na boca antes de estender a mão para mim.

— Quer um pouco?

— Não, obrigado. Consigo suportar a espera de cinco minutos.

Ela me mostrou a língua, o que me fez sorrir.

— Então, cadê? — ela perguntou com a boca cheia.

— Cadê o quê?

— Sua tat-too.

— Ah. É segredo. Se quiser saber, vou precisar saber algo particular sobre você. Um segredo por outro segredo.

— Certo! — Seu rosto se iluminou. — Você primeiro.

— Tá bom. Na verdade, tenho duas tattoos: uma na minha escápula esquerda e a outra na minha cintura, na costela.

— Oh, uau. O que são?

Balancei um dedo para ela.

— Não tão rápido, srta. Xereta. Esse é um segundo segredo. Precisa compartilhar um segredo primeiro.

Molly bateu o dedo indicador no lábio.

— Oh! Eu sei! Também tenho tattoo!

Ergui as sobrancelhas.

— Tem?

Ela assentiu.

— Tenho.

— Onde?

Ela sorriu.

— Não tão rápido, sr. Xereta. Esse é um segundo segredo. Vai ter que compartilhar um segundo segredo primeiro.

Eu sorri.

— Legal. Certo. A tattoo das minhas costas é uma bússola. Não me pergunte por que uma bússola, não faço a menor ideia. Eu tinha dezoito anos quando a fiz e simplesmente gostei. A da minha costela é uma cruz com as palavras *Dimittas tua concilia...* é em latim. A tradução é *Desencane dos seus planos*. Foi na noite em que minha irmã se tornou freira. Fizeram uma cerimônia bonita na tarde em que ela fez os votos. Antes disso, eu não conseguia entender como alguém poderia acordar certa manhã e do nada decidir se tornar freira. Mas o padre que oficializou a cerimônia falou bastante sobre como um dos maiores obstáculos que temos na vida é vencer nossos planejamentos para o futuro. Ele disse que, se pudermos desencanar dos nossos planos, podemos fazer qualquer coisa. — Balancei a cabeça. — Me ajudou a entender que os planos das pessoas para a vida não precisam ser os mesmos. Fiquei muito orgulhoso de Catherine naquele dia. Quis honrá-la de alguma forma.

— Que lindo.

— Obrigado. Mas vamos à parte boa. — Ergui o queixo. — Onde é a sua?

Ela deu risada.

— No quadril. São três passarinhos pretos. Fiz após minha avó morrer. Éramos muito próximas, e ela era uma grande fã dos Beatles. *Blackbird* era sua música preferida. Eles a tocaram em seu funeral. Eu sabia todas as palavras, mas nunca as entendi até aquela tarde. Fiz a tattoo alguns dias depois.

— Muito legal.

O molho na panela começou a borbulhar, então abaixei o fogo e mexi.

— Posso ver as suas? — Molly perguntou.

Coloquei a colher em cima de um papel-toalha ao lado do fogão, pensando em não esquecer, pela décima vez, que precisava comprar para ela um daqueles descansos de talher, e me virei.

— Pode... Mas sabe o que isso significa? Se eu mostrar a minha, vai ter que me mostrar a sua.

Molly mordeu o lábio inferior e refletiu por um instante. Pensar nela abrindo a calça e me mostrando o quadril fez minha pulsação acelerar. Provavelmente, era melhor não começarmos a tirar a roupa.

Apesar de que, assim que admiti essa sabedoria, Molly disse:

— Você primeiro.

Merda. Tá bom. O que você quiser...

Desabotoei a camisa e a tirei. Por baixo, eu estava com uma camiseta, então segurei atrás e a puxei por cima da cabeça. A tattoo na minha costela não era visível quando meu braço estava para baixo, então o ergui e virei o corpo para ela poder ver de perto.

Inesperadamente, Molly estendeu o braço e passou o dedo na minha pele. Ela traçou a cruz com a unha, e minha pele se arrepiou.

Nossa, isso foi bom. Me vi desejando que ela colocasse mais as mãos, talvez até deixando algumas marcas.

— É muito linda, Declan.

— Ãh... obrigado.

Nossos olhos se encontraram e, se eu não soubesse que ela estava bêbada, teria pensado que ela estava excitada. Suas pálpebras estavam baixas, e o azul-claro dos seus olhos tinha escurecido para pupilas quase pretas.

Quando meus olhos desceram para seus quadris, sabia que era hora de me virar. Mostrando a ela meu ombro esquerdo, me abaixei para ela poder olhar a bússola. Eu não sabia se estava grato ou decepcionado por ela não traçar essa com o dedo. Suas unhas arranhando minhas costas poderiam ter sido mais do que eu poderia suportar.

Quando me virei, os olhos de Molly varreram meu peito. Ela passou um minuto me olhando em silêncio total. Então colocou a mão na calça e começou a abrir o zíper. Por meio segundo, tinha me esquecido de que ela precisava ser recíproca e mostrar sua tatuagem. Meu cérebro privado de sexo se empolgou e pensou que ela estivesse se despindo para mim.

Engoli em seco quando ela empurrou a calça e me mostrou sua pele cremosa. Talvez fosse o álcool soltando minhas inibições ou eu só não estivesse forte o suficiente para me impedir, mas estendi o braço e fiz exatamente o que ela tinha feito comigo. Delicadamente, tracei com meu dedo, delineando os três passarinhos. Sua pele era muito macia e quente, e tive o desejo louco de enterrar a mão em sua calça e sentir o resto da sua *maciez e calor.*

Isso não era bom.

Observei sua expressão conforme eu traçava a pele. Os olhos de Molly se fecharam e sua mandíbula ficou relaxada.

Porra.

Ela era linda.

Absolutamente linda pra caralho.

E queria beijá-la mais do que qualquer coisa.

Só um beijinho... um gostinho da sua língua.

Eu sabia que era burrice.

Eu sabia que nós dois estávamos bêbados.

Eu sabia que havia uma possibilidade remota de que, uma vez que pressionasse os lábios nos dela, nunca mais conseguiria parar.

Sem contar que...

Eu estava sem camisa.

A calça dela estava aberta...

Meu peito subia e descia enquanto eu tentava me convencer a não fazer qualquer coisa que não fosse vestir a camisa de volta e encher nossas bocas com comida.

Entretanto, quando os olhos de Molly se abriram devagar e baixaram para encarar meus lábios, eu sabia que estava a uns cinco segundos de perder minha batalha. Sua língua rosada apareceu e molhou seu lábio carnudo inferior.

Porra.

Eu a queria *pra caralho*.

Os olhos de Molly se ergueram para encontrar os meus. Sua voz estava sussurrada.

— Declan...

Dei um passo à frente e coloquei a mão em sua cintura.

— Molly...

Seus olhos se ergueram, mas algo chamou sua atenção acima do meu ombro, e ela arregalou os olhos.

— Ah, meu Deus, Declan... vire-se! O papel-toalha pegou fogo!

E SE FOSSE VERDADE?

CAPÍTULO TREZE

MOLLY

Piscando para abrir os olhos na manhã seguinte, fiquei surpresa ao me lembrar da noite anterior com bastante clareza, dado o quanto eu tinha ficado bêbada.

Minha cabeça latejava, e meu estômago se revirava.

Me lembrava de que quase tínhamos incendiado o prédio. Mas Declan agira com rapidez e apagara o fogo.

Também me lembrava de Will me convidando para sair com ele de novo.

Ah, meu Deus. Tenho um encontro com Will esta noite.

O que se destacava mais da noite anterior era ter ficado excitada como não ficava há tempos quando encostei na pele de Declan, traçando sua tatuagem. Foi um toque simples, mas tinha sido erótico pra caramba.

Me encolhi quando também me lembrei de ter abaixado um pouco a calça a fim de mostrar a Declan minha tatuagem.

Aff.

O que teria acontecido se o fogo não tivesse interrompido nosso joguinho de me-mostre-a-sua-que-mostro-a-minha? Teríamos nos beijado? Isso poderia ter sido inevitável. Claramente, os deuses lá de cima pensaram que seria uma ideia terrível.

Que horas são?

O relógio mostrava onze da manhã.

Quando saí para a cozinha, Declan não estava em lugar nenhum.

Havia um recado no balcão.

Ei, colega de casa,

Fui encontrar Julia para um brunch. Não queria te acordar, mas a cafeteira está pronta. É só apertar start. Imaginei que fosse precisar disso logo. Nós dois bebemos demais ontem à noite. No caso de não se lembrar, quase estrelamos um episódio de Chicago Fire, e você criou uma palavra nova: rattoo.

Beijos, Declan

Ele sempre sabia como me fazer rir, mesmo quando parecia que eu tinha sido atropelada por um caminhão.

Verifiquei meu celular e vi uma mensagem de Emma.

> **Emma: Nem tivemos tempo de conversar ontem à noite. Quero saber tudo o que aconteceu depois que você foi embora com Declan!**

Respirando fundo, pensei em como lidar com isso. Não queria mentir para ela. Emma era minha amiga mais próxima do trabalho. E confiava nela. Já era ruim eu não ter sido sincera com Will.

Após me servir um café, pensei um pouco mais e resolvi convidar Emma para almoçar para que pudesse explicar tudo adequadamente. Também seria legal ter alguém para desabafar sobre toda essa situação.

Uma hora depois, Emma e eu nos encontramos em um lugar na metade do caminho entre meu apartamento e o dela.

Depois que a garçonete trouxe nossa comida, Emma não perdeu tempo tentando me fazer falar.

— Certo, então me conte tudo. Qual é a daquele gostoso do Declan? Está dormindo com ele?

Brincando com uma das minhas batatas fritas, balancei a cabeça.

— A história é meio doida. Precisa me prometer que não vai dizer uma única palavra sobre isso para ninguém.

Emma estreitou os olhos.

— Agora estou intrigada mesmo. Mas claro. — Ela se inclinou. — O que está acontecendo?

Durante os minutos seguintes, contei a história inteira de como Declan foi morar comigo e o acordo que fizemos.

Ela balançou a cabeça, desacreditada, conforme mexia o açúcar em seu chá gelado.

— Então deixe-me entender direito. Você e ele têm um acordo, e agora você não sabe realmente quem está tentando deixar com ciúme, se é Declan ou Will? Você se apaixonou por seu namorado falso?

Dando uma mordida enorme no meu hambúrguer, falei com a boca cheia.

— Não era minha intenção que as coisas ficassem complicadas. Minha atração por Declan tem crescido gradativamente. E ele, com certeza, não faz a menor ideia de como me sinto. Só quando ele começou a sair com Julia foi que percebi a extensão dos meus sentimentos. — Encarei o horizonte. — É que nos damos tão bem. Ele é um amigo muito bom. Mas, ontem à noite, antes de sermos interrompidos pelo fogo, tenho praticamente certeza de que algo iria acontecer.

Ela assentiu.

— Então está nutrindo sentimentos por dois homens diferentes. Mas vai sair com o dr. Elegante esta noite. Talvez isso deixe as coisas a favor dele.

— Vamos ter que ver o que acontece. — Suspirei. — Como falei, Declan vai embora em alguns meses, de qualquer forma. É uma situação temporária.

— Então você tem sua resposta. Apenas foque em Will. Obviamente, a admissão dele de que ficou com ciúme ontem à noite significa que você tem uma chance maior do que pensava.

— É, mas e se isso se tratar apenas da competição? Não sei se posso confiar que o interesse dele seja genuíno. Acho que não vou saber a menos que continue vendo aonde as coisas vão.

Ela deu risada.

— Com certeza, há problemas piores para ter. Está morando com um homem lindo e saindo com outro também lindo.

Sorri, embora nenhuma situação estivesse como eu queria. Não queria morar com um homem ou apenas sair com outro. Queria ser a parceira de alguém.

Quero amor.

Declan e eu não nos trombamos naquele dia. Ele não estava em casa quando voltei para me arrumar para meu encontro com Will.

Mais tarde, naquela noite, quando cheguei lá, Will já estava no bistrô italiano em que combinamos. Ele se levantou e puxou a cadeira para mim conforme me aproximei da mesa.

Me olhando de cima a baixo, ele disse:

— Está absolutamente linda, Molly. Obrigado por aceitar o convite de última hora.

Ele se inclinou e deu um beijo firme na minha bochecha. O contato causou calafrios na minha espinha.

— Não estava esperando que me convidasse de novo, para ser sincera. — A honestidade da minha resposta me chocou um pouco.

Ele pareceu perplexo conforme se sentou e deslizou sua cadeira para mais perto da mesa.

— Por quê?

— Bem, você não tinha mencionado nada sobre sair de novo até Declan aparecer ontem à noite.

Ele respirou fundo e assentiu.

— Foi incrível nosso encontro desta semana. Na verdade, não consegui parar de pensar em você e naquele beijo. Então, se pensa que minha falta de contato significou alguma coisa, está errada. Foi uma semana louca... bem estressante... com partos mais complicados do que o normal. Só isso. — Ele pausou. — Mas... como admiti para você no bar ontem à noite, ver você com ele me deu um incentivo. Me fez perceber que meus sentimentos por você são ainda mais fortes do que eu estava disposto a admitir.

Seu comportamento ainda me confundia. Senti a necessidade de deixar tudo claro enquanto tinha sua atenção. Mas a garçonete interrompeu ao chegar para anotar nosso pedido. Eu ainda não tivera chance de olhar o cardápio, então ela nos deu alguns minutos para decidir.

Quando voltou, Will pediu lasanha, enquanto eu pensei nas opções e, enfim, optei pela massa primavera. Ela trouxe duas taças de vinho logo depois.

Quando saiu, dei um longo gole no meu pinot e resolvi continuar de onde a conversa tinha parado.

— Will... A verdade é que... apesar de estar saindo com Declan, não é minha intenção sair com mais de um homem para sempre. Estou procurando estabilidade a longo prazo. Desculpe se passei a impressão de que não estava. Você já me disse que não está interessado em um relacionamento sério. Respeito sua sinceridade, e é por isso que também estou sendo sincera agora. Não quero perder tempo se você nunca for querer nada sério. Eu...

— Molly... — Ele ergueu a mão. — Acho que preciso esclarecer uma coisa. É verdade que não queria me envolver em algo sério *neste momento*, mas também acho que, talvez, não me comuniquei apropriadamente no nosso primeiro encontro. Parece que você pensa que o *único* motivo de eu querer sair com você é porque estava aberta a um relacionamento casual. Isso não é verdade. Acho você absolutamente incrível, esperta, linda... foi por isso que me atraí por você. — Seus olhos se demoraram em mim.

Sentindo minha pulsação acelerar, falei:

— Agradeço por dizer isso, mas não sei se deveríamos continuar as coisas além desta noite se você não pensa em querer um relacionamento sério no futuro.

Ele olhou um pouco na direção da entrada antes de encontrar meus olhos de novo.

— O que acha do seguinte... Não quero parar de ver você. Nem um pouco. Acho que deveríamos ir devagar e com o objetivo de manter a mente aberta. Se nós dois sentirmos que as coisas estão bem, adoraria a opção de sair exclusivamente. Mas presumo que você teria que entender seus sentimentos por esse cara.

Pisquei, tentando processar as palavras dele.

— Adoraria levar isso dia a dia. Mas você também disse que não queria casamento nem filhos. Sei que é bem prematuro falar sobre isso, mas são coisas que eu quero um dia. Então, se tem certeza de que não quer esse tipo de futuro, seria um limite complicado para mim.

Will segurou minha mão e olhou mais fundo nos meus olhos.

— Deixe-me explicar. Casamento e filhos não são coisas que quero no futuro próximo. Gostaria de um tempo para viajar e curtir a vida. Minha última namorada queria essas coisas com bastante urgência. Esse foi o principal motivo de terminarmos. Dito isso, se me apaixonar pela pessoa certa, não negarei a ela a oportunidade de ser mãe. Estaria aberto a ter filhos, contanto que fosse o momento certo com a mulher certa.

Suas declarações contraditórias entre o último encontro e agora me deixaram bem confusa. Mas, mesmo assim, esta noite, ele tinha me dado um pouco de esperança.

— Sei que parece bobeira falar sobre essas coisas no segundo encontro — eu disse. — Mas não quero perder meu tempo com alguém que fecharia totalmente a porta em um futuro desde agora e, sinceramente, essa foi a impressão que me deu.

— Entendi. — Ele sorriu. — Espero ter tranquilizado um pouco suas preocupações sobre continuar a sair comigo.

— Tranquilizou. Obrigada. — Respirei fundo e dei outro gole no vinho. — Bem, essa foi uma conversa séria para o início da noite.

Ele deu risada.

— Sim, mas, sabe, agora que tiramos isso da frente, podemos aproveitar o resto do tempo para nos curtirmos.

Logo depois, a comida chegou. Foi o amortecedor perfeito para a transição para um clima mais leve. Will e eu tivemos uma refeição fantástica e sem estresse.

Após o jantar, resolvemos que não queríamos que a noite acabasse. Como o apartamento dele era mais perto do restaurante (e o meu estava fora de questão devido ao fato de que eu morava com meu suposto outro homem), fomos à casa de Will.

Ele abriu uma garrafa de vinho e colocou um jazz da sua coleção impressionante de álbuns de vinil.

Aproveitamos para nos beijar com intensidade, mas as coisas não foram além disso. Will era o perfeito cavalheiro, mas precisava ver se ele era o homem perfeito para mim.

Nos dias seguintes, voltei aos meus plantões noturnos. Will estava de folga, então não encontrei com ele no trabalho nem com Declan em casa. E aproveitei o adiamento da obsessão dos meus sentimentos por cada um deles.

Mas, no meu primeiro dia de folga, cheguei em casa depois de resolver algumas coisas na rua e encontrei Declan sem camisa, cozinhando no fogão.

— Cuidado para não começar um incêndio — eu disse acima da música que ele ouvia.

Ele se virou para mim e deu uma piscadinha.

— Porque estou gostoso?

Ele colocou a espátula na pia e me assustou ao correr e me puxar para um abraço, seu peito duro me pressionando, me deixando consciente demais da minha atração por ele.

Ele se afastou para me olhar.

— Sinto que não te vejo há uma eternidade, colega de casa.

Sabia que ele tinha dormido, no mínimo, uma noite na casa de Julia naquela semana, então presumi que estivessem transando. Isso me deixou inquieta, mas pelo menos ele não insistiu que ela dormisse na nossa casa.

— Está com fome? — ele perguntou.

O cheiro de rabanadas permeava o ar. Assim como o cheiro de Declan, seu perfume delicioso e almiscarado.

Engoli em seco.

— Eu comeria. — *Nossa*. Estava diferente perto dele depois da outra noite, como se a tensão sexual por metro cúbico tivesse aumentado de baixa para potência total.

— Bem, acabou que estou fazendo seu preferido: café da manhã para o jantar — Declan anunciou antes de correr para seu quarto.

Ele voltou vestindo uma camisa e continuou sua função no fogão. Era como se ele soubesse que estar sem camisa me deixasse agitada.

Declan virou uma rabanada e salpicou canela em cima. Passei os minutos seguintes observando-o cozinhar. Esse tinha se tornado um dos meus passatempos preferidos.

Desabafei com ele sobre uma falta de funcionários no trabalho, enquanto ele se abriu sobre uma das suas irmãs que estava com problemas matrimoniais. Parecia que havia se dissipado um pouco da tensão sexual quando nos envolvemos em uma boa conversa.

Após ele servir dois pedaços grandes de rabanada para cada um, nos sentamos e começamos a devorá-las juntos.

— Esta é a melhor rabanada que já comi. — Meus olhos se voltaram para os potes do balcão. Parei de mastigar. — O que você fez?

Não podia acreditar que só agora estava percebendo, mas estivera meio distraída quando cheguei. Meus M&M's organizados por cor pastel tinham sido substituídos por uma bagunça de todas as cores primárias, todas misturadas em cada pote. Eu estava prestes a explodir.

— Só estou te ajudando — ele disse. — Você falou que seu terapeuta queria que se acostumasse com coisas em desordem. Pensei nisso quando passei pela loja de doces a granel.

— É muita consideração da sua parte quase me dar um ataque do coração.

Por mais ousado que fosse isso, eu sabia que ele tinha feito com boas intenções. E eu estivera relapsa com minhas tarefas ultimamente. Na verdade, não tinha me desafiado em nada.

— O que fez com os outros M&M's?

— Não se preocupe. Eu os guardei em segurança. Vai reavê-los quando merecer. — Ele deu uma piscadinha.

— Oh, nossa. Que ótimo.

— Não preciso dizer que Julia não ficou muito animada quando a fiz parar em uma loja de doces para comprar um saco de dois quilos. Mas acho que foi por causa da pessoa para quem eu estava comprando.

O pão parou um pouco na minha garganta.

— Ela ainda tem ciúme de mim?

— Bem, falei para ela que está saindo com Will agora. Mas ela ainda parece insegura quanto a morarmos juntos.

Meu coração acelerou e passamos vários segundos em silêncio.

— Ela deveria? — murmurei.

Dava para ter ouvido um alfinete cair. Me arrependi da pergunta, porém não dava para voltar atrás.

Seus olhos se fixaram nos meus.

Cenas da outra noite preencheram minha mente — meus dedos traçando seu corpo firme, os arrepios na pele dele. Me lembrava de cada segundo desses instantes.

Em vez de responder, ele colocou o garfo no prato com um barulho alto.

— Nunca tive a oportunidade de perguntar como foi seu encontro com Will.

Pigarreei.

— Foi muito bem. Jantamos e, então, ele me levou para seu apartamento e me mostrou sua coleção de discos de vinil.

Ele deu risada, mas continha um ar de falsidade.

— E você teve que fingir estar interessada?

Dei de ombros.

— Eu... gostei. Ele tem um gosto musical eclético.

Declan assentiu.

— Ele te mostrou mais do que somente sua coleção?

Essa pergunta foi meio descarada. Mas acho que eu mesma fui meio descarada esta noite, então optei pela verdade.

— Não. Não mostrei nada a ele. É muito cedo.

— Que bom. — Ele expirou. — Não sei se confio no cara. Não gostei da jogada que ele fez só porque me viu aparecer no bar. Mudou de opinião estranhamente rápido.

Senti a necessidade de defender Will.

— Não o culpo pela sinceridade ou pelo ciúme dele. Respeito o fato de ele admitir que não está interessado em nada sério no momento. Ele poderia simplesmente ter me enrolado. Mas, ontem à noite, esclareceu algumas coisas. Falou que pode estar aberto a algo sério no futuro. Quer ir devagar.

— Que nobre. — Ele bufou. — Foda-se. Você merece alguém que não fique mudando tanto de ideia, Molly. Quero dizer, o cara diz uma coisa um dia e outra no seguinte? O que isso lhe diz?

Lá no fundo, eu sentia esses sinais altos e claros. Por mais que gostasse que Declan me apoiasse, suas palavras tocaram em um ponto mais profundo.

— E Julia não muda de ideia? Ela flertou com você por semanas enquanto estava namorando. Isso é o oposto de sinceridade e parece que muda bastante de ideia.

— Também não falei que ela era perfeita.

— Você costumava pensar que sim. Quando a descreveu pela primeira vez, fez parecer que ela andava sobre as águas. — Revirei os olhos.

Ele ergueu uma sobrancelha.

— Isso te incomodou?

O sangue correu para o meu rosto.

— Não. Por que acha isso?

— Não sei. Você pareceu irritada ao dizer isso agora... que eu costumava pensar que Julia era perfeita. Meus sentimentos por ela te deixam chateada?

— Não. Não se ache. Por que isso me chatearia?

— Não sei. Você que me diz.

Me sentindo na defensiva, soltei:

— Por que me importaria o que você sente por alguém? Não gosto de você nesse sentido.

Grande. Erro.

Mas era tarde demais para voltar atrás. Minhas palavras tinham quase que imediatamente me dado um chute na bunda.

— Parece que você gosta *pra caralho* de mim quando está bêbada — ele provocou.

Merda. Não gosto do rumo que a conversa está tomando.

— Nós *dois* estávamos bêbados, Declan. Se me lembro corretamente, foi você que sugeriu que eu te mostrasse minha tatuagem em troca de mostrar a sua.

Ele não falou nada por alguns segundos. Então se inclinou de forma que eu conseguisse sentir sua respiração no meu rosto.

— Engraçado como nós dois, supostamente, estávamos *muito bêbados* e, ainda assim, nos lembramos das nossas atitudes com clareza.

Meu celular tocou, interrompendo a discussão tensa. O alívio me percorreu... até meu coração parar.

É Kayla, a esposa do meu pai.

Ela nunca me ligava.

E SE FOSSE VERDADE?

CAPÍTULO CATORZE

DECLAN

— Está tudo bem? — Pulei da cadeira na sala de espera no instante em que Molly passou pelas portas duplas.

Ela suspirou.

— Ele está bem. Acham que desmaiou porque está anêmico. É um efeito colateral comum da quimioterapia. O hemograma inicial saiu, mas vão interná-lo para poderem fazer mais alguns exames. Ele também está com um galo bem feio na cabeça de quando bateu na mesa ao cair. Então o estão tratando com protocolo de concussão, para garantir.

Passei a mão no cabelo.

— Certo. Tudo isso parece ter tratamento, certo?

Molly assentiu.

— É. Dá para tratar a anemia. Vão começar uma transfusão de sangue agora, e ele vai tomar comprimidos de ferro por um tempo. — Ela balançou a cabeça. — Só que ele já parece tão frágil. Faz pouco mais de um mês do diagnóstico e umas duas semanas que não o via, ainda assim, dá para ver o quanto as coisas estão progredindo rápido. Perdeu muito peso, está pálido e parece exausto. Kayla contou que ele já tem falado em parar a quimioterapia.

— Por causa disso? Não dá para recomeçar quando ele melhorar?

Molly ficou em silêncio por um instante. Observei sua expressão conforme ela engoliu em seco, tentando conter as lágrimas.

— Ele tem carcinoma de células não pequenas. Já deu metástase para outros órgãos, então a taxa de sobrevivência é... — De novo, ela tentou engolir e conter as lágrimas que ameaçavam cair. Mas uma gota gigante se soltou e escorreu por sua bochecha. — A qualidade de vida dele com a quimio...

— Venha aqui. — Puxei-a para o meu peito e a abracei. Acariciando seu cabelo, queria dizer alguma coisa, mas o som dela desmoronando bloqueou as palavras na minha garganta. Seus ombros chacoalharam conforme ela sucumbiu às emoções com um choro doloroso. Eu detestava que tudo que poderia fazer era apertá-la mais forte e desejar conseguir livrá-la da dor.

Depois de uns dez minutos parados em pé no meio da sala de espera, Molly se afastou, secando as lágrimas e fungando.

— Obrigada, Declan.

— Não fiz nada. Estou feliz de estar aqui para você. — Me inclinei e beijei sua testa. — O que acontece agora? Se vão interná-lo, ele vai precisar de roupas, certo? Há um Walmart vinte e quatro horas a uns quinze minutos daqui. Posso ir lá e comprar pijamas e artigos de higiene, essas coisas.

— Sua proposta é muito gentil. Mas falei para Kayla que iria para sua casa e pegaria as coisas dele para ele ficar mais confortável. Vai demorar, no mínimo, uma ou duas horas para o transferirem para um quarto, e não gostam que fique mais de uma pessoa por vez na sala de emergência com um paciente, de qualquer forma. Ninguém falou nada porque sou amiga de algumas enfermeiras, porém não quero me aproveitar disso, já que trabalho aqui. Vou até a casa dele enquanto o estão internando, agora que sei que está estável. Mas está tarde. Posso te deixar em casa no caminho.

Até parece que eu ia deixá-la dirigir pela cidade sozinha naquele estado.

— Vou com você.

— Provavelmente ficarei acordada aqui a noite inteira depois de pegar as roupas dele.

Dei uma piscadinha, tentando aliviar um pouco o clima.

— Tudo bem. Ficar acordado a noite inteira é minha especialidade.

Ela revirou os olhos, mas vi o sorriso neles. Alguns minutos depois, estávamos no carro. A casa do pai de Molly ficava a uns quarenta e cinco minutos do hospital. Ele estava em um restaurante quando desmaiou voltando do banheiro. Estive em sua casa umas semanas antes para jantar, mas só vira a parte de baixo, não os quartos, que eram todos no segundo andar. Quando chegamos, ofereci para esperar na sala de estar enquanto Molly subia para fazer uma mala para ele, mas ela me pediu para ir junto. Aparentemente, ela só fora uma vez no quarto dele, há anos, quando ele comprara a casa.

Esperei perto da porta da suíte master enquanto Molly ia até uma cômoda alta e abria a primeira gaveta. Um monte de porta-retratos pareceu chamar sua atenção. Ela estendeu a mão e pegou um.

— Ah, meu Deus. Não acredito que ele tem isso em porta-retrato. Vou matá-lo.

Me aproximei para olhar por cima do seu ombro.

— O que é?

— É uma foto antiga de mim e da minha irmã. Acho que eu tinha uns seis anos e ela, sete.

A foto era linda. Era claro, pelos grandes olhos azuis, qual das menininhas era Molly. Ela estava com a cabeça jogada para trás, rindo, seu cabelo amarrado em dois rabinhos laterais, e ela estava com o maior sorriso cheio de dentes que eu já tinha visto. Só de olhar fez meus lábios se curvarem para cima.

— Por que vai matar seu pai? Acho que está linda.

— Ãh... porque meu short está molhado, talvez?

Estava olhando para seu sorriso gigante e nem tinha reparado em suas roupas. Mas, claro, quando olhei para baixo, o short que ela usava estava ensopado. E não como se tivesse derramado algo.

— Você fez xixi na calça? — perguntei.

Ela cobriu o rosto.

— Sim! Ele colocou no porta-retrato uma foto minha com shorts ensopados! Por que ele iria querer mostrar isto?

Dei risada.

— Isso era frequente para você? Parece meio velha para fazer xixi na calça.

— Meu pai e minha irmã tinham acabado de me fazer cócegas. Pedi para pararem, mas não me ouviram. Não acredito que ele ainda tem isto, que dirá em porta-retrato.

Era meio estranho exibir uma foto da sua filha pequena que tinha se mijado, mas entendia por que ele o fez.

— Ele adora seu sorriso na foto, e isso o lembra de bons momentos.

Ela suspirou.

— É... Acho que é isso.

Colocando a foto de volta na cômoda, ela balançou a cabeça, olhando as outras em exibição. Pegou uma dela usando jaleco e um estetoscópio.

— Esta é minha foto da graduação em Enfermagem. Não dei isto a ele. Minha mãe deve ter enviado.

— Bem, parece que ele tem orgulho de você, se a colocou no porta-retrato.

A expressão de Molly ficou séria enquanto ela passava o dedo pela beirada da moldura.

— Nem o convidei. Minha mãe falou que era a coisa certa a fazer, mas senti que convidá-lo era um tipo de desrespeito com ela. Ele perdeu tantas coisas na minha vida e na da minha irmã porque não conseguimos perdoá-lo por nos deixar.

— Não faça isso, Moll. Não se culpe. Você estava magoada e tinha seus motivos. Não podemos mudar o passado, mas podemos aprender com ele. Você está ao lado dele agora, e tenho certeza de que significa muito para ele.

Ela sorriu sem entusiasmo.

— Obrigada.

Depois de ela ter arrumado uma mala e pegado alguns artigos de higiene, percorremos o corredor para as escadas. Mas, quando ela desceu o primeiro degrau, parou e voltou.

— Espere um segundo. Quero ver uma coisa.

Eu a segui conforme ela voltou para uma porta pela qual havíamos acabado de passar. Abriu-a e acendeu as luzes. O quarto era todo cor-de-rosa com cortinas listradas em cor-de-rosa e branco. Estava organizado, mas era meio sem graça.

— É o quarto da sua meia-irmã?

Ela balançou a cabeça.

— O quarto dela é no fim do corredor. Este era para ser o meu quarto.

Eu tinha dezesseis anos quando ele comprou esta casa. Me trouxe aqui para me mostrar, e este quarto tinha sido todo decorado, exatamente assim. Nunca fiquei nele, mas parece que ele não alterou nada ao longo dos anos.

— Uau. Acho que ele nunca parou de ter esperança de que você pudesse vir passar um tempo aqui.

— É. — Ela suspirou, apagou a luz e fechou a porta. Mas segurou a maçaneta com a cabeça baixa.

— Estou feliz por ter vindo aqui esta noite.

Coloquei a mão em seu ombro e apertei.

— Também estou feliz por ter vindo... Molly M. Corrigan.

Ela se virou com o rosto todo franzido.

— M? Meu nome do meio é Caroline.

Balancei minhas sobrancelhas.

— Não mais. A partir de agora, é Molly Mijona Corrigan.

Ela revirou os olhos, mas fez careta.

— Deus, você tem dois anos.

— Talvez. Mas pelo menos não mijo na calça.

Eram quatro da manhã quando Molly voltou para a sala de espera desta vez. Seu pai tinha sido internado na UTI, e eu tinha dormido na sala de espera no fim do corredor.

— Desculpe. Não quis te acordar. — Ela apontou para a máquina de salgadinhos no canto longe da sala. — Estou com muita sede e queria pegar uma água.

Esfreguei os olhos.

— Não estava dormindo de verdade. Só descansando os olhos.

Ela sorriu. Tirando duas notas da carteira, ela as colocou na máquina e comprou uma garrafa de Poland Spring.

— Quer alguma coisa?

— Não, obrigado. Já comi dois sacos de batata, uns Twizzlers e uma bala de amendoim que tenho quase certeza de que arrancou uma das minhas obturações.

Molly sentou-se na cadeira ao meu lado.

— Estão ajudando-o a se trocar. Pensei em dar a ele um pouco de privacidade e deixá-lo dormir um pouco. Os plantões na UTI, normalmente, começam às sete. Já está muito tarde; quase não faz sentido ir para casa agora. Quero ficar aqui para conversar com os médicos quando eles vierem.

— Então vamos ficar. Estas cadeiras são bem confortáveis.

— É melhor você ir, Declan. Precisa trabalhar em algumas horas. Posso voltar de Uber para casa quando estiver pronta para ir.

Dei de ombros.

— Não. Posso reorganizar minha agenda. Não preciso estar em nenhum lugar tão cedo.

Os olhos de Molly pararam na mesinha ao meu lado e se arregalaram.

— O que você fez?

Tinha me esquecido totalmente do meu projeto. Erguendo o copo enorme de isopor que pegara na enfermaria lá perto, entreguei a ela o lanche que tinha preparado.

— Só os vermelhos para minha mijoninha.

Ela olhou dentro do copo.

— Onde você comprou?

Ergui o queixo na direção da máquina, da qual eu tinha acabado com todos os saquinhos de M&M's.

— Tinha para vender na máquina.

— Deve precisar de uns dez saquinhos de M&M's para pegar essa quantidade de vermelhos. E para onde foram as outras cores?

— Treze, na verdade. — Esfreguei minha barriga. — E não se preocupe, cores não aceitas não foram prejudicadas durante o processo. Fiz todas serem bem úteis... apesar da minha barriga talvez discordar disso neste instante. Sabe, ainda bem que essas máquinas aceitam cartão de crédito. Um e setenta e cinco por um saco de doce? Que roubo.

Molly só ficou me olhando.

— O que foi? — Passei a mão no rosto. — Babei na minha cara durante a soneca?

Ela balançou a cabeça.

— Não. Não tem nada. É só que... Por que exatamente você comprou tudo e fez isso?

Não entendi a pergunta.

— Como assim? Porque você gosta de comer uma cor. Por que mais faria isso?

— Mas você devia saber que eu não ia comer esse copo gigante inteiro de M&M's agora.

Na verdade, não havia pensado nisso.

— Não estava sugerindo que comesse todos.

— Eu sei. Percebi. Você não gastou mais de vinte dólares e ficou aqui sentado separando as cores porque eu poderia comê-los como refeição.

Eu não estava seguindo seu pensamento.

— Certo...

— Fez isso porque sabia que eu estava triste, e que melhoraria.

Dei de ombros.

— E?

Molly se esticou e pegou minha mão, entrelaçando os dedos com os meus.

— Você é um bom amigo para mim, Declan.

Sabia que ela quis dizer isso como elogio, mas sua fala de que eu era um *amigo* não soou muito bem. Nossa conversa de mais cedo naquela noite parecia há uma eternidade agora. Mas meus sentimentos por Molly tinham mudado um pouco ao longo das últimas semanas. Primeiro, eu pensei que era apenas uma atração sexual natural. Quero dizer, não havia como negar que ela era linda. No entanto, ultimamente, estive querendo passar todo o meu tempo livre com ela, e questionava os sentimentos que pensava ter por Julia.

Claro que não era a hora nem o lugar de continuar nossa discussão, mas, mesmo assim, ouvi-la me chamando de *bom amigo* meio que fez parecer que eu tinha levado um soco no estômago.

Ainda assim, apertei a mão dela.

— Só estou fazendo o que você faria por mim, se eu estivesse no seu lugar.

Ela apoiou a cabeça no meu ombro.

— Verdade. Com toda certeza eu estaria aqui para você.

— Molly?

Acordei com o som da voz de um homem lá pelas seis da manhã. Abrindo os olhos, vi a última coisa que queria: o dr. Otáriolícia em pé na sala de espera. Felizmente, Molly estava apagada. Nós dois tínhamos dormido há uma ou duas horas. Eu estava sentado ereto, mas Molly tinha se esparramado em três cadeiras, e sua cabeça estava no meu colo. Já que o babaca não parecia se importar de talvez acordá-la, consegui, gentilmente, erguer a cabeça dela e a colocar na cadeira para poder me levantar.

Sinalizando com a cabeça na direção da porta, sussurrei:

— Deixe-a dormir. Podemos conversar lá fora.

No corredor, passei a mão pelo cabelo e estiquei os braços acima da cabeça.

— O pai dela desmaiou em um restaurante a algumas quadras daqui. Ela ficou acordada a noite inteira.

O dr. Otário colocou as mãos na cintura.

— Acabei de ficar sabendo. Ela deveria ter me ligado.

Considerando que o problema não era a vagina do pai dela, discordei.

— Para quê?

Will cerrou a mandíbula.

— Bem, primeiro, eu sou médico.

Cruzei os braços à frente do peito.

— Nunca vai acreditar nisto, mas este prédio está *cheio* deles.

Will revirou os olhos.

— Eu poderia ter feito companhia a ela.

— Fiz isso. Você não foi necessário.

Ele suspirou.

— Ouça, não vou entrar em uma competição com você. Molly e eu temos muito em comum. Há algo fervilhando entre nós há anos. Sei que, provavelmente, machuca seu ego termos começado a sair depois de você começar a ficar com ela. Mas a verdade é que ela não estaria saindo comigo se você fizesse isso por ela.

Minhas mãos cerraram em punhos.

— Ouça, babaca, não gosto de você. Mas isso não é importante agora. O que importa é a Molly. Ela está passando por uma fase difícil. Não se trata de quem consegue dar a mão para ela, mas de que alguém o faça. Então, quando ela acordar, não a irrite.

O som da porta da sala de espera se abrindo fez nós dois mudarmos o foco. Ao ver uma Molly sonolenta, Will, imediatamente, deu a volta em mim.

— Ei. Daisy me contou que você estava aqui e o que houve com seu pai. Acabei de mandar um trabalho de parto falso para casa, então pensei em vir encontrar você.

Molly olhou para mim, depois de volta para Will.

— A hemoglobina dele estava em três quando o trouxeram para cá.

Will franziu o cenho.

— Quem é o médico?

— Dr. Marks. Não o conheço muito bem. Mas ele tem sido bem legal.

— Jogo golfe com ele de vez em quando. Presumo que tenham feito uma tomografia.

Molly assentiu.

— Da cabeça dele, por causa da queda, e do peito.

— Por que não vamos conversar com o dr. Marks juntos e, então, ir até o setor de diagnóstico por imagem? Podemos puxar os exames dele e ver como estão as coisas.

Molly relaxou os ombros.

— Seria ótimo, Will.

Por mais que eu estivesse feliz em saber que Molly teria ajuda para obter informações, detestava a fonte dessa ajuda. Mas fiz meu melhor para esconder.

— Declan, vou ver se consigo alguma informação nova, se não se importa.

Balancei a cabeça.

— Claro. Faça o que precisa fazer. Estarei bem aqui.

Will colocou a mão na lombar de Molly e, de repente, me senti o excluído.

— Na verdade, Declan — ele disse —, eu assumo daqui. Obrigado por fazer companhia para Molly. Tenho certeza de que ela vai querer ficar para dar mais uma olhada. Já que estou de folga agora, posso deixá-la em casa depois. Você parece estar precisando dormir.

Molly olhou para mim e franziu o cenho.

— Ele tem razão, Dec. Por que não vai para casa? Ficarei por aqui mais algumas horas, no mínimo, e você ficou a noite inteira comigo.

Não queria ir embora, principalmente, com o dr. Otáriolícia tentando pegá-la como se ela fosse algum tipo de bola. Mas também sabia que ele poderia lhe dar acesso a coisas que eu não poderia. Sem contar que, se eu fizesse uma cena, a única que eu magoaria seria Molly.

Então, com relutância, assenti.

— Certo. Eu vou. Me ligue se precisar de qualquer coisa, Moll.

Ela deu um passo à frente e beijou minha bochecha.

— Obrigada por tudo, Declan.

Meus olhos flagraram os do dr. Otário, e os dele brilhavam com a vitória.

Deus, não gosto desse cara.

— Obrigado, Declan. — Ele estendeu a mão que não estava nas costas da minha garota. — Cuide-se.

Observei os dois se afastarem juntos, um sentimento de vazio corroendo meu estômago. Nas portas duplas da UTI, Molly olhou para trás e me deu um sorriso pacificador. Acenei e fingi que estava tudo bem.

Mas não estava.

Após as portas se fecharem, percebi o que estava fodendo com minha cabeça mais do que qualquer coisa. Não era o fato de o dr. Otário ter oferecido a ajuda que eu não poderia dar. Gostava bastante de Molly para colocar suas necessidades em primeiro lugar e aceitar o que era melhor para ela. Também não era o fato de ele ter colocado a mão nas costas dela conforme andavam pelo corredor. O que estava me fazendo surtar era que fiquei decepcionado por ele ter colocado a mão nas costas da *minha garota.*

Minha garota.

Era assim que pensava nela.

Mas ela não era, era?

De qualquer forma, eu a estava deixando nas mãos do cara que era para ter ficado com a garota esse tempo todo.

E SE FOSSE VERDADE?

CAPÍTULO QUINZE

MOLLY

Eu tinha ficado com muita saudade do meu apartamento.

Após alguns dias, meu pai foi liberado do hospital, e eu decidi tirar um tempo de folga do trabalho e passar uma semana na casa dele. Sabia que, se algo acontecesse, e eu não fizesse mais esforço para estar lá, me arrependeria. Então eu dormi no anteriormente proibido quarto rosa.

Felizmente, a condição dele tinha estabilizado, e agora ele estava de volta a como estava antes de cair. Hoje, enfim, eu estava voltando para casa depois de quase sete dias fora, com a promessa de que passaria, de novo, uma noite na casa do meu pai em breve.

Não tinha contado a Declan que voltaria esta noite. Ele estava em pé na cozinha quando abri a porta. Esperava que me recebesse com seu sorriso animado de sempre, principalmente porque fazia tempo que eu estava fora. Mas ele nem olhou quando entrei.

— Oi! — eu disse. — Não tinha certeza se você estaria em casa.

— Oi. Bem-vinda de volta. — Seu sorriso pareceu forçado. — É. Estou aqui. Não estava muito a fim de sair hoje.

Meu estômago gelou.

— Está tudo bem?

Ele hesitou.

— Está, sim.

Estendi o braço para abraçá-lo, inspirando fundo seu cheiro delicioso. O calor dos seus braços foi muito bom, embora seu corpo estivesse, notoriamente, mais rígido do que o normal. Alguma coisa não estava certa.

— Estou feliz que esteja aqui — falei ao me afastar. — É bem melhor não estar sozinha com meus pensamentos neste momento.

Ele assentiu, mas não falou nada. Eu esperava que ele me dissesse o quanto estava feliz de podermos ficar juntos naquela noite, mas, no momento, parecia mais que eu tinha perturbado sua paz ao voltar. Em todas as semanas que convivi com ele, Declan nunca tinha me dado a impressão de que não estava feliz em me ver. Até agora.

— Como foi no seu pai? — ele perguntou depois de um instante.

Dei de ombros.

— Foi bem. Fiquei feliz de ter ido. Ele está um pouco melhor. Sei que gostou de eu ter ficado lá. Antes tarde do que nunca, certo?

— Com certeza.

— Passei o tempo todo acordada com ele e, quando ele tirava uma soneca, eu ia para o meu quarto ler. Não me obrigava muito a conversar com Kayla. Consegui levar minha irmã Siobhan para almoçar um dia, e nos conectamos um pouco. Ela também está com medo. Acho que a única coisa pior do que o medo de perder o pai na faixa dos vinte anos é perdê-lo quando criança.

— Ela tem sorte de ter você como irmã mais velha.

— É, acho que sim. — Me joguei no sofá e encarei o teto.

— No que está pensando? — ele perguntou.

— Tenho tantos arrependimentos quando se trata do meu pai, Declan.

Ele sentou-se ao meu lado.

— Todos nós temos arrependimentos na vida. Ninguém é perfeito. — Sua expressão ficou sombria.

— Você está bem?

— Sim. Estou.

Ele não percebe que consigo enxergá-lo?

— Você parece... chateado ou algo assim.

Ele balançou a cabeça.

— Não é nada. Não se preocupe comigo.

— Aconteceu alguma coisa no trabalho?

— Não. Não aconteceu nada. — Seu tom foi meio ríspido. Ele respirou fundo. — Sou a última pessoa com quem você deve se preocupar agora, ok?

— Então abriu outro sorriso forçado que não chegou aos seus olhos. — Me conte sobre o que estava dizendo. A quais arrependimentos específicos você se refere? — Ele pareceu querer interromper esse assunto e voltar para mim.

Parei para analisar sua expressão de novo antes de responder.

— Bem, acho que o que quis dizer é que eu era muito jovem quando meu pai saiu de casa. Não entendia como as relações poderiam ser complicadas. Eu o culpava por nos abandonar, quando se tratava mais do seu casamento com minha mãe não dar mais certo do que ele querer abandonar as filhas. Ele não estava feliz. O que eu queria? Precisava que ele ficasse em um casamento sem amor para o meu bem? Não concordo com o jeito que ele lidou com as coisas. Mas tê-lo excluído todos esses anos por tomar a decisão de colocar sua felicidade em primeiro lugar? Olhando para trás, parece bem cruel.

Declan balançou a cabeça.

— Certo, mas, como falou, você era muito jovem, estava magoada... não podemos evitar como nos sentimos. — Ele colocou o braço no encosto do sofá e deslizou alguns centímetros na minha direção. — E sabe de uma coisa? Você *ainda* é jovem. Está descobrindo essas coisas enquanto seu pai ainda está aqui. Nunca é tarde demais para fazer as pazes, contanto que a pessoa ainda esteja entre nós.

Assentindo, sequei os olhos.

— Sinto que tentei bastante nas últimas semanas.

— Tentou. E seu pai ama você, independente de qualquer coisa. Ele provou, pelo quarto que manteve para você, pela forma como te olha. Sempre dá para saber os sentimentos verdadeiros de alguém pelo jeito que olham para a pessoa. Ele não tem nada contra você.

Era irônico Declan dizer isso porque uma das únicas coisas que me fez pensar sobre os sentimentos *dele* por mim era o jeito que ele me olhava de vez em quando. Eu amava o jeito que ele parecia não notar outra pessoa no ambiente além de mim. Ele sempre ficava totalmente envolvido na nossa conversa... como se qualquer coisa que eu falasse fosse superimportante, mesmo que só estivéssemos conversando sobre o tempo. Mas esse olhar não estava em lugar nenhum no momento. Seus olhos estavam vazios e distantes.

— Tem certeza de que está bem? — insisti.

— Estou — ele disse e, de novo, voltou o assunto para mim. — Me conte o que mais está passando na sua cabeça.

Fiquei tentada a continuar insistindo no motivo de ele parecer melancólico. No entanto, eu sabia que ele só iria me ignorar de novo. Então expirei e respondi sua pergunta.

— Essa coisa toda com meu pai me fez refletir sobre mim mesma. Meu pai é jovem demais para estar enfrentando a morte. Não teve tempo de conquistar tudo que queria. E isso me faz sentir que não estou fazendo o suficiente com minha própria vida.

Ele assentiu.

— É, às vezes, precisa de algo assim para nos fazer pensar nessas coisas. — Ele olhou para baixo por um instante antes de voltar a olhar para mim. — Posso te dizer agora que, se eu morresse amanhã, não sentiria que minha vida tinha sido completa. Quero dizer, trabalho com propaganda, enfiando produtos goela abaixo das pessoas com declarações exageradas. Como isso está ajudando o mundo, sabe? Não está. Está ajudando a colocar dinheiro no bolso dos executivos já muito bem pagos. Minha irmã Catherine está do outro lado do espectro, vivendo sua vida toda fazendo boas ações. Mas tento fazer pequenas diferenças onde posso. A esperança é que compensem no esquema geral das coisas.

Eu sorri.

— Sempre dizem que do que as pessoas mais se lembram de alguém é como essa pessoa as fez sentir. Você com certeza faz aqueles que estão à sua volta sentirem que está verdadeiramente interessado nelas. É assim que você *me* faz sentir. É um bom amigo.

— E pensar que você quase me deixou ir embora porque tenho pênis. — Ele deu uma piscadinha.

Dei risada, aliviada por ver seu sorriso genuíno pela primeira vez na noite.

— Teria sido uma droga.

— Com toda a seriedade, ser um bom amigo é um jeito de as pessoas poderem causar impacto. Nunca é tarde para ligar para aquele amigo que esteve querendo ligar ou para fazer coisas pequenas para melhorar. Pare o mendigo na calçada e lhe ofereça almoço. Não precisa carregar o peso do mundo nos ombros para contribuir para a mudança. Pode fazê-la pouco a pouco.

— Como ficou tão perspicaz? — Sorri, apertando uma das almofadas no meu peito. — Ei, nunca consegui te agradecer apropriadamente por ficar comigo na noite em que meu pai foi levado às pressas para o hospital.

Hesitei um instante.

— Will pareceu surtar ao ver você comigo, mas acho que não posso culpá-lo, considerando o que ele pensa do meu relacionamento com você. Ele te falou que tivemos uma discussão fora da sala de espera antes de você acordar?

— Não, mas senti alguma coisa quando vi vocês dois conversando. — Pausei. — Sei por que ele deve te odiar. Pensa que você está na competição. Mas... por que você *o* odeia?

A mandíbula de Declan endureceu.

— Já falei para você. O veredito ainda está pendente quanto ao dr. PauDelícia. Não gosto de como ele mudou de ideia rápido sobre as coisas. — Deu de ombros. — Mas, olhe, só quero ver você feliz. Se ele acabar te fazendo feliz, é o que importa.

Você me faz feliz.

Essas palavras estavam na ponta da minha língua conforme a tensão no ar crescia.

Declan se levantou do sofá e uniu as mãos, parecendo mudar de assunto forçadamente.

— Sabe o que está faltando nesta noite?

— O quê?

— Café da manhã para jantar. Está com fome?

Esfregando minha barriga, eu sorri.

— Na verdade, estou morrendo de fome.

— Vá relaxar. Vou ao mercado porque estamos sem ovos. Volto em vinte minutos.

— Parece bom.

Após passar tanto tempo na casa do meu pai, fiquei feliz em voltar para o meu lugar feliz. Uma noite casual em casa com Declan era exatamente do que eu precisava no momento. A única coisa estragando a noite era o humor estranho dele. Talvez eu estivesse exagerando. Todo mundo tem o direito de se sentir horrível e não ter que se explicar. Talvez eu só estivesse sendo mimada por seu comportamento alegre e feliz até esse momento.

Enquanto esperava que ele voltasse, tomei um banho quente e gostoso. Fechando os olhos conforme a água escorria por mim, refleti sobre a nossa conversa, pensando em algumas das pequenas coisas que eu poderia fazer daqui para a frente: ser uma filha melhor para os meus pais, uma irmã melhor para Siobhan, voluntariar meus serviços de enfermeira em algum lugar uma vez por semana nos meus dias de folga. Declan tinha toda razão. Havia muitas coisas pequenas que eu poderia fazer para tornar minha vida mais significativa — em homenagem ao meu pai.

Saí do banho me sentindo revigorada e torci para Declan estar com um humor melhor quando voltasse. Tinha acabado de espremer meu cabelo quando a campainha tocou. Pensei que era meio estranho ele estar usando a campainha, mas, talvez, tivesse esquecido a chave.

Enrolada na toalha, abri a porta com um sorriso enorme, que desapareceu quando percebi que não era Declan voltando do mercado. Era Julia.

Apertei mais a toalha ao corpo.

— Oh... oi. Pensei que fosse Declan.

Seus olhos viajaram da minha cabeça aos pés.

— Pensou que fosse Declan, então atendeu à porta de toalha?

Ela realmente está me julgando na minha própria casa?

— Não. Atendi à porta de toalha porque moro aqui, e a campainha tocou quando eu tinha acabado de sair do banho.

— Claro. — Ela assentiu e entrou no apartamento sem ser convidada. — Cadê o Declan? — perguntou, olhando em volta, desconfiada.

— Ele foi ao mercado.

— Ah. — Ela passou o dedo no balcão de granito. — Se importa de eu esperar aqui até ele voltar?

O que devo dizer?

— Não.

Fui me trocar no meu quarto. Deus, isso era um saco. Não queria lidar com ela esta noite.

Assim que voltei para a sala, a porta da frente se abriu, e minha cabeça e a de Julia se viraram ao mesmo tempo.

Declan arregalou os olhos.

— Julia, o que está fazendo aqui?

— Estava indo para casa depois de um compromisso tarde no spa. Como seu apartamento era mais perto do que o meu, pensei em passar aqui. Sei que falou que só ia relaxar em casa esta noite, mas senti sua falta.

Ele fingiu um sorriso, mas dava para ver que não era genuíno.

— Por que não me enviou mensagem para me dizer que estava vindo?

— Acho que queria te fazer surpresa.

Ele olhou para mim, e pude ver que estava desconfortável.

— Estava saindo do banho quando a campainha tocou — expliquei. — Ela ficou aqui e esperou você enquanto eu me vestia.

Ele sorriu com empatia para mim e se virou para ela.

— Certo. Só queria ter sabido que você viria. Teria comprado mais pão. Só comprei ovos.

Ela olhou entre nós.

— Oh, não sabia que estava interrompendo... o jantar?

Merda. Na verdade, eu sentia pena de Declan. Ela estava desconfiada, mas isso era apenas um jantar platônico entre colegas de casa. Ele estava tentando fazer algo legal para mim e, provavelmente, ela iria brigar com ele por isso.

— Declan só ia me fazer café da manhã para jantar. Nada chique — eu disse.

— Molly teve uma semana difícil, e é o preferido dela.

— Mas... — Olhei para ele. — Com certeza deve ter o suficiente para todo mundo, certo?

Julia fingiu não se importar.

— Não tenho comido carboidratos, de qualquer forma.

Imaginei. Vadia magrela.

— Posso fazer uma boa omelete para você — Declan ofereceu. — Temos uns vegetais no forno. Você gosta de espinafre, tomate e queijo feta?

— Sim. Adoraria. Você é muito fofo.

Ele está sendo fofo agora porque não tem escolha. Você o obrigou a isso ao aparecer sem avisar.

Declan uniu as mãos.

— Certo, omelete vegetariano saindo. — Virou-se para mim. — Rabanada para nós, ok?

— Você que sabe. Claro. Já volto. Vou secar meu cabelo.

Depois de desaparecer no quarto, meu celular apitou.

```
Declan: Desculpe por ela ter aparecido sem
avisar.

Molly: Tudo bem.

Declan: Não está, não. Sei que você queria uma
noite tranquila.

Molly: Bem, ela está aqui. E eu nunca esperaria
que você a mandasse embora. Estou bem mesmo.
Este também é seu apartamento. E você tem sido
mais respeitoso do que precisa ser. Mal a traz
para cá. Está tudo bem.

Declan: Te devo uma.
```

Suspirei e liguei o secador.

Após terminar meu cabelo, voltei para a cozinha.

— Como sempre, essa rabanada de canela cheira muito bem.

Julia inspirou fundo.

— Deus, tem razão. Queria não me importar com minha aparência.

Isso é um insulto?

Declan acenou com a espátula.

— Está presumindo que homens não gostem de um pouco de carne no corpo de mulheres.

Obrigada, Declan.

— Da última vez que verifiquei, você pareceu gostar bastante *destes* ossos — Julia provocou.

Aff. Bleh.

Declan não respondeu e voltou a virar a rabanada e apertar a omelete vegetariana irritante de Julia na outra panela.

Serviu tudo, e nós três nos sentamos à mesa da cozinha juntos. Declan tinha comprado meu suco de laranja preferido com bastante polpa e o serviu em taças de vinho para mim e para ele. Julia optou por água, já que, aparentemente, suco de laranja tinha muito açúcar.

Com a boca cheia, Declan se virou para mim e perguntou:

— Como está a rabanada?

— Deliciosa. Obrigada.

Ele sorriu de um jeito que parecia um pedido de desculpa silencioso.

— Então, Declan me contou que você está saindo com um médico do trabalho — Julia iniciou.

Limpei o suco da lateral da minha boca.

— Sim. Ainda é novidade.

— É empolgante.

Dei de ombros.

— Não fico animada com nada muito cedo. Seria burrice fazê-lo. Estou procurando mais do que alguém só para transar.

— Mas você é jovem. Por que precisa se aquietar? — ela perguntou, parecendo confusa.

— Não se trata tanto sobre me aquietar. Quero estar com alguém com olhos somente para mim. É importante para mim.

Os olhos de Declan se fixaram nos meus por um instante antes de ele voltar para sua rabanada.

Após muitos minutos comendo em silêncio, Julia quebrou o gelo de novo.

Ela esfregou a barriga.

— Essa omelete estava muito boa. Me lembrou de uma coisa que eu comia em casa. Sinto falta de todos os meus lugares de comida saudável da Califórnia. Mal posso esperar para voltar.

Declan estreitou os olhos.

— Dá para comer comida saudável aqui.

— É, mas não é igual. Não se pode encontrar um lugar de vitamina a cada esquina aqui. É um desafio encontrar um restaurante totalmente orgânico. Também não é só isso. Acho que apenas sinto saudade de casa, em geral. Do sol. Do ar fresco. Do Oceano Pacífico. E, obviamente, da minha família.

Declan assentiu.

— Também sinto saudade da minha família. Mas *amo* Chicago. — Ele olhou para mim. — Tem muita coisa para aproveitar nesta cidade.

— Acho que não é ruim — ela disse. — Só estou pronta para ir.

Ela está pronta para ir e levar Declan junto.

— Também quero pegar um cachorro — Julia complementou. — Estava prestes a pegar um antes de recebermos esse trabalho. Então, é a primeira coisa que vou fazer quando chegar em casa.

— E se você receber outro trabalho fora da cidade? — perguntei.

Ela deu de ombros.

— Minha irmã pode cuidar dele.

Ergui uma sobrancelha.

— Sua irmã aceitaria isso?

— Sei que sim.

Julia era uma verdadeira pirralha. Ou talvez só parecesse assim porque, normalmente, eu a odiava por ficar brincando com o homem de quem eu estava gostando.

— Minha irmã ama animais tanto quanto eu.

Olhei para suas botas de designer, as quais eu sabia que tinham pele de verdade.

— Se ama animais, deveria pensar em não usar pele. Um animal morreu para fazer essas botas.

Ela olhou para os pés.

— Acho que tem razão. Não tinha pensado nisso mesmo.

— É, só algo para se pensar — eu disse, enfiando outro pedaço de rabanada na boca.

Declan fez careta e tentou mudar o tom levemente hostil da noite.

— Alguém a fim de um coquetel pós-jantar? Comprei um mix de margarita outro dia e quero provar.

Eu bem que estava mesmo a fim de um pouco de álcool agora mesmo.

Julia lambeu os lábios.

— Hummm… Parece delicioso.

Isso vindo da garota que jurou não consumir carboidratos?

É, fazia sentido. Acho que margaritas não contam.

A parte seguinte da noite talvez tenha sido a pior. Julia ficou em cima de Declan enquanto ele estava no balcão fazendo nossas bebidas. Ela abraçou sua cintura e simplesmente se pendurou nele.

Ele conseguiu se soltar por tempo suficiente para me entregar meu drinque.

— Aqui está, Mollz. Exatamente como você gosta, com sal extra.

— Obrigada.

Dei um gole na margarita congelante e densa. Tinha a perfeita quantidade de doçura para complementar o limão. Mas, por mais que meu drinque estivesse um sucesso, eu estava cansada de ser plateia para Julia se esfregando no meu homem inteiro.

Merda.

O quê?

Meu homem?

Isso era um pensamento muito aleatório e inapropriado.

Mas, ainda assim, eu o tive.

É, definitivamente, é hora de você vazar, Molly.

Ergui minha taça, saudando.

— Sabem de uma coisa? Acho que vou levar isto para o meu quarto, se não tiver problema. Estou meio cansada. Espero que o álcool me ajude a capotar.

A expressão de Declan pareceu frustrada.

— Tá bom. Se quiser outro, me avise. Há bastante no liquidificador.

— Pode deixar. Obrigada. — Eu sorri. — Boa noite, Julia.

— Boa noite, Molly.

Abri mais um sorriso para Declan antes de ir.

Suspirando de alívio quando a porta do meu quarto se fechou, liguei o Hulu e bebi o resto do meu drinque.

Pesquei algumas vezes, dormindo e acordando. Da última vez que acordei, vi que não ouvia mais os sons abafados da conversa deles.

Também tinha perdido uma mensagem de uns quinze minutos antes de Declan.

> `Declan: Ainda está acordada?`

Digitei.

> `Molly: Estou.`

> `Declan: Está vestida?`

> `Molly: Sim.`

Alguns segundos depois, ele bateu na minha porta.

— Entre.

CAPÍTULO DEZESSEIS

DECLAN

— Oi. — Molly se sentou ereta na cama, apoiando as costas na cabeceira. — Julia foi embora?

Assenti.

— Tem problema se eu me sentar?

Molly puxou as pernas para cima e abraçou os joelhos para me dar espaço.

— Claro que não.

Sentado na beirada da cama, fiquei tentado a lhe contar por que eu parecera desligado quando ela chegou mais cedo. A última semana tinha sido difícil — tanto que eu tinha me rendido e ligado para o dr. Spellman. Claramente, Molly tinha percebido que eu não estava normal, e eu não queria que ela pensasse que tinha algo a ver com ela. No entanto, ela tinha acabado de voltar de um período difícil lidando com seu pai. Não queria sobrecarregá-la. Precisava parar com isso.

— Só queria me desculpar de novo quanto a Julia vir aqui desse jeito.

— Tudo bem. Não precisa se desculpar por sua namorada passar aqui.

Passei a mão no cabelo.

— Ela não é minha namorada.

Molly inclinou a cabeça para o lado.

— Não é? Ela sabe disso?

Respirando fundo, senti meus ombros caírem.

— Não sei o que estou fazendo, Moll.

— Como assim?

Resolvi voltar ao início.

— Durante o último ano, tive uma queda gigante por Julia. Estivemos viajando nos últimos meses, passando bastante tempo juntos e, como sabe, torcia para que nossa química a fizesse repensar as coisas com o cara que estava namorando. Finalmente aconteceu, e agora ela parece completamente na minha. E, ainda assim, sou eu que estou levando as coisas devagar agora.

Molly mordeu o lábio inferior.

— Não parece que você está indo devagar, do jeito que ela fica pendurada em você e pelo quanto ela diz que você gosta dos *ossos* dela.

Balancei a cabeça.

— Nós não... Você sabe...

Um olhar de surpresa passou pela expressão de Molly.

— Está dizendo que não dormiram juntos?

Balancei a cabeça.

— Estou surpresa — ela disse. — Vocês parecem bem íntimos.

— Não sei o que aconteceu. Eu estava tão a fim dela e aí... Acho que desanimei.

Essa não era uma declaração totalmente verdadeira. Eu sabia exatamente o que tinha acontecido. *Molly* aconteceu. A parte zoada era que eu não tive problema em estar com outras mulheres enquanto gostava de Julia. Não fiz celibato no último ano enquanto aguardava minha chance com ela. Talvez isso fosse uma merda de admitir, mas era a verdade. Mesmo assim, minha queda por Molly parecia me deixar incapaz de ir até o fim com Julia. Eu havia dormido com ela em sua casa uma vez, mas só porque adormeci enquanto assistíamos a um filme. Apesar de, ultimamente, Julia estar me convidando para dormir lá e ter me avisado que estava tomando anticoncepcional. Eu não tinha dúvida de que, se não estivesse indo devagar, já teria transado com ela.

— Talvez você só a quisesse porque não poderia tê-la — Molly sugeriu. — É da natureza humana querer coisas que estão fora dos limites.

Olhei para baixo por bastante tempo, refletindo de verdade. Quando ergui a cabeça, meus olhos se fixaram nos de Molly.

— Tenho praticamente certeza de que não é isso.

Os lábios de Molly se abriram, e meus olhos baixaram para encará-los. Sua respiração pareceu acelerar e se tornar mais superficial, e eu fiquei extremamente consciente de que estava sentado em sua cama.

Seu quarto sempre foi tão pequeno assim?

Quanto mais eu ficava sentado ali, olhando para seus lábios saborosos, mais parecia que as paredes se fechavam em volta de mim.

A conversa que estávamos prestes a ter quando seu pai foi levado ao hospital precisava *mesmo* acontecer. E eu precisava *mesmo* que acontecesse em um cômodo mais seguro.

Me levantei.

— Acha que podemos conversar... na sala?

Molly pareceu confusa, mas baixou os joelhos e começou a se levantar da cama. Foi quando percebi que ela havia tirado o sutiã.

Pigarreei.

— Ei, Moll?

— Sim?

— Podemos conversar na sala *e* você pode colocar um sutiã?

O canto dos seus lábios se curvou.

— Claro que sim. Já saio.

— Quer outra margarita? — perguntei.

— Vai beber uma?

Já tinha bebido uma e sabia que não era inteligente fazê-lo, já que tinha acabado de ajustar minha medicação.

— É melhor eu não beber. Tenho que levantar cedo amanhã.

Molly fez beicinho.

— Beba uma comigo.

Ela era praticamente impossível de resistir. Caramba! Estava determinado a sair do clima em que estive a noite toda, de qualquer forma — bem, o clima em que estive por mais de uma semana.

— Certo. Mais uma.

Enquanto fui para a cozinha fazer uma nova margarita, Molly se acomodou em um canto do sofá. Quando terminei, lhe entreguei o drinque com a borda da taça cheia de sal.

— Para você.

— Obrigada.

Fui me sentar ao seu lado, então pensei melhor. A cadeira ao lado do sofá era uma escolha mais sábia, principalmente porque era o mais longe dela que eu conseguiria me sentar sem sair do cômodo.

Ela bebeu seu drinque e falou com ele ainda nos lábios.

— Tem certeza de que não quer se sentar na cozinha? Acho que isso colocaria mais um metro entre nós.

Semicerrei os olhos para ela com um sorrisinho.

— Espertinha.

Molly deu um gole na sua bebida e colocou a taça na mesa de centro.

— Posso te perguntar uma coisa, Declan?

— Claro. O que quiser.

— O que está havendo entre nós?

Merda.

Certo. Vamos ter *essa* conversa. Talvez eu devesse ter bebido um *shot* de tequila na cozinha em vez de bebericar esta margarita.

— Essa é uma pergunta muito boa.

— Eu sei. E não consigo acreditar que simplesmente perguntei. Mas estou tão confusa ultimamente.

Respirei fundo.

— Quando você era criança, já brincou de terminar a frase?

Molly franziu a testa.

— Acho que não. Como se joga?

— É fácil. Uma pessoa inicia uma frase, então passa por todo mundo e cada um precisa terminar a frase. Algumas vezes, usam isso como quebra-gelo em eventos corporativos para as pessoas se conhecerem. Tipo, alguém vai dizer: quando eu era pequeno, queria ser um... então todo mundo preenche a palavra que falta ao dizer *bombeiro* ou o que seja.

Molly assentiu.

— Parece bem fácil.

— Geralmente é jogado em grupo, mas vai funcionar com duas pessoas.

— Imagino que queira brincar agora.

Assenti.

— Com algumas ressalvas: nós falamos a verdade absoluta, nenhum de nós pode evitar nenhuma pergunta e, em quinze minutos, nós dois vamos para nossos quartos. *Sozinhos.*

— Uau. Certo. Espere um segundo. Acho que preciso me preparar para isto. — Molly deu um gole grande na margarita, colocou-a na mesa de novo e se sentou um pouco mais reta. — Tenho a sensação de que vou me arrepender, mas estou pronta. Vamos jogar.

— Vou começar com fáceis.

— Seria bom.

— Deixe-me colocar o alarme no meu celular primeiro. — Ajustei para quinze minutos e pensei em uma primeira pergunta legal e fácil. Após um instante, eu disse: — Minha cor preferida é...

— Então agora eu só termino a frase?

— Isso.

— Essa é fácil. Minha cor preferida é rosa.

— Perfeito. Sua vez.

Dava para ver as engrenagens funcionando na cabeça de Molly.

— Se eu pudesse ter um superpoder, seria...

Não hesitei.

— Telepatia com animais.

Molly deu risada.

— Nada do que eu esperava.

Dei de ombros.

— O que posso dizer? Era obcecado por aqueles filmes do *Dr. Dolittle* quando era mais novo.

— Quem diria? Sua vez.

Poderia fazer isso a noite inteira com Molly, mas precisava de informação de verdade, então direcionei as coisas para outro lado.

— Esta noite, quando vi Julia tocando Declan, me senti...

Molly mordeu o lábio inferior.

Sabia que ela estava pensando em filtrar a resposta, o que estragava todo o objetivo. Dei um empurrãozinho.

— Só diga o que pertence a essa frase, Moll. Não pense demais. Não há resposta certa ou errada.

Tinha presumido que ela diria *ciumenta*, mas achei sua resposta muito mais divertida.

— Apunhalada. Esta noite, quando vi Julia tocando Declan, me senti apunhalada.

Eu sorri e assenti.

— Legal.

Ela ergueu sua margarita e bebeu metade do que restava.

— Minha vez. Pedi a Molly para vir à sala para nossa conversa, porque...

Agora fui eu que bebi bastante da taça. Tinha começado a pensar no que poderia dizer, mas Molly me flagrou bem rápido.

— Ãhhh... sem filtro — ela disse. — É só falar, lembra?

— Não sei se é uma boa ideia.

— É o seu jogo. Concordei com as regras, então você também precisa. Desembuche, sr. Tate.

— Certo. Mas não diga que não te avisei. — Meus olhos encontraram os dela. — Pedi a Molly para vir à sala para nossa conversa, porque, quando eu estava sentado na cama muito próximo, não conseguia parar de me imaginar dentro dela.

Molly riu de forma nervosa.

— Oh... uau.

Finalizei a margarita e coloquei a taça na mesa. Meus remédios intensificavam com a bebida. Alguns drinques, e eu me sentia extremamente bêbado, e foi por isso que pareci ter perdido o filtro.

— Vou só falar, Molly. Esqueça o jogo. Sou extremamente atraído por você. Desde a primeira vez que te vi. Mas, nos últimos tempos... Está ficando mais difícil segurar. — Balancei a cabeça. — Na minha experiência, normalmente, as coisas acontecem na outra direção. Fico fisicamente atraído por uma pessoa e, quando a conheço, isso diminui um pouco. Mas com você é o contrário. Quanto mais conheço você, mais forte se torna a atração física.

Molly olhou para baixo, depois de volta para mim.

— E a Julia?

Balancei a cabeça.

— Não sei. Sou atraído por ela, não vou mentir. Mas é diferente.

— Diferente como?

— Ela é bonita e tal... Com todo o respeito, não seria difícil estar com ela. Mas não me sinto um homem das cavernas quando a olho, como se quisesse conquistar cada parte do corpo dela e torná-la minha.

Molly piscou.

— Se sente assim comigo?

Assenti.

— Sinto, sim. Você é atraída por mim, Molly?

— Bastante.

— Talvez eu não devesse admitir, mas, se você fosse qualquer outra pessoa do mundo, eu não estaria mais me segurando. Não estaria sentado a esta distância. — Passei a mão no cabelo. — Cristo, nem teria saído do seu quarto para vir para a sala... Ficaria no seu quarto *por dias*.

Molly engoliu em seco.

— Mas, mesmo assim, aqui estamos nós, e você está aí longe...

— Lembra do que falou para Julia mais cedo quando ela perguntou sobre Will?

Ela uniu as sobrancelhas.

— Não. O que falei?

Me lembrava de palavra por palavra que ela disse, não que fossem novidade para mim. Eu basicamente sabia o tempo todo a mulher que Molly era.

— Você falou "Estou procurando mais do que alguém só para transar". Ficarei aqui só mais alguns meses, Molly. Acho que nós dois poderíamos aproveitar demais um ao outro durante o tempo que ainda tenho? *Pra caralho*. Mas não posso te prometer nada a longo prazo, por mais que isso me faça sentir... *apunhalado*, pensando em você com Will. Também não quero ficar entre você e um cara de quem gosta há muito tempo. E se eu estragar suas chances de uma coisa boa e a longo prazo por apenas alguns meses fenomenais?

Molly ficou quieta por bastante tempo.

— Se nunca tivesse me conhecido, e as coisas com Julia tivessem evoluído para onde estão agora, vocês dois estariam... juntos?

Nós dois sabíamos a resposta para essa pergunta, então a joguei de volta para ela.

— Se você nunca tivesse me conhecido, e as coisas entre você e Will tivessem evoluído para onde estão agora, você estaria feliz com ele?

Molly franziu o cenho. Nos encaramos até o alarme do meu celular soar.

— Poderia ficar aqui conversando com você a noite toda, Moll. Acho que nenhum de nós está surpreso pelas coisas que acabamos de admitir. Mas, agora que dissemos o que precisávamos, necessitamos de um tempo para pensar nas coisas... sozinhos. Esse é o motivo de eu ter colocado o alarme.

Molly sorriu com tristeza.

— Você é espertinho.

Dei uma piscadinha.

— Não conte a ninguém. Prefiro ser subestimado e deixar as pessoas pensarem que sou apenas um rosto bonito. — Pausei. — Por que não dorme um pouco? Acho que seria bom termos uns dias para pensar em tudo.

Ela assentiu.

— É. Provavelmente, é uma boa ideia.

Molly se levantou. Por alguns segundos bizarros, ela pareceu em dúvida de como me dizer boa-noite. Em certo momento, aproximou-se e me deu um abraço.

— Boa noite, Declan.

Deus, ela cheirava tão bem. Onde estava o clube dos homens das cavernas quando eu precisava dele?

Molly foi na direção do seu quarto. Quando chegou à porta, parou e falou sem olhar para trás.

— Ei, Dec?

— Sim?

— Talvez você devesse trancar sua porta esta noite. Aquela margarita subiu mesmo para a minha cabeça.

Eu sorri.

— Você também, linda. Você também.

E SE FOSSE VERDADE?

CAPÍTULO DEZESSETE

MOLLY

— Então, o que está acontecendo nas aventuras de Molly nos últimos dias? — Emma virou seu garfo em um pote cheio de espaguete e o enfiou na boca.

— Nada de mais. O de sempre. Devo sair com Will na sexta à noite, e ontem à noite Declan e eu admitimos que, se não houvesse Will para mim e Julia para ele, estaríamos transando por todo o apartamento.

Emma arregalou os olhos e começou a tossir.

— Ah, meu Deus. Você acabou de fazer minha massa descer pelo lugar errado.

Seus olhos se encheram de lágrimas conforme ela pegou a garrafa de água.

Dei risada.

— Desculpe, mas você perguntou.

Como trabalhávamos no mesmo plantão em departamentos diferentes, às vezes conseguíamos fazer nosso intervalo do jantar juntas. Se não tivesse dado certo naquela noite, provavelmente, eu a teria chamado para tomar café depois que nossos plantões terminassem, porque eu precisava conversar com alguém.

— Na semana passada, você falou que era atraída por ele, mas que ele não fazia ideia de como você se sentia.

Suspirei.

— É, eu estava errada.

Emma balançou a cabeça.

— Então o sentimento é mútuo?

— Aparentemente…

— E vocês conversaram sobre isso, mas nada físico aconteceu?

Assenti.

— Estamos tirando uns dias para pensar nas coisas.

— O que você vai fazer?

— Não faço a menor ideia.

— Bem, você tem uma queda por Will há anos.

— Sei que tenho. E, sinceramente, se não fosse por Declan, provavelmente, eu estaria superanimada com como as coisas estão entre mim e Will. Primeiro, ele disse que queria manter as coisas casuais, mas, desde então, me disse que conseguia ver as coisas progredindo e que, *algum dia*, quer esposa, filhos e tal.

— Não é exatamente isso que você quer? Um cara por quem você é louca e que está procurando sossegar com a mulher certa?

— É, mas... — Balancei a cabeça. — Não sei. Estou confusa.

— Bem, vamos olhar os prós e contras de cada relacionamento. Me diga do que gosta em Will.

— Temos muito em comum. Ele é obstetra, e eu sou enfermeira e parteira. Ele é lindo e tranquilo. Amo o jeito que sempre é tão bom sob pressão, e quanta paixão tem pelo trabalho. É inteligente e, mesmo assim, nunca tenta se exibir, como um monte de médicos fazem.

— Certo. Tudo isso parece incrível. Agora me diga os contras.

Não consegui pensar em muita coisa.

— Se nos envolvêssemos em um relacionamento sério e, então, nos separássemos, poderia ficar esquisito no trabalho.

— É justo. E Declan? Me diga do que gosta nele.

— Gosto de como ele é cuidadoso. Quando descobri sobre a doença do meu pai, Declan tinha acabado de se mudar. Ainda assim, sempre perguntava como meu pai estava e se certificava de estar por perto quando pensava que eu poderia estar chateada e precisando conversar. Simplesmente, parece que ele sabe quando preciso de apoio, e se disponibiliza e nunca me faz sentir que sou um fardo. É muito engraçado e me faz rir o tempo todo e... — Apontei para o rollatini de berinjela que tinha diante de mim. — Também é um ótimo cozinheiro. E, claro, não vamos nos esquecer de que ele é extremamente gostoso.

— E os contras?

Diferente de Will, havia alguns contras desafiadores relacionados a Declan.

— Bem, para começar, ele mora a mais de três mil quilômetros, na Califórnia. Também viaja o tempo todo a trabalho, e com Julia... a mulher com quem está saindo atualmente e por quem tem uma queda há quase o mesmo tempo em que estive sonhando com um relacionamento com Will. Não temos tanto assim em comum... ele é meio que o tipo de pessoa *deixe a louça limpa na máquina de lavar louças, porque você vai usá-la de qualquer forma*, enquanto eu gosto que as coisas fiquem no devido lugar.

Emma assentiu.

— Bem, ambos têm muitos prós, mas Declan tem muito mais contras. E um deles parece ser bem importante... ele mora na Califórnia, Molly. Por mais quanto tempo ele vai ficar aqui?

Franzi o cenho.

— Pouco mais de quatro meses.

— É lá que mora a família dele? É para onde irá quando o trabalho daqui acabar?

Assenti.

— Ele tem quatro irmãs e os pais dele estão lá, além dos sobrinhos. Chicago foi apenas um trabalho temporário. Está esperando ser promovido quando voltar para o escritório na Califórnia.

— Então, digamos que escolha Declan. O que acontece quando o tempo dele aqui acabar? Ele interrompe a vida dele e se muda para cá? Ou você deixa sua mãe, sua irmã e seu pai doente?

Suspirei. Nada soava ideal. Sem contar que ainda nem tínhamos nos beijado. Então, pensar em tudo isso era colocar o carro na frente dos bois.

— Entendi o que está dizendo.

A escolha deveria ser simples. Mas não era.

— Quer saber o que acho?

Tinha a sensação de que já sabia, mas assenti mesmo assim.

— Se escolher Declan, vai acabar muito magoada daqui a quatro meses. E vai se arrepender pelo que perdeu.

Depois do jantar, Emma e eu voltamos ao trabalho, mas não consegui parar de pensar na nossa conversa. Fazer uma lista de prós e contras era a minha cara — um jeito de organizar meus pensamentos para tomar a decisão certa. Então, mais tarde, quando as coisas estavam tranquilas no andar, peguei um caderno de anotações e, de novo, listei todos os bônus e ônus de cada homem. Os de Declan eram basicamente os mesmos que eu tinha falado para minha amiga. Mas, quando listei os de Will de novo, percebi que tinha falhado em admitir o maior obstáculo do momento.

Ele não é Declan.

Naquela sexta à noite, Will e eu estávamos no banco de trás de um táxi, a caminho do nosso encontro.

— Aonde vamos? — perguntei.

Com um brilho nos olhos, ele colocou a mão no meu joelho.

— É surpresa.

— Bem, agora estou intrigada.

Meia hora depois, Will me levou para um restaurante exclusivo no terraço... só que não havia outras pessoas. Havia apenas uma mesa no meio de uma decoração linda de lanternas e luzinhas brancas pelo ambiente.

— Will, o que você fez?

Ele ergueu as mãos.

— É todo nosso esta noite.

Fiquei boquiaberta.

— Como conseguiu isso?

— Vamos só dizer que o dono sentia que me devia uma, já que fiz o parto da sua filha em posição pélvica.

— Uau. Quem foi?

— Richard Steinberg... É dono do Steinberg Financial e deste restaurante. Esse parto, na verdade, foi há uns dois anos, e nunca pensei em pedir isso para ele até conhecer alguém especial o suficiente para trazer aqui. O terraço é reservado para festas particulares. E esta é a nossa.

Meu coração flutuou.

— Uau. Nem sei o que dizer.

— Não precisa dizer nada, linda. Vamos só curtir a noite.

Sorri conforme nos acomodamos à mesa à luz de velas.

Após o garçom vir com águas, Will desdobrou seu guardanapo e o colocou no colo.

— Como está seu pai?

Franzi o cenho.

— Poderia estar melhor. Tenho perguntado como ele está todos os dias. No momento, está estável. Mas é mentalmente difícil para ele. Como colega médico, tenho certeza de que você entende. Ele sempre sentiu que o trabalho dele é cuidar de outras pessoas, e agora ele é incapaz de fazer isso... incapaz sequer de cuidar de si mesmo... pode imaginar como é difícil.

Will fechou os olhos momentaneamente e balançou a cabeça.

— Com certeza posso, Molly, e você sabe que é muito importante que todo mundo fique perto dele no momento. Provavelmente, distração da própria mente é o melhor remédio. A última coisa que ele deveria se sentir é insuficiente. Precisa de toda a força que puder receber.

— Concordo.

Will esticou o braço na mesa para pegar minha mão.

— Se houver algo que eu possa fazer por ele, por favor, me avise. Se não conseguir as respostas de que precisa, conheço um monte de gente.

— Obrigada, Will. Agradeço por isso mais do que pode imaginar.

Pouco tempo depois, o garçom trouxe o prato mais delicioso de frutos do mar que já senti o cheiro à nossa mesa: patas de caranguejo-real e lagosta saindo da casca. Por conversas anteriores, Will sabia que eu amava frutos do mar, então deve ter planejado o cardápio, considerando que nem tínhamos feito o pedido.

— Este é o jantar mais romântico que já tive — disse a ele conforme comíamos. — Não sei como te agradecer.

Sua resposta foi bem abrupta.

— Ainda está saindo com Declan?

Bem, não enrole.

Tive que tomar uma decisão de último segundo, e o que era melhor era me libertar da mentira que havia criado.

— Não. Na verdade, não estou.

Ele expirou.

— Essa é a resposta que eu estava esperando.

— Sério? — Quebrei uma pata de caranguejo.

— Sim. Ver você com ele no hospital me deixou de um jeito que eu não esperava. Me fez pensar por que eu estava perdendo tempo e não te dizendo como realmente me sentia.

Coloquei meu caranguejo no prato e limpei a boca.

— Bem, este é um bom momento, porque tenho precisado de ajuda quando se trata de mim e você.

Ele foi bem direto:

— Não quero apenas *sair* com você mais, Molly. Quero ser exclusivo.

Oh. Uau.

— De onde isso está vindo de repente?

— Não é de repente. Tenho sentimentos por você há um tempo, muito antes de começarmos a sair. Percebi que meus medos quanto a relacionamentos eram totalmente porque eu não tinha encontrado a pessoa certa. Quanto mais tempo passo com você, mais tenho certeza de que não quero te dividir.

Após dar um gole na água, eu disse:

— Tenho que admitir que estou surpresa por você querer isso tão rápido.

— Entendo. Falei para você muito cedo que não queria nada sério...

— Verdade. Acho que ainda não tenho muita certeza sobre sua mudança de rumo.

Ele assentiu.

— Não há nada como a ameaça de perder alguém para colocar seu coração na direção correta. Se não fosse esse Declan, seria outra pessoa. Reconheço uma coisa boa quando a vejo. Você merece ser cuidada. Quero ser esse homem. Não quero que tenha nenhuma hesitação quanto a estar comigo, porque estou interessado em você. — Ele pausou. — Ficará comigo exclusivamente?

Precisando de um instante, olhei para as lanternas lindas penduradas acima de nós. Era isso que eu estive esperando e, ainda assim, queria tempo para processar antes de me comprometer com ele.

— É muita coisa para absorver. Gosto mesmo de você, Will. Acho que temos muito em comum e sou muito atraída por você. Só estou um pouco surpresa.

— Entendo.

— Sei que, provavelmente, essa não é a resposta que você estava esperando, mas posso ter mais um tempinho para pensar?

— Claro. Tive muitos dias para pensar nisso, então é justo que você faça a mesma coisa.

E SE FOSSE VERDADE?

CAPÍTULO DEZOITO

DECLAN

Eu adorava mexer com minha irmã quando ligava para ela no convento.

— Como vai o sexo, as drogas e o rock'n'roll?

— Ah, você sabe, o de sempre...

— Quando for para casa, a primeira coisa que vou fazer é ir te ver.

— Contanto que não tente corromper a Irmã Mary Jane como fez da última vez.

— Ah, vai. Foi divertido, e você sabe disso.

Ela suspirou.

— O que está havendo? Tem alguma coisa. Normalmente, você não me liga no meio do dia.

— Você me conhece muito bem, Irmã-Irmã.

— Fale comigo.

Sentado no sofá, coloquei as pernas para cima.

— Certo. Contei para você sobre a garota com quem estou morando da última vez que nos falamos, não contei?

— Sim. Molly, não é? Ainda estão se dando bem?

Por onde começo?

Passei os muitos minutos seguintes contando a Catherine sobre meu relacionamento complicado com Molly e os jogos que fizemos com Will e Julia. Terminei a história com a conversa meio bêbada que tivemos há uma semana.

— Então vocês foram sinceros um com o outro quanto aos seus sentimentos — ela disse. — Por que isso é ruim?

— Bem, não te contei sobre a semana em que ela esteve fora.

— Certo...

— Resumindo, ela foi ficar na casa do pai por uma semana depois que ele saiu do hospital. Enquanto estava fora, eu... passei por dificuldades.

— Quer dizer que sentiu falta dela?

— Não, quero dizer... Meio que tive uma nova crise.

— Oh, não, Declan. O que aconteceu?

— Nada. Só passei uns dias na cama. Tive que avisar no trabalho e tal. Mas, em certo momento, liguei para o dr. Spellman.

— Ok, que bom. Ajudou?

— Ele ajustou meus remédios, e acho que ajudou.

— Certo, bem, isso é bom. Sinto muito por ter acontecido, mas fico feliz por você ter reconhecido e lidado com isso. Parece que lidou muito bem com as coisas. Como Molly ficou ao voltar para casa e te encontrar assim?

— Ela não encontrou... Bem, não realmente, de qualquer forma. Me esforcei ao máximo para me recompor. Tinha começado a me sentir um pouco melhor naquele dia, e sabia que ela precisava conversar comigo sobre o pai, que está muito doente. Mas ela com certeza viu que havia algo estranho, porque ficava me perguntando o que havia de errado.

— Tem medo de contar a ela, Declan?

— Não era a hora certa de tocar no assunto. Acabei bebendo um pouco, e essa mistura não foi boa com meus remédios, o que baixou minha inibição, e foi aí que tivemos a conversa sobre sexo.

— Oh, nossa. — Ela deu risada. — Bem, você não deveria beber. Sabe disso.

Suspirei.

— O negócio é, Cat, que sei que a coisa certa a fazer é ignorar esses sentimentos por Molly. A distância, eu morando na Califórnia e ela, aqui, em Chicago, é, definitivamente, um problema, mas fiz parecer como se a distância fosse o principal motivo de não podermos ficar juntos. Lá no fundo, sei que não é. É mais o fato de eu não ter contado a ela nada sobre as coisas zoadas que, às vezes, passam na minha cabeça.

A voz dela ficou mais alta.

— Você não é zoado, está bem? Então tire esse termo da sua cabeça. Você tem algumas falhas obscuras de vez em quando com as quais precisa lidar. E se preocupa demais com o que isso pode significar no futuro, de como é parecido com a mamãe. E isso poda você. Você não é nossa mãe. Por favor, não deixe seus medos descarrilharem as coisas se realmente gosta dessa moça.

— Após a conversa com ela, no minuto em que voltei para o meu quarto, tudo que eu queria era me convencer de esquecer meus medos. Tipo, e se, de alguma forma, eu conseguisse fazer dar certo? Por que precisa ser tão difícil?

— Parece que você *quer* fazer dar certo. Mas deixe-me te perguntar uma coisa, Declan. Você tinha uma queda pela mulher com quem trabalhava, e teve namoradas ao longo dos últimos anos. Evitou relacionamentos com elas por causa da sua situação?

— Não, mas era diferente.

— E por que era diferente?

— Porque... Esta é Molly. Não quero que ela fique magoada.

— Exatamente. Acho que isso diz bastante sobre como deve se sentir em relação a ela. Você quer o que é melhor para *ela* em vez de o que é melhor para *você*.

— Sim, por isso preciso que você coloque um pouco de juízo em mim. Preciso que diga "Declan, esta garota está passando por um momento difícil. Ela não precisa da sua bagagem de questões mentais além de tudo. Sem contar que você está saindo com a garota de quem ficou atrás por um ano e que não parece exigir compromisso. Não vire a vida de todo mundo de cabeça para baixo ao mexer com sua colega de casa".

Catherine suspirou.

— Mas ela é mais do que apenas uma colega de casa, não é?

Pensei por um instante.

— Mais do que qualquer coisa, ela é uma boa amiga. E essa é a outra parte de isso ser tão difícil. Gosto muito dela e não quero lhe causar complicações indo atrás disso. Mas simplesmente...

— Não consegue evitar como se sente.

— Parece que não.

— Como se sentiria se seu chefe te dissesse que teria que voltar para a Califórnia imediatamente, tipo, neste segundo? Deixar tudo para trás em Chicago e nunca retornar.

Essa era fácil.

— Seria um saco mesmo. Ficaria devastado.

— Acha que vai se sentir diferente quando for embora daqui a alguns meses?

Respirando fundo, respondi:

— Provavelmente, não.

— Então, talvez você precise reavaliar. Se tem sentimentos verdadeiros por essa garota, precisa ouvi-los. E precisa contar a ela sobre seus medos, sobre todas as coisas com que *pensa* que ela não consegue lidar.

Catherine não estava ajudando. Geralmente, ela era uma pessoa muito sensata. Foi por isso que liguei para ela, e não para uma das minhas outras irmãs. Mas hoje ela estava toda escute-seus-sentimentos comigo.

— Acho que não acredito em mim mesmo, Cat. Talvez ela ficasse melhor com aquele médico otário. Sou imprevisível e, com certeza, não sou bom com relacionamentos sérios. É isso que ela quer.

— Como sabe que não é bom com eles se nunca teve um?

— Por que faz perguntas difíceis?

— É meu trabalho! Fazer você pensar quando está preocupado com a própria bunda.

— Freiras podem falar *bunda*?

— Toda vez que você me liga, quase sou expulsa deste lugar.

— Bem, seu irmãozinho sempre vai acolher você, mesmo que o Cara Lá de Cima não te queira mais.

Ela deu risada.

— Lembra daquele jogo que costumávamos jogar em que eu falava uma palavra e você tinha que responder com a primeira palavra que vinha à mente?

— Sim.

— Esse é um bom jeito de identificar seus sentimentos verdadeiros em relação às coisas. Uma associação de uma palavra diz bastante coisa. Vamos jogar agora. Está pronto?

Eu nunca recusava um jogo.

— Sim. Pronto.

Catherine começou.

— Chicago.

— Pizza.

— Pai.

— Old Spice.

— São duas palavras — ela disse.

— Me processe. — Dei risada.

Catherine continuou.

— Propaganda.

Essa era fácil.

— Mentiras.

— Cerveja.

— Alegre.

— Freira.

— Catherine.

— Declan.

— Ferrado. — Dei risada.

— Oceano.

— Lar.

— Julia.

— Bonita.

— Mãe.

— Cinto.

Catherine pausou.

— Cinto?

— Naquela vez que fugi, ela me deu uma surra de cinto na bunda. Nunca esqueço. Então, sim, cinto.

— Café.

— Vida.

— Irmã.

— Scooter.

— Chocolate.

— Lamber.

— Nem quero saber o que você tem feito para ter pensado nessa associação.

— Algo que você *não tem* feito, querida irmã.

Ela deu risada e disse:

— Molly.

— Minha.

Merda.

Minha? Foi a primeira coisa que veio à mente para Molly?

— Hummm... — Catherine deu risada.

— Certo. Certo. Sei o que está pensando.

— Sabe, é?

— Está pensando que sou um idiota de sequer precisar ter esta conversa.

— Veja — ela disse. — Sou a última pessoa a dar conselho sobre relacionamentos, mas parece bem óbvio para mim que você gosta dela. Isso deveria ser mais importante do que qualquer outra coisa.

Então, claro, havia Julia. Suspirei.

— Também gosto da Julia, mas acho que de um jeito diferente. Também não quero magoá-la.

— Você não me ligou para falar sobre a Julia — Catherine comentou. — Isso diz tudo, meu irmão.

Molly e eu tínhamos conseguido evitar falar sobre qualquer coisa por uma semana. Eu sabia que ela tinha que trabalhar no domingo à noite, então estava esperando encontrá-la antes do plantão. Assim, se qualquer coisa que disséssemos ou fizéssemos fosse estranho, ela estaria longe por doze horas logo depois.

Quando acordei no domingo de manhã, Molly estava dormindo. Apesar do nervoso, me senti mentalmente melhor do que em muito tempo. Tinha saído do fundo do poço, e minha energia estava de volta, então passei o dia na academia e resolvendo algumas coisas.

Quando voltei no fim da tarde, Molly não estava lá. Pensei se ela viria para casa antes de ir trabalhar. Tomei um banho, então esperei não-tão-pacientemente para descobrir.

Ainda não sabia o que iria dizer e, certamente, não sabia como ela se sentia. Resolvi que responderia baseado no que ela me falasse. Talvez ela me desse um sinal. Eu a deixaria falar primeiro e, se ela expressasse alguma dúvida sobre tudo, o jogo acabava.

Aproveitei o tempo sozinho e comecei a escrever um pouco do que queria dizer em um caderno. Devo ter riscado umas cem coisas diferentes.

Foda-se. Vamos só tentar.

Riscado.

Não consigo parar de pensar em como seria transar com você, Molly. Mas é muito mais do que isso.

Riscado.

Talvez devêssemos levar dia a dia e ver o que acontece.

Riscado.

Sou louco por você, Molly. Então vamos simplesmente fazer isso.

Riscado.

Ouvi a porta se abrir, e enfiei o caderno debaixo da minha cama.

Fui para a sala como se não estivesse escrevendo coisas nada românticas como um maldito adolescente.

— Oi! Há quanto tempo.

— É. Parece que faz uma eternidade — Molly disse. — Estava me esperando?

Aparentemente, eu não estava tão casual quanto pensei. Cadê o cara legal pra caralho?

— Sim. Pensei que poderíamos terminar a conversa que estávamos tendo no outro dia.

Ela olhou em volta, parecendo nervosa.

— Ok. Só vou tomar um banho rápido e colocar meu uniforme. Aí vamos conversar.

— Parece bom. Quer que eu faça um café? Sei que gosta de beber café a caminho do trabalho.

— Seria ótimo.

Nos próximos muitos minutos, fiquei sentado na cozinha, sentindo o cheiro de café fresco e torcendo para que me acalmasse. Mas nada poderia fazê-lo. Quando Molly saiu usando seu uniforme roxo-escuro, eu não estava mais pronto do que antes para ter essa conversa.

Aceitei a situação.

— Quer falar primeiro ou posso falar?

— Posso falar primeiro — ela disse, sentando-se à minha frente. — Então, acho que tudo que você disse na outra noite fez bastante sentido.

Uh-oh.

Na outra noite, eu tinha apontado todos os motivos pelos quais éramos *errados* um para o outro. *Por que fiz isso?*

— Você mencionou que pensava que não poderia me dar nada a longo prazo e expressou preocupação sobre interferir no meu relacionamento com Will.

Respirei de forma trêmula.

— Falei isso, não falei?

O que ela disse em seguida me abalou.

— Na semana passada, no jantar, Will me pediu para ser exclusiva.

Meu coração afundou.

— Pediu?

— Sim. Foi um choque, para ser sincera.

Sentindo como se as paredes estivessem se fechando, assenti em silêncio conforme ela continuou.

— Falei para ele que precisava pensar. Mas quanto mais eu penso no que você falou, mais percebo que eu deveria ser realista. Will é um cara bom. Sei que você tem suas reservas quanto a ele. Mas isso é só porque você se importa comigo.

— Certo — murmurei.

— Enfim... pensei bastante nos últimos dias. E vou... falar que sim para ele. Acho que eu não teria conseguido tomar uma decisão se você não tivesse sido tão verdadeiro comigo. O que quer que estivesse acontecendo entre nós teria me segurado caso não tivéssemos tido aquela conversa. Então obrigada por me dar o que eu precisava para seguir em frente.

Eu estava sem palavras.

Extremamente sem palavras.

Tudo que tinha planejado dizer ficou preso na minha garganta, pronto para me sufocar. Como poderia falar tudo aquilo para ela agora? Jesus, isso era um saco.

Molly expirou, como se confessar tudo aquilo tivesse sido um alívio.

— O que você ia me falar?

Dava para ter ouvido um alfinete caindo e, de alguma forma, eu conseguia ouvir meu cérebro trabalhando dentro da minha cabeça. Eu poderia ser sincero e dar uma reviravolta agora mesmo ou poderia mentir e lhe dar a paz que ela merecia. Escolhi a segunda opção, embora soubesse que poderia me arrepender pelo resto da vida.

— Não sabe o quanto estou feliz por estarmos na mesma página. Não vou voltar atrás no que falei sobre como me sinto em relação a você, mas acho que é melhor conversarmos sobre isso e seguirmos em frente. Então, por mais que eu critique Will, estou feliz por vocês. De verdade.

— Obrigada, Declan.

Molly sorriu conforme se levantou da cadeira e me abraçou.

Então tudo ficou em silêncio de novo quando ela foi até a cafeteira e serviu café em uma caneca térmica. Olhou para mim e, apesar de termos supostamente acabado de resolver as coisas, nada parecia resolvido.

Me apoiei no balcão e tentei ser indiferente.

— Então você ainda não respondeu a ele quanto a ser exclusiva?

Ela balançou a cabeça.

— Não. É para sairmos de novo no meio da semana. Nossos plantões não coincidem nos próximos dias, então o verei na quarta-feira. Pensei em esperar até nos vermos de novo pessoalmente. — Ela deu uma piscadinha. — Além do mais, não quero que pareça que foi uma decisão fácil demais.

— Verdade.

Ela olhou mais fundo nos meus olhos.

— Você está bem?

— Sim. — Desviei o olhar por um instante. — Estou. Apenas aliviado por termos tido esta conversa.

Quando Molly e eu nos cruzamos de novo na noite seguinte, eu tinha acabado de chegar em casa do trabalho, e ela já estava de uniforme, arrumando-se para sair para seu plantão.

— Oi, colega de casa.

Ela sorriu.

— Oi.

Eu tinha esperado me sentir diferente quando a visse de novo, mas foi ainda mais difícil olhar para ela agora do que tinha sido antes. Jogando mais lenha no fogo, o tecido fino do seu uniforme era estranhamente revelador. Ficava rígido com frequência ao ver a bunda de Molly na calça de uniforme.

Estava com ciúme e bravo — bravo mais comigo mesmo. Porém, ainda sabia que estava tomando a decisão certa. Apesar disso, ainda estava me sentindo meio ambicioso. Eu merecia uma lembrancinha.

Molly estava preparando sua marmita de almoço quando abri o armário ao lado dela e fingi pegar um copo de água.

— Então presumo que ainda não tenha falado com Will sobre a proposta dele.

— Não. Lembra que te falei que só vou vê-lo no encontro de quarta à noite?

Cruzei os braços.

— Então, tecnicamente, ainda está solteira.

— Sim. — Ela sorriu. — Acho que por mais uns dias. — Ela deve ter visto o jeito que eu a estava olhando, porque riu de maneira nervosa conforme suas bochechas ficaram rosadas. — O que foi?

— Já que ainda está solteira... — Engoli em seco e forcei as palavras a saírem. — Quero te beijar. Só uma vez.

Molly ficou boquiaberta. Em vez de entender sua surpresa como um sinal para recuar, me envolvi completamente ao encarar seus lábios. Eles eram tão carnudos e convidativos, tão rosados e macios. Tive um desejo muito forte de pegar o lábio inferior com os dentes e morder, puxando-o de um jeito firme e bom.

A respiração dela acelerou, e fiquei maravilhado por seu peito subindo e descendo. Observá-la ficar excitada bem diante dos meus olhos foi a coisa mais sexy que já tinha visto, e me senti uns trezentos metros mais alto.

Dei a volta para ficar em frente a ela, cara a cara. Segurando o balcão de ambos os lados dos seus quadris, eu a encurralei. Mais do que qualquer coisa, queria empurrá-la contra os armários e fazer o que estive morrendo de vontade desde o dia em que me mudei. Mas essa era Molly, a quem eu respeitava e adorava, então precisava que ela me desse alguma coisa — qualquer coisa — para me avisar se ela também queria.

— Fale comigo, Molly. — Minha voz estava baixa e rouca. Dei meio passo mais para perto, deslizando dois dedos debaixo do queixo dela e, gentilmente, erguendo-o para nossos olhos nos encontrarem. — Me diga que não tem problema, que você quer que eu te beije.

Ela engoliu em seco.

— Sim.

Meu coração acelerou, e preenchi o espaço minúsculo que ainda sobrava entre nós, seus seios quentes e macios contra o meu peito.

— Sim o quê, Molly? Diga. Me diga o que você quer.

— Eu... Eu quero que me beije.

Minha boca se curvou em um sorriso malicioso.

— Ah, é?

O cabelo de Molly estava preso em um rabo, do jeito que ela normalmente usava para trabalhar. Ergui uma mão e, lentamente, segurei todo o comprimento no meu punho. Baixando o rosto para nossos narizes se encontrarem, resmunguei.

— Fale de novo.

Até agora, ela parecia pensativa, mas acho que estava ficando tão impaciente quanto eu. Ela molhou os lábios e olhou diretamente nos meus olhos.

— Droga, Declan. Me beije logo. Saio para trabalhar daqui a alguns minutos, e isso já será muito breve.

Ergui as sobrancelhas. Mas ela tinha muita razão; eu precisava parar de perder o tempo precioso. Além disso, poderia me perder encarando aqueles grandes olhos azuis.

— Sim, senhora.

Inclinando-me, segurei sua bochecha e inclinei sua cabeça para o lado com a mão enroscada no seu cabelo antes de selar meus lábios nos dela. No instante em que nos conectamos, meu corpo inteiro se acendeu como uma maldita árvore de Natal.

Jesus Cristo.

Pensava que seríamos bons juntos, mas a realidade já tinha extrapolado minha imaginação. Geralmente, com um primeiro beijo, há um certo período de sentir-um-ao-outro, em que você conhece o estilo do outro — a logística demora um pouco para se adequar. Mas não com Molly. Estávamos totalmente sincronizados desde o início.

Desci as mãos por sua bunda, me preparando para incentivá-la a envolver as pernas em mim e me deixar pegá-la no colo. Mas, quando cheguei lá, ela já estava subindo em mim como uma porra de uma árvore. Molly cravou as unhas nos meus ombros conforme se pendurou. Necessitando de alguma vantagem para poder pressioná-la ainda mais, andei com ela envolvida na minha cintura até suas costas baterem na geladeira com um barulho. Nossos lábios nunca se afastaram enquanto meu corpo se esmagava contra o dela, e eu esfregava meus quadris entre suas pernas para lhe mostrar exatamente o que ela estava fazendo comigo.

Molly arfou em nossas bocas unidas, e quase enlouqueci.

Eu tinha tanta frustração, desejo e raiva acumulados que não conseguia ser gentil. Com um puxão firme em seu rabo de cavalo, forcei sua cabeça para trás para poder chupar uma trilha descendo dos seus lábios. Meus dentes arranharam seu queixo, e usei a língua para traçar sua pulsação da mandíbula até a clavícula.

— Declan... — Molly choramingou.

Deus, queria ter previsto para gravar esse áudio. O som dela gemendo meu nome seria útil para quando ela não estivesse mais perto de mim.

Quando ela não estivesse mais perto de mim.

Esse pensamento — o pensamento de ela não estar por perto porque estaria com outro cara — me dilacerou. Me fez sentir possessivo e bravo. Mas, se este momento fosse tudo que eu teria, me recusava a deixar o dr. Otáriolícia arruiná-lo. Então abafei os pensamentos negativos e deixei meu desejo por ela fluir em nosso beijo.

Não fazia ideia de quanto havia durado; o tempo pareceu parar. Quando, enfim, nos afastamos para respirar, ambos estávamos ofegantes. Segurei suas bochechas conforme meu polegar secava a umidade dos seus lábios.

— Uau... — ela sussurrou, parecendo meio abismada. — Isso foi...

Eu sorri.

— Foi, sim.

Molly piscou algumas vezes, como se tentasse sair do transe.

— Isso foi... Você... É assim que você beija ou foi uma coisa especial?

Eu era homem, afinal de contas, então claro que queria levar crédito e dizer para ela que era tudo fruto meu — que, simplesmente, eu beijava bem. Mas teria sido mentira.

— Definitivamente, foi especial. Não fui eu... Fomos nós.

Ela engoliu em seco.

— É.

Rápido demais, a realidade se instalou. Os olhos de Molly se ergueram acima do meu ombro, e ela deve ter visto a hora no micro-ondas.

— Caramba. — Ela franziu o cenho. — Tenho que ir. Vou me atrasar para o trabalho. Isso foi... Demorou mais tempo do que pensei.

Suas pernas ainda estavam em volta da minha cintura, e eu abominava o pensamento de soltá-la. Principalmente porque sabia que era isso. Eu a soltaria de mais de um jeito depois disso.

— Eu levo você.

Molly balançou a cabeça.

— Não, tudo bem. Acho que preciso de uns minutos sozinha para clarear a mente.

Eu queria cada último segundo possível com ela, ainda assim, coloquei-a de pé com relutância.

Molly encarou o chão.

— Certo, bem... Acho que vou indo.

Não consegui resistir a mais um beijinho. Então segurei seu queixo e o ergui até nossos olhos se encontrarem de novo. Inclinando-me devagar, pressionei meus lábios nos dela e os mantive ali por um bom tempo. Pareceu que meu coração saltou para minha garganta quando me afastei.

— Tchau, Molly.

Ela olhou para mim de maneira engraçada.

— Do jeito que fala, parece que não estará aqui quando eu chegar de manhã.

Forcei um sorriso.

— Não, estarei aqui.

Lambendo minhas feridas e consertando meu coração partido.

— Ok. Bem, tenha uma boa noite.

— Você também, Mollz. Você também.

E SE FOSSE VERDADE?

CAPÍTULO DEZENOVE

MOLLY

— Eu ia perguntar como estão indo as coisas com você e o dr. Daniels. — Daisy ergueu o queixo, apontando para o meu pescoço. — Mas dá para ver que estão indo muito bem. — Ela deu risada.

Estávamos arrumando a cama juntas para um paciente que ia chegar, e a parte de cima do meu uniforme tinha afastado para o lado. Olhei para baixo, mas não consegui ver ao que ela estava se referindo.

— O que foi?

Ela deu risada.

— Você está com uma marca vermelha... Um chupão bem na clavícula.

Arregalei os olhos e corri para o banheiro da suíte a fim de olhar no espelho. Claro que eu tinha uma marca de amor. Declan deve ter feito isso mais cedo, e eu não fazia ideia. Endireitei minha parte de cima e, ainda bem, cobriu a marca de novo. Mas, então, pensei que Will poderia ter visto, em vez de Daisy, e isso me deixou mal.

O que eu estava fazendo? Fora louca por Will por muito tempo, ainda assim, tive dificuldade em tomar a decisão de ser exclusiva com ele. Então, finalmente fiz a escolha de investir e, menos de quarenta e oito horas antes de me comprometer com ele, estou beijando Declan e levando um chupão.

Por que eu teria feito isso se a escolha que fiz tinha sido a certa? Me sentia mais confusa do que nunca.

Sobrecarregada, as emoções me dominaram e meus olhos se encheram de lágrimas.

Ótimo. Simplesmente ótimo. Agora vou ficar com olhos inchados, nariz vermelho e marcas da boca de outro homem no meu corpo.

Me sentia uma pessoa horrível — como se tivesse feito algo desleal, apesar de ainda não ter dito a Will que poderíamos ser exclusivos. Tentei conter as lágrimas, mas uma tristeza esmagadora infiltrou-se no meu peito e, aparentemente, chorar era o jeito necessário para desabafar. Lágrimas robustas escorreram pelo meu rosto, independente do quanto eu tentasse impedi-las.

Como eu não havia fechado a porta do banheiro, Daisy não se importou de entrar.

— Molly, sabe onde a...

Ela deu uma olhada no meu rosto e congelou. Claramente, ela não tinha ideia do que fazer. Éramos amigas, mas eu não lhe contava meus problemas. Ela parecia dividida entre me acolher e sair correndo do banheiro para ficar o mais longe possível de mim.

— Você está... bem?

Funguei.

— Só preciso de alguns minutos.

— Sim, claro. Quer... que eu fique? Tem alguma coisa que queira conversar?

Balancei a cabeça.

— Não, desculpe. Só foi um longo dia. Sairei em cinco minutos.

— Não seja boba. Fique o tempo que precisar. Vou cobrir a recepção pelo tempo que for preciso. Está tranquilo agora, de qualquer forma.

— Obrigada, Daisy.

Na manhã seguinte, eu não estava pronta para ir para casa quando meu plantão terminou. Não via meu pai há uns dias, então, após enviar mensagem para Kayla para garantir que não tinha problema, comprei bagels e fui para a casa deles.

— Oi, pai. — Me abaixei e beijei sua bochecha quando cheguei. Agora ele estava com uma aparelhagem de oxigênio montada em casa, mas a máscara de plástico estava pendurada na cadeira da cozinha em que ele estava sentado.

Segurei-a com o dedo. — Humm... Isto funciona melhor quando está no rosto, acredite ou não.

Meu pai balançou a cabeça.

— Espertinha. Você parece a Kayla. Estou bebendo meu café. Me sinto bem.

Toda vez que eu vinha vê-lo, ele parecia um pouco pior. Sendo enfermeira, eu era acostumada a ver pacientes doentes se deteriorarem, mas o declínio do meu pai não era normal. A diferença entre câncer de pequena célula e de não pequena célula era realmente impressionante. Era quase como se assistíssemos à propagação rápida interna acontecer na parte externa também.

Coloquei a sacola de bagels na mesa.

— Trouxe seu preferido.

Ele sorriu.

— Ah, é? Você se lembra do meu preferido?

— Claro que lembro. Salgado... quanto mais, melhor. Provavelmente, não é a melhor coisa para trazer para você, considerando o que pode fazer com sua pressão sanguínea.

Meu pai gesticulou como desdém para mim.

— Essa é a menor das minhas preocupações.

Enfiei a mão na sacola.

— Vou fazer para você. Cream cheese ou manteiga?

— Manteiga, por favor...

Kayla desceu enquanto eu estava fazendo café da manhã para o meu pai. Nos cumprimentamos e ela foi até ele e o beijou na testa.

— Vou cuidar de umas coisas.

— Ok, querida.

— Voltarei em uma hora. Pode ficar tanto assim, Molly?

Meu pai respondeu por mim, resmungando.

— Não preciso de babá.

Ela revirou os olhos. Claramente, essa não foi a primeira vez que ele estava lhe dando trabalho por isso.

— Claro que não precisa. Mas o médico disse que precisa descansar, pelo menos até seu hemograma voltar ao normal. Então me deixa mais tranquila saber que tem alguém no caso de você ficar tonto de novo.

— Os médicos só cumprem tabela.

Dei risada.

— Acho que você deve saber bem.

Após Kayla sair, meu pai e eu tomamos café da manhã. Conversamos um pouco, e eu pensei que estivesse fazendo um bom trabalho escondendo a turbulência que sentia internamente. Mas, quando ele terminou de comer, recostou-se na cadeira e semicerrou os olhos para mim.

— Está preocupada comigo ou tem mais alguma coisa acontecendo?

Franzi as sobrancelhas.

— Como assim?

Ele olhou para minhas mãos.

— Você cutuca a cutícula dos polegares quando está nervosa.

Fazia isso mesmo, mas não sabia que meu pai sabia. Guardei meu polegar no punho para me fazer parar e suspirei.

— Só foi uma noite longa.

— Um parto deu errado?

Balancei a cabeça.

— Não, nada disso.

— Certo...

Meu pai aguardou. Não queria que ele pensasse que meu problema era por sua causa. Quero dizer, claro que isso sempre estava no fundo da minha mente, mas não era o que ele estava vendo na minha expressão hoje. Então pensei que poderia ser melhor tranquilizá-lo.

— É... um problema com homem.

Meu pai bebeu seu café.

— Certo. Bem, acredite ou não, sou um deles, então mande ver.

Era difícil de explicar, e eu não sabia se minha situação era algo que queria conversar com meu pai. Nunca tínhamos falado sobre minha vida amorosa nem nada parecido.

— Só estou com dificuldade de pensar na escolha certa para mim.

Meu pai assentiu.

— Acontece que isso é um assunto no qual sou experiente.

Primeiro, fiquei confusa, mas, então, percebi que ele estava se referindo à minha mãe e Kayla. Sempre só olhei para o que aconteceu da perspectiva de uma filha abandonada, não do ponto de vista de um homem em um relacionamento.

— O que houve entre você e minha mãe, pai? Sempre ouvi apenas o lado dela.

Meu pai suspirou.

— Quanto tempo você tem? Acho que essa história pode demorar um pouco.

Sorri.

— Me conte a versão resumida.

— Está bem. Bom, como sabe, sua mãe e eu nos apaixonamos na faculdade. Nos casamos aos vinte e um anos. As pessoas nos disseram que éramos muito jovens, mas não escutamos. — Ele desviou o olhar por um instante, e um sorriso saudoso cresceu em seu rosto. — Ela era a garota mais linda do campus. — Ele balançou a cabeça. — Enfim, esta é para ser a versão resumida, então vou pular alguns anos. Sua mãe trabalhou muito enquanto eu fazia Medicina. Depois, quando me formei e vocês vieram, ela ficou em casa, e eu trabalhei muito. Ao longo dos anos, meio que fomos nos afastando. Primeiro, tínhamos vocês para nos unir. Eu chegava em casa, e sua mãe me atualizava do que tinha acontecido com você e sua irmã. Mas, conforme os anos passaram, isso se tornou a única coisa sobre a qual conversávamos. Então, quando vocês cresceram um pouco e começaram a dormir na casa de amigos e ficar com eles, parecíamos estranhos. Às vezes, nos sentávamos à mesa da cozinha para jantar, apenas nós dois, e não tínhamos nada a dizer, embora tivéssemos passado o dia todo longe. Isso levou à frustração, e a frustração levou à briga. Tenho certeza de que se lembra da parte da briga. Era quase como se tivéssemos crescido juntos, mas, ainda assim, nunca aprendido a nos comunicarmos.

— E Kayla?

Meu pai suspirou de novo.

— Sei que acha que Kayla foi a causa do meu término com sua mãe, mas não foi realmente... Nada da parte dela, de qualquer forma. Juro, com Deus como testemunha, que nunca traí sua mãe... pelo menos não no sentido físico. Estaria mentindo se dissesse que não me aproximei demais de outras mulheres durante aqueles anos difíceis de uma forma não física. Olhando para trás, acho que estava buscando a conexão emocional que sua mãe e eu perdemos. Deveria ter trabalhado nisso com ela em vez de procurar em outras. E sou culpado disso. Em um relacionamento, traição não é apenas uma conexão física. Desenvolvi sentimentos por Kayla. Na época, eles não eram recíprocos. Ela não fazia ideia. Só era muito fácil conversar com ela no trabalho. E, quando isso aconteceu, percebi que as coisas não estavam certas com sua mãe e eu. Sentia muita culpa, mas também fui um egoísta babaca. Então, em vez de investir o tempo para tentar consertar o que tinha dado errado com sua mãe, escolhi o caminho mais fácil.

Uau.

Não sei o que esperava que ele dissesse, mas não era isso. Apesar de parecer ser a verdade.

Meu pai balançou a cabeça, e seus olhos lacrimejaram com emoção.

— Desculpe ter decepcionado você. Eu deveria ter sido um homem melhor.

Peguei a mão dele na minha.

— Você é humano. E, quando foi embora, acho que eu não entendia isso. A meu ver, você era meu pai, não uma pessoa de verdade, se é que faz sentido. Eu tinha dezesseis anos e ainda não entendia sobre garotos, então não poderia entender as complexidades de fazer um casamento dar certo ou do seu coração se apaixonar. Só queria culpar alguém porque meu pai tinha ido embora e minha mãe estava triste, e era mais fácil culpar você.

Nós dois ficamos quietos por bastante tempo, mas, em certo momento, perguntei:

— E se não houvesse Kayla? Teria ficado com minha mãe?

Meu pai balançou a cabeça.

— Obviamente, essa não é uma pergunta simples de responder, já que *há* a Kayla. Mas tenho quase certeza de que a resposta é não. Se não fosse ela, teria sido outra pessoa em algum momento. O problema não era eu me apaixonar por uma mulher específica, Molly. O problema era *eu*. Posso te perguntar uma coisa?

— Sim.

— Seus problemas de homem têm a ver com Declan e Will?

Assenti.

— Sei que, provavelmente, sou a última pessoa que deveria te aconselhar sobre relacionamentos. Mas, às vezes, olhar de fora é muito mais claro do que quando está dentro do problema. Então, se puder dar um conselho, seria não se comprometer a menos que esteja certa e pronta para fazer dar certo.

E SE FOSSE VERDADE?

CAPÍTULO VINTE

DECLAN

— Como estão as coisas por aí? — A voz de Ken soou pelo viva-voz.

Julia e eu tínhamos uma reunião por telefone com nosso chefe uma vez por semana, quase sempre às sextas. Mas, hoje mais cedo, ele nos enviou e-mail perguntando se poderíamos falar às quatro da tarde, embora fosse terça-feira.

— Boas — eu disse. — Ainda estamos um pouco à frente da programação, então começamos a trabalhar no plano de mídia.

— Maravilha. É bom saber disso. Facilita bastante.

Olhei para o outro lado da mesa, para Julia, a fim de ver se ela sabia do que ele estava falando, mas sua testa estava tão franzida quanto a minha.

Ela deu de ombros, então eu falei.

— Facilita bastante *o quê*, Ken?

— Conhecem Jim Townsend?

Nós dois assentimos.

— Claro. Está tudo bem com ele? — perguntei.

— Sim, mas ele pediu demissão esta manhã... só me deu uma semana. Parece que recebeu uma proposta que não pôde recusar que não exige viajar e, já que ele e a esposa acabaram de ter bebê, ele não poderia deixar passar. Precisavam dele imediatamente.

— Oh, uau — Julia disse. — Ele está trabalhando naquela campanha grande de laticínios, certo?

— Está. Em Wisconsin. Tem dois membros da equipe com ele, mas ambos são novos demais para ficar no comando de uma conta do tamanho da Border's Dairy. Então acho que preciso que um de vocês assuma as rédeas de lá por um tempo.

Passei a mão no cabelo.

— Por quanto tempo?

— A campanha está para ser lançada em pouco menos de nove semanas. Então diria que dois ou três meses.

Merda.

— E aqui? — perguntei. — É trabalho demais para uma pessoa cuidar.

— Vou enviar uma substituição para Chicago... dois novatos, se achar necessário. Quando terminar em Wisconsin, se ainda houver trabalho a ser feito em Chicago, quem for pode voltar para dar uma mão. Sei que vocês dois criaram a visão para a campanha, e há uma certa satisfação em lançá-la. Então, sinto muito, mas um de vocês precisa comprar umas blusas quentes e ir para Wisconsin.

Meus olhos se fixaram nos de Julia. Nós dois estávamos pensando a mesma coisa, mas foi ela quem perguntou:

— Quem de nós vai?

— Bom, Declan é o diretor de marketing mais antigo, embora vocês tenham o mesmo cargo. Então vou deixar que ele decida quem vai para onde.

Minha irmã, Catherine, pareceu surpresa ao me atender de novo.

— Ligando de novo tão cedo? A que devo essa honra, querido irmão?

— Irmã-Irmã, preciso muito da sua ajuda.

— Uh-oh, é sobre a situação da Molly?

— Queria que fosse somente isso.

— O que houve agora?

Contei a ela sobre a bomba que meu chefe tinha jogado no trabalho hoje. Ainda estava dividido quanto a pegar o trabalho em Wisconsin ou jogar Julia na fogueira. Mas, no fundo, eu sabia qual era a decisão correta.

— Ele vai deixar que vocês dois decidam?

— Não — esclareci. — *Eu* decido. E essa é a parte ruim. Queria que ele simplesmente tivesse tomado a maldita decisão.

— O que Julia falou?

— Ela tentou ser educada, disse que estaria disposta a ir, mas sei que não é verdade. Ela está louca de saudade de Newport Beach desde que chegamos aqui. Só agora está um pouco adaptada a estar em Chicago... encontrando lugares para comer sua comida saudável e tal. Ter que ir para Wisconsin por dois meses acabaria com ela, quer ela saiba disso ou não.

— Então você vai se voluntariar?

— Acho que preciso. Não quero... nem um pouco. Diferente de Julia, realmente amo aqui. Não há parte de mim que queira ir embora, com exceção de sentir falta de vocês.

Catherine expirou.

— Acho que foi bem sujo da parte do seu chefe colocar você nessa situação. E quanto a jogar a moeda?

— Isso ainda dá a possibilidade de Julia ter que ir. Ela se ressentiria demais.

— Então, nesse caso, não parece ter tanta coisa para se discutir aqui. Pelo que percebi, você tomou sua decisão. Não quer magoar a Julia, então vai magoar a si mesmo.

Suspirei.

— A garota terminou com o namorado para ficar comigo, e não me comprometi com ela, embora ela pareça bastante comprometida emocionalmente comigo, e agora vou mandá-la para Wisconsin? Seria sacanagem. Não acha?

— Concordo que você tem pouca escolha se estiver querendo levar em consideração os sentimentos de Julia. — Catherine pausou. — E quanto a Molly? O que ela acha?

Essa questão me encheu de pavor.

— Ainda não contei a ela. Isso acabou de acontecer. Molly está no trabalho agora.

— O que aconteceu com a conversa que era para você ter com ela?

Me encolhendo, fechei os olhos.

— Não deu certo. Resumindo, eu tinha tomado coragem de dizer a ela que queria dar uma chance para nós, porém, antes de conseguir falar, ela me contou que o maldito médico tinha pedido para sair com ela exclusivamente. Ela disse que ia aceitar.

— Qual foi sua resposta?

— Eu a beijei.

Ela deu risada.

— Você o quê?

— Eu a beijei. E foi o melhor beijo da minha vida.

— Desculpe. Estou muito confusa.

— Eu também, Catherine.

— Ok, volte um pouco.

— Molly vai dizer a ele amanhã à noite que vai aceitar a proposta. Quando ela anunciar isso, resolvi que não vou ficar no seu caminho. Você mesma me disse para agir baseado no que ela me dissesse. Bem, ela facilitou bastante. Mas… como ainda estava tecnicamente solteira, perguntei se poderia beijá-la apenas uma vez. Ela disse que sim. Foi incrível. Fim. Isso foi ontem à noite.

— Então, em quarenta e oito horas, você resolveu seguir em frente, teve o coração partido, beijou a garota, de qualquer forma, então descobriu que vai se mudar para Wisconsin por dois meses. Diria que você merece uma bebida hoje, irmãozinho.

Abri a geladeira e peguei uma cerveja.

— Abrindo uma agora mesmo.

— É uma opção dizer não para essa transferência? — ela perguntou.

Abrindo a garrafa e dando um gole, balancei a cabeça.

— Não se quiser manter meu emprego. E, certamente não, se quiser ser considerado para a promoção pela qual trabalhei tanto.

— Certo. — Minha irmã suspirou demoradamente. — Vamos voltar e dar uma olhada na situação com lentes mais amplas.

— Está bem.

— Molly tomou a decisão dela. Vai namorar o médico. Você não está mais tão a fim da Julia. Pode ser que essa mudança temporária para Wisconsin seja uma coisa boa. Não precisará estar por perto para testemunhar Molly seguindo em frente, e vai resolver sua situação com Julia sem ter que magoá-la. Talvez, quando recomeçar e voltar para a Califórnia depois de Wisconsin, conseguirá seguir em frente após tudo isso também.

— Você faz minha vida bagunçada soar tão simples.

— Por que precisa ser complicado?

— Bem, *há* uma pequena complicação: o momento. Provavelmente, ainda vou precisar voltar para Chicago a fim de terminar o projeto aqui quando finalizar o de Wisconsin. Nessa época, só Deus sabe o que vou encontrar quando voltar. Mas, você sabe... quanto mais penso nisso, mais percebo que não importa como me sinto agora. Tenho que ir para Wisconsin. — Dei um gole grande na minha cerveja e repeti: — Droga, tenho que ir.

E SE FOSSE VERDADE?

CAPÍTULO VINTE E UM

MOLLY

O conselho do meu pai ficou zumbindo na minha cabeça desde que fui embora da casa dele. Tinha falado para Will que ia lhe dar uma decisão esta noite, mas será que era necessário mesmo? Por que precisávamos apressar as coisas? Se eu não tinha certeza, precisava fazer o que meu pai falou — ter mais tempo para firmar um compromisso.

Olhando no espelho, desabotoei o topo da minha camisa e a puxei para o lado. A marca que Declan tinha deixado no meu pescoço ainda estava lá. Teria que cobri-la com maquiagem antes do meu encontro. O chupão seria uma das muitas coisas com que teria que lidar antes desta noite. Não me sentia pronta para encarar Will sem conversar mais uma vez com Declan.

Declan tinha me enviado mensagem dizendo que estava voltando para casa do trabalho e esperava me encontrar. Me perguntei se ele queria conversar sobre o que aconteceu entre nós na segunda-feira.

Superficialmente, aquele beijo pareceu como um simples gesto de despedida, uma oportunidade gratuita de se aproveitar da situação. Mas o *jeito* que ele me beijou me contou uma história diferente. Foi desesperado, cheio de paixão e diferente de qualquer beijo que já dei. E me deixou mais confusa do que já estava.

Pensei na conversa que tive com meu pai. Havia mais de uma forma de magoar alguém. Se eu fosse me comprometer com um homem, precisava ter certeza de que não pensaria em outro. Naquele instante, não via como dizer sim para Will poderia, automaticamente, desligar meus sentimentos por Declan. Como me sentiria se as mesas fossem viradas — se Will concordasse em ser meu namorado e, ainda assim, nutrisse sentimentos complicados por outra mulher? Eu detestaria.

Meus pensamentos foram interrompidos pelo som da porta da frente se abrindo. Fiquei no meu quarto, esperando que Declan viesse me encontrar.

Um minuto depois, pelo espelho, eu o vi parado na porta. No entanto, eu não estava esperando sua expressão melancólica.

Me virei para encará-lo.

— O que aconteceu, Declan?

Ele se jogou na cama, deitando de costas e esfregando o rosto.

— Não sei como dizer isso.

Meu coração parou conforme fui me sentar na beirada da cama.

— O que está havendo?

Minha mente se agitou. Será que ele vai me dizer que nutre sentimentos por mim? Nosso beijo mudou as coisas? Aconteceu alguma coisa com Julia? Porém, o que ele realmente disse foi bem pior.

— Tenho que ir embora de Chicago, Mollz.

— O quê? Aconteceu algum...

— Serei realocado para uma conta em Wisconsin. O cara que cuidava dela saiu da nossa empresa, e meu chefe precisa de alguém lá o mais rápido possível para assumir. Quer que seja eu ou a Julia, e me deixou decidir quem vai.

Ele ou a Julia?

Meu coração acelerou.

— Então por que *ela* não vai?

Ele fechou os olhos rapidamente.

— Julia mal consegue lidar com Chicago. Ela não faz nada além de reclamar do quanto sente falta da Califórnia. Esse projeto é no meio do nada. Tenho praticamente certeza de que esses dois meses a matariam.

— Você vai embora?

Ele assentiu.

— Sim. Preciso, Mollz. Mas é a última coisa que quero.

— Não acredito nisso. Sempre soube que seu tempo aqui era limitado, mas sinto que acabamos de ser roubados.

— Eu também. Fiquei muito triste o dia todo. Quando falei para Ken que eu iria, senti uma coisa horrível. — Ele se sentou, então ficou bem ao meu lado. — Mas acho que há um lado bom. Dependendo de quando as coisas terminarem lá, pode ser que eu volte para finalizar o projeto de Chicago antes de ter que voltar para a Califórnia.

Isso me deu um pouquinho de esperança.

— Então pode ser que você volte?

— Não sei como vai ser, mas é uma possibilidade, sim. Conversei com meu chefe sobre a empresa pagar meu aluguel aqui pelo resto do tempo que eu tinha me comprometido. Não queria que você ficasse sem. Ele concordou em me reembolsar por isso. — Declan colocou uma mecha de cabelo atrás da minha orelha. — Pode deixar meu quarto vazio? Assim, sei que terei um lugar para ficar quando voltar.

Ainda parecia surreal.

— Claro, Declan. Claro.

Ele balançou a cabeça conforme me encarou lá da minha colcha.

— Esse *timing* de merda... Literalmente, vou beijar e fugir.

Ele olhou para mim e deu um sorriso torto que fez meu coração doer. Então pegou minha mão. Foi um gesto inocente, mas me aqueceu inteira.

Olhei para nossas mãos dadas.

— Independente do quanto isso possa parecer confuso, Declan, você é um dos melhores amigos que já tive. Espero que não percamos contato, porque pensar nisso me deixa triste demais.

Ele apertou minha mão.

— Juro manter contato, Molly. Adoraria fazer isso.

— Você me ajudou durante um período muito difícil da minha vida. Sua amizade, seus cafés da manhã no jantar, seu sorriso... — Eu sorri. — Me sinto mais viva desde que se mudou para cá do que me sentia em anos.

Ele analisou meu rosto. Talvez isso fosse um pouco demais de admitir.

— Que droga — ele murmurou.

O quarto ficou em silêncio.

— Quando precisa ir? — perguntei.

— Ele me quer lá no início da próxima semana.

Fiz a conta. Eu estava de folga nos três dias seguintes, mas tinha que trabalhar de sábado até segunda. Isso significava que só tinha uns dois dias para vê-lo antes de ele partir.

Eu queria chorar.

— Falta pouquíssimo tempo.

Ele franziu o cenho.

— Eu sei.

— E quanto a você e Julia? Como vai ficar esse relacionamento?

Ele deu de ombros.

— Acho que no limbo... Mas não está longe do que já é. Acho que a distância será boa para nós. Estou feliz que não firmamos nenhum tipo de compromisso antes de isso acontecer.

Declan, com certeza, queria ficar livre para sair com quem quiser em Wisconsin. Pensar nisso me deixava enjoada, me lembrando, de novo, dos meus sentimentos por ele.

— Queria poder dizer "foda-se o emprego" e ficar. Realmente quero. Amo aqui, e nenhuma parte minha está pronta para ir embora. — Ele expirou. — Cheguei tão longe nessa empresa e, se não aceitasse isso, poderia parecer que não trabalho em equipe. Prejudicaria minhas chances de promoção.

— Entendo perfeitamente. Agora é a hora da sua vida de trabalhar duro para poder relaxar depois.

Ele soltou minha mão e voltou a se deitar, encarando o teto.

— Meu desejo de sucesso está profundamente enraizado. Meus pais são à moda antiga... particularmente, meu pai. Cresci ouvindo que precisava ser bem-sucedido porque sou homem, enquanto não ligavam de as minhas irmãs apenas se casarem e se acomodarem. A ironia é que todas são excelentes na carreira delas. Mas, mesmo assim, meu pai sempre colocou mais pressão em mim porque sou o único homem. Eu o decepcionei quando escolhi não fazer Direito como ele queria, então tenho tentado ao máximo mostrar-lhe que posso deixar minha marca em um mercado da minha própria escolha, não no que *ele* escolheu para mim.

— Seu pai é advogado?

— É. Nunca te contei?

— Não.

— É. Então ele queria que eu seguisse seus passos, mas nunca pareceu certo. Quando, enfim, decidi que ia fazer marketing, jurei que me provaria para ele, provaria que poderia conquistar meu próprio sucesso.

— Você fala tanto sobre suas irmãs, mas não fala muito sobre seus pais.

— É meio que um ponto sensível. Mas também o que me motiva.

— Entendi.

Ele olhou para mim e sorriu.

— Você tem um jeito que me faz querer compartilhar coisas que, normalmente, não falo. Vou sentir falta de conversar com você... pessoalmente. Juro que vamos continuar conversando.

— Vou cobrar isso.

Ele assentiu.

— Ainda vai sair com Will esta noite, certo?

Suspirei. Essa notícia de Declan ir embora jogou um balde de água fria nos meus planos de falar sobre meus sentimentos conflituosos com ele esta noite.

— Sim. É para eu encontrá-lo na casa dele.

— E vai aceitar a proposta?

Hesitei.

— Não sei.

— Tenho uma confissão... — ele disse.

— Certo...

Ele se sentou de novo para me encarar.

— Aquele beijo... Não me arrependo. Nem por um segundo. Mas foi uma babaquice fazê-lo. Você tinha acabado de me contar que havia tomado uma decisão da qual se sentia bem, e fui meio homem das cavernas, porque fiquei com ciúme.

Sorri e o deixei continuar.

— Não tinha o direito de brincar com você desse jeito. E sinto muito.

— Não me arrependo do beijo — falei imediatamente. — Talvez me arrependa de ter deixado você chupar meu pescoço tão forte, porque agora preciso usar esta camisa abotoada até em cima esta noite. Pareço uma freira. — Desabotoei os dois botões superiores e puxei o tecido para mostrar o chupão. — Sem ofensa com o comentário de freira.

— Não ofendeu. — Declan passou o dedo por minha pele. — Merda.

A ponta do seu dedo passando me fez arrepiar.

— Mas, caramba, gostei de ver isso em você. Desculpe não estar arrependido. É errado eu meio que querer que o dr. Otário o veja? — ele perguntou. — É como se eu tivesse feito lavagem cerebral em mim mesmo ao pensar que a competição que criamos entre mim e ele é verdadeira.

Se ao menos ele percebesse o quanto tinha sido *verdadeiro* para mim o tempo todo... Tudo que eu queria fazer esta noite era ficar com Declan, porque nosso tempo era muito limitado.

Quase tinha sugerido cancelar meu encontro quando Declan disse:

— Vá se divertir esta noite. Não deixe minha novidade sobre ir embora te chatear. Peça a coisa mais cara do cardápio. Fique meio alegre... mas não bêbada demais. E siga seu instinto, Molly. Se achar que não está pronta, não diga nada a ele esta noite. Não deve uma resposta a ninguém em nenhum momento.

— Foi o mesmo conselho que meu pai me deu. — Eu sorri.

— Bem, grandes mentes, então.

No fim, acabei não jantando com Will. Ele foi chamado para uma emergência no hospital e precisou cancelar de última hora. Foi um alívio — o que me fez questionar de novo meus sentimentos. Tinha voltado para casa e visto que Declan não estava, então usei o silêncio para pensar em mais umas coisas. Havia decidido que, em vez de realmente reavaliar como me sentia quanto a seguir em frente com Will, precisava que Declan fosse embora. Não era justo tomar uma decisão no momento quando só conseguia pensar na partida dele.

De qualquer forma, Will e eu havíamos remarcado nosso jantar e combinado um almoço naquela tarde. Iríamos nos encontrar em um lugar perto do meu apartamento, o que me fez sentir muito mais confortável do que o jantar na casa dele que planejamos originalmente. Até então, só havíamos dado alguns beijos nos encontros, mas a progressão natural de um relacionamento físico estava iminente, e não queria essa pressão antes de endireitar minha cabeça.

Era sexta de manhã. Declan estava no trabalho, mas tínhamos planejado ficar em casa naquela noite, já que era minha última noite de folga por uns dias. Ele partiria na segunda-feira.

Quando saí para a cozinha, vi um único M&M cor-de-rosa no balcão com um recado.

Molly, percebi que, antes de eu ir, provavelmente é melhor eu te devolver seus M&M's cor-de-rosa. Mas resolvi deixá-los pelo apartamento em lugares variados para que, quando eu não estiver, você pense em mim e sorria quando encontrá-los. Será como se eu ainda estivesse aqui. (Só que não.) Este é seu primeiro.

Espero que tenha um bom dia.

Te vejo à noite.

E SE FOSSE VERDADE?

CAPÍTULO VINTE E DOIS

DECLAN

— Sabe de uma coisa? Também vou levar este.

Apontei para um buquê de flores coloridas. Tinha parado em uma barraca de frutas a fim de comprar uns morangos para a sobremesa que planejava fazer para Molly.

A senhora que trabalhava lá sorriu.

— Boa escolha. Acabou de chegar. As cores são tão bonitas, não são?

— São. Normalmente, não sou um cara de flores.

A mulher fez tsc, tsc, tsc.

— Deve estar encrencado, então. O que você fez?

Dei risada.

— Não estou encrencado, não.

— Comprando-as sem nenhum motivo?

— É, acho que sim. Vou fazer um jantar para minha... amiga, e pensei que ficaria bonito na mesa.

Conforme ela me entregou as flores, deu uma piscadinha.

— Boa sorte com sua *amiga* esta noite.

A barraca de frutas foi a última de cinco paradas que fiz a caminho de casa. Já que naquela noite seria, provavelmente, a última vez que eu cozinharia para Molly, eu tinha resolvido sair cedo do trabalho e surpreendê-la ao fazer porções de petiscos de todos os seus pratos preferidos. Eu sabia que isso a faria sorrir, o que, em troca, me deixaria de bom humor. Era a primeira vez que eu tinha conseguido parar de pensar em ir embora de Chicago. Na verdade, estava tão animado andando de volta para casa que nem percebi que estava assobiando.

A mais ou menos um quarteirão do apartamento, estava parado na calçada esperando o sinal vermelho mudar. Enquanto eu assobiava a antiga música *Don't worry, be happy*, acabei olhando para o outro lado da rua, para o restaurante italiano de onde Molly e eu pedíamos comida às vezes. E meu assobio parou de repente.

Molly.

Ela estava dentro do restaurante, sentada a uma mesa bem diante da janela da frente. E não estava sozinha. *Will* estava sentado à sua frente. O semáforo que eu estava aguardando tinha ficado verde, e as pessoas à minha volta começaram a atravessar a rua. Mas eu não conseguia me mexer. Só fiquei ali parado encarando. Molly estava sorrindo — ela tinha um grande sorriso verdadeiro iluminando seu rosto lindo. O idiota à sua frente se inclinou e disse alguma coisa, e ela jogou a cabeça para trás, rindo.

Já viu um acidente de carro na rodovia? Você sabe que não deveria olhar, ainda assim, não consegue parar de encarar — mesmo quando o que você vê lhe causa dor no peito. É, não foi *nada* do que senti. Senti que era eu que tinha batido o maldito carro em uma árvore a mais de cento e vinte por hora. Senti um aperto no peito, e minha garganta se fechou, dificultando sugar ar para os meus pulmões.

Porra.

Porra!

Minha Molly. Com Will. E ela parecia... feliz. Por mais que eu quisesse aquilo para ela, era doloroso ver outro homem fazendo isso acontecer. Dois minutos atrás, eu estava levando para casa flores e assobiando, mas agora meu mundo inteiro desmoronou sobre mim. Não sou idiota — sabia que nutria sentimentos fortes por Molly. Mas agora percebi que sentia muito mais do que isso.

Havia me apaixonado por ela.

Chegou uma mensagem de texto enquanto eu dobrava outra calça jeans para colocar na mala.

Molly: Devo chegar em casa umas 7h30. Fui na casa do meu pai esta tarde para ver como ele está, e perdemos a noção do tempo. Quer que eu compre alguma coisa no caminho de volta?

Após ter chegado em casa mais cedo, tinha ficado sentado refletindo, tentando pensar no que fazer. Quase quatro horas depois, a decisão que tomei parecia meio radical, mas, lá no fundo, eu sabia que era a coisa certa... para nós dois.

Em vez de contar a Molly que eu tinha adiantado meu voo, escolhi esperar até ela chegar em casa. Não queria que ela voltasse apressada e tomasse tempo do seu pai.

Declan: Não, tudo bem. Aproveite o tempo com seu pai.

Uma hora mais tarde, eu estava fechando a última mala quando ouvi a porta da frente se abrir. Pretendia sair para a sala e recebê-la para que pudéssemos conversar antes de ela ver toda minha a bagagem, porém ela veio ao meu quarto antes de eu conseguir terminar.

— Ei, o que acha de a gente... — A voz de Molly sumiu, e sua testa se franziu conforme ela olhava para minhas malas na cama. — Já fez as malas?

— Sim.

Ela se aproximou de uma gaveta da cômoda vazia e aberta e a fechou antes de abrir a de baixo.

Vazia.

Silenciosamente, ela a fechou e foi para a última.

Vazia de novo.

— O que está havendo, Declan? Você não deixou nenhuma roupa do lado de fora.

Ela tinha feito a pergunta, porém sua expressão me dizia que já sabia a resposta.

Me sentei na cama e dei um tapinha ao meu lado.

— Venha se sentar.

Durante os meses que morei aqui, houve, provavelmente, uma meia dúzia de vezes em que deveria ter mentido para ela — tipo quando admiti que Julia e eu estávamos nos pegando ou, ainda melhor, quando contei que tinha sentimentos por ela. No entanto, na maioria das vezes, eu havia sido sincero. Então as palavras mentirosas que eu falava agora tinham um gosto mais amargo ao saírem da minha boca.

— Houve uma mudança de planos. O cara trabalhando com nosso cliente de Wisconsin teve uma emergência. Então meu chefe me disse que preciso chegar lá mais cedo.

Molly pareceu ficar em pânico.

— Quando?

Engoli em seco.

— Esta noite. Parto no último voo saindo de O'Hare, que sai alguns minutos antes das onze.

— Mas… mas… isso significa que precisa ir para o aeroporto às, tipo, oito e meia?

— Oito e quinze, na verdade. Um carro virá me buscar.

— Ah, meu Deus, Declan. Não! É muito rápido. Nem conseguimos ficar juntos.

Olhei para baixo e assenti.

— Eu sei. Desculpe.

Molly olhou para seu relógio.

— Por que não me ligou ou me mandou mensagem mais cedo? Teria vindo para casa em vez de visitar meu pai esta noite.

— Seu tempo com seu pai é importante. Não queria que se apressasse.

— Mas meu tempo *com você* também é importante.

Ela se esticou e segurou minha mão. Pareceu certo pra caramba, o que tornava o que eu estava fazendo ainda mais difícil.

Pigarreei.

— Por que não vamos para a cozinha? Fiz seu jantar e estou com a água fervendo. Deixe-me te alimentar uma última vez antes de ter que ir.

Molly e eu estávamos quietos conforme eu a levava para fora do quarto. Tinha mudado meus planos de petiscos para nhoque fresco, então eles só precisavam ferver por três a quatro minutos. A água já estava borbulhando, então aumentei o fogo para ferver antes de começar a aquecer o molho.

— Só vai demorar cinco minutos. Comprei o vinho que você gosta. Quer uma taça?

Molly sentou-se à mesa. Sua expressão estava taciturna, mas ela assentiu e tentou dar um sorriso, embora tenha falhado miseravelmente.

— Aqui está. — Coloquei uma taça do seu vinho preferido diante dela.

O clima no ambiente estava sombrio conforme eu aprontava o jantar. Servi dois pratos e os coloquei na mesa.

— Coma — tentei brincar. — Esta pode ser sua última refeição boa por um tempo, agora que vai cozinhar para si mesma.

Molly brincou com a massa com o garfo. E enfim, olhou para mim.

— O que ia fazer se eu não chegasse em casa?

— Como assim?

— Falei para você que ia chegar umas sete e meia. Mas e se meu trem tivesse ficado parado ou algo assim? Ia embora sem falar tchau?

Eu não tinha servido vinho para mim, mas mudei de ideia e enchi uma taça.

— Não sei. Mas você chegou. Então não importa muito, não é?

Molly me surpreendeu ao elevar a voz.

— Sim. Importa pra caramba!

Ergui as mãos.

— Certo... certo. Acho que teria te ligado para falar tchau, então?

Ela balançou a cabeça.

— Sério? Depois dos últimos meses, você simplesmente teria saído pela porta... sem nem me falar tchau pessoalmente?

Passei uma mão pelo cabelo e balancei a cabeça.

— Não sei, Molly. Não aconteceu isso, então não tenho certeza do que teria feito.

Molly empurrou a cadeira para trás, arranhando o chão conforme levantava.

— Sim, podemos ter certeza. Porque você acabou de me dizer que teria ido embora sem falar tchau! — Ela se virou e saiu pisando duro até seu quarto.

— Aonde você vai?

— Ficar sozinha. Já que não se importa de dar tchau para mim pessoalmente, não precisamos ficar juntos.

— Molly, espere!

Sua resposta foi bater a porta — tão forte que fez as paredes da sala chacoalharem. Fechei os olhos.

Porra.

Fiquei sentado na cozinha por uns minutos. Mas então vi a hora no micro-ondas e uma onda de pânico me tomou. *Dezenove minutos.* Eu tinha malditos dezenove minutos com Molly e, independente de ela estar brava ou não, não havia como eu passar esse tempo sozinho. Então fui até seu quarto, bati gentilmente e aguardei.

Sem resposta.

Então bati uma segunda vez e abri um pouco a porta.

— Moll...

— Vá embora.

A mágoa em sua voz era palpável.

— Vou entrar.

Dei dez segundos a ela para me impedir, mas, quando não o fez, abri o restante da porta.

Porra.

Ela estava chorando.

Fechei os olhos e engoli em seco antes de me aproximar da cama e me sentar ao seu lado.

— Molly, sinto muito mesmo. Não quis te deixar chateada. Eu só... Não faço ideia de como fazer isto. Não sei como falar tchau para você. Nesses últimos meses, você se tornou uma parte tão importante da minha vida.

Seus ombros começaram a chacoalhar alguns segundos antes de vir o som.

— Venha aqui... — Virei-a e a abracei. Acariciando seu cabelo, falei baixinho. — Não chore, querida. Por favor, não chore.

— Vou sentir tanta saudade de você.

— Eu sei. E eu vou sentir saudade de você. — Segurei seu rosto, secando as lágrimas em suas bochechas. — Posso estar indo embora, mas vou deixar um pedaço meu para trás, Molly. — Olhei diretamente nos seus olhos. — E vou levar um pedaço seu comigo. Sempre vamos ter isso. Não estaremos fisicamente no mesmo lugar, mas isso não muda o quanto gosto de você.

Molly fungou.

— Vamos conversar todos os dias?

Eu sorri.

— O dr. Otário, provavelmente, vai odiar isso. Então com certeza.

Ela deu risada por entre as lágrimas. Tudo que eu queria fazer era beijar seu rosto lindo, vermelho e inchado, mas sabia que isso iria dificultar as coisas.

— Sério, Molly. — Peguei suas mãos e entrelacei nossos dedos. — Obrigado pelos últimos meses. Não sei como você fez, mas sinto que me mudou como pessoa.

Molly assentiu.

— Sei o que quer dizer. Me sinto igual.

Antes de podermos dizer mais alguma coisa, meu celular tocou no bolso. Queria ignorá-lo, mas tive a sensação de que poderia ser o motorista, então, de má vontade, soltei suas mãos e o peguei.

Franzi o cenho ao ler a mensagem.

— Meu carro chegou. Está alguns minutos adiantado. Não há lugar para estacionar, então ele vai dar a volta no quarteirão até eu descer.

Lágrimas novas começaram a encher os olhos de Molly. Coloquei uma mecha de cabelo atrás da orelha dela.

— Não chore mais, linda. Nem vamos nos despedir. Vou voltar em uns dois meses, lembra? Então é mais um *Até mais*.

Embora fosse verdade que eu poderia voltar, as coisas não seriam as mesmas. Ela teria passado bastante tempo se aproximando de Will e... bem, provavelmente, isso seria o fim de quem ela e eu éramos um para o outro naquele momento.

Beijei sua testa.

— Te vejo em breve, Mollz.

Fiquei super orgulhoso dela por não chorar de novo conforme me acompanhou até a porta. Dei um último abraço nela e puxei minhas malas de rodinha.

— Cuide-se, querida.

Precisei de toda a minha força de vontade para colocar um pé à frente do outro e me afastar. Meu coração queria muito ficar. Mas, de alguma forma, consegui entrar no carro que me aguardava. Lá dentro, encarei à frente, apesar de sentir os olhos de Molly em mim da janela. Sabia que ela estava esperando que eu olhasse para lá. Mas não consegui fazer isso com ela. Só dificultaria ainda mais se ela visse as lágrimas no meu rosto. Então olhei para baixo.

Adeus, Molly.

CAPÍTULO VINTE E TRÊS

MOLLY

Uma semana depois, meu pai foi para o hospital fazer uma tomografia. Era meu dia de folga, então fui com ele. Queria passar o máximo de tempo que podia com ele, assim como queria dar a Kayla um tempo para ela fazer suas tarefas. Ela esteve ao lado dele quase todo minuto desde o diagnóstico.

Eles tinham levado meu pai há alguns minutos, então eu estava sentada na sala de espera vazia sozinha. Enquanto folheava uma revista, Will chegou, com um café em cada mão.

— Oi — eu disse. — Pensei que não estivesse trabalhando hoje.

— Não estou. Vim te fazer companhia.

Ele se inclinou e beijou minha bochecha antes de se sentar no lugar vago ao meu lado.

— Veio? Obrigada. É muito gentil.

Ele estendeu uma mão com um dos copos de isopor, então puxou de volta e trocou.

— Na verdade, este é o seu. É preto. O meu tem creme e açúcar.

Seu cuidado me fez sentir culpada. Eu o tinha praticamente evitado ao longo da última semana, desde que Declan foi embora. Não estava a fim de passar tempo com outro homem. Na verdade, tinha feito um esforço para sair da cama na maioria dos dias, então, fingir estar feliz era mais do que eu poderia suportar.

Will tirou a tampa de plástico do seu copo.

— Como está seu pai?

Suspirei.

— Ele perdeu bastante peso, e sua pele está pálida. Mas está se esforçando ao máximo para ficar de bom humor.

Will assentiu e pegou minha mão. O gesto foi fofo, mas também me lembrou do quanto Declan apertou minha mão na última noite antes de partir. Isso me fez sentir ainda mais culpada. Estava sentada ao lado de um homem que tentava muito estar ali para mim, ainda assim, eu estava pensando em outra pessoa.

— Espero que não se importe de eu falar isso, mas também parece que você perdeu um pouco de peso — ele disse. — Já ouvi você dizer a mais de um recém-pai que é importante cuidar dos cuidadores. Gostaria de fazer isso por você, Molly. Não precisa carregar isso tudo sozinha.

Deus, sou uma pessoa horrível.

O cara que era para eu estar namorando tinha se oferecido para cuidar de mim, porque eu estava triste. E parte do motivo pelo qual estava triste era por causa de outro homem.

Apertei a mão de Will.

— Obrigada. Significa muito para mim.

Na meia hora seguinte, nossa conversa mudou para tópicos mais leves. Conversamos sobre trabalho, quem estava secretamente dormindo com quem, e Will me manteve entretida, me contando todas as coisas bizarras que ele tinha visto desenhadas na depilação da região íntima das mulheres ao longo dos anos.

— Alguém realmente depilou a logo da Chanel lá embaixo?

— Como eu poderia inventar essa merda?

Dei risada e percebi que era a primeira vez que fazia isso em uma semana. Mas então meu celular tocou, e meu sorriso esmoreceu. O nome de Declan apareceu na tela. E não fui a única que notou.

Will me olhou e bebeu seu café.

— Não vai atender?

Balancei a cabeça.

— Vou retornar mais tarde. Ele sabia que meu pai tinha uma consulta, então, provavelmente, está ligando para ver como foram as coisas.

Will assentiu, mas não falou nada.

Como eu estive evitando-o, ele não sabia que Declan havia ido embora. Imaginei que seria um bom momento para atualizá-lo.

— Ele se mudou para Wisconsin — eu disse.

Will ergueu as sobrancelhas.

— Declan se mudou?

Assenti.

— Ele teve uma mudança no projeto do seu trabalho.

— É uma mudança permanente?

— Não. Mas, na verdade, Declan mora na Califórnia. Pode ser que ele volte por umas semanas depois que finalizar em Wisconsin, porém vai para casa para Newport Beach para sempre.

— Não sabia que ele não morava aqui.

Claro. Já que tinha usado Declan para deixar Will com ciúme, eu não havia mencionado esse detalhe.

— É. Ele nunca esteve aqui permanentemente.

Will bebeu mais um pouco do seu café em silêncio. Na vez seguinte em que falou, se mexeu no assento a fim de me olhar.

— Como se sente quanto a isso?

— Quanto a Declan ter ido embora?

Ele assentiu.

Meu relacionamento com Will havia começado com uma mentira — Declan e eu fingindo sermos um casal. Se tivéssemos uma verdadeira chance de as coisas darem certo, precisava ser sincera. Então fui, mesmo que não fosse o que ele queria ouvir.

— Estou triste por ele ter partido. Tínhamos ficado próximos. Mas é um bom amigo e queremos manter contato. — Pausei. — Isso vai te deixar chateado?

Will olhou nos meus olhos.

— É só o que são agora? Apenas amigos?

Independente do meu coração querer mais ou não, era isso que éramos agora. Então assenti.

Will balançou a cabeça.

— Então, não, não vou deixar que isso me chateie. Estaria mentindo se dissesse que não fiquei com um pouco de ciúme do seu relacionamento com ele. Mas, se você diz que são apenas amigos, tudo bem para mim. Agora você precisa de todos os seus amigos para te apoiarem, mesmo que um acabe sendo bonito demais para o meu gosto.

Eu sorri.

— Obrigada por sua compreensão, Will.

Ele apertou minha mão.

— Só se lembre de que eu também posso te apoiar. Tudo que tem que fazer é deixar.

CAPÍTULO VINTE E QUATRO

MOLLY

Abri o pote de Advil e saiu um M&M cor-de-rosa. Não dava para contar quantas vezes tinha me deparado com o chocolate por todo o apartamento. Sempre pensava em Declan e sorria quando acontecia; ele tinha razão.

Partira há um mês, e eu ainda sentia falta dele. Muita. A única diferença entre agora e a época logo após ele partir era que agora eu estava me obrigando a seguir em frente — passar tempo com Will e permitir que ele fosse presente de todas as formas. Não conseguira fazer isso com Declan por perto.

Coloquei o M&M cor-de-rosa na boca antes de pegar água para tomar dois comprimidos de verdade. Então enviei mensagem para Declan.

> **Molly: Encontrei o que você deixou no frasco de Advil. Me fez sorrir :)**

Ele respondeu com uma foto de si mesmo se preparando para dar uma mordida em um pedaço enorme de queijo.

> **Declan: Diga cheese[2].**
>
> **Molly: E em Wisconsin…**
>
> **Declan: Está se sentindo bem?**
>
> **Molly: Sim. Por que pergunta?**
>
> **Declan: O Advil?**

Oh. Dãã.

---

2   Queijo, em inglês. (N.E.)

Molly: Só uma dor de cabeça. Dia estressante.

Uns segundos mais tarde, meu celular tocou.

Atendi.

— Oi.

— Está tudo bem? — Declan soou preocupado.

— Está. Nada de terrível. Acabei de visitar meu pai. Ele não estava se sentindo bem, mas, pelo menos, não teve que ser internado. Agora preciso ir trabalhar esta noite, e é a última coisa que quero fazer. Estou muito cansada, mas vou entrar no chuveiro e me obrigar a ir.

— Você nunca falta, não é?

— Não. Me sinto culpada por deixar meus colegas de trabalho na mão de última hora.

— Aposto que eles fazem isso com você o tempo todo.

Demorei um pouco refletindo sobre isso.

— Tem razão. Acontece bem mais do que deveria.

— Já passou da hora de você fazer o mesmo. Acho que deveria faltar e apenas descansar esta noite.

Mordi o lábio inferior.

— Não sei se conseguiria fazer isso.

— Consegue, sim. E assim declaro hoje o Dia Nacional do Foda-se. Acho que deveria ser comemorado, no mínimo, uma vez por ano.

Dei risada.

— E no que esse *feriado* consiste?

— No que você quiser. Essa é a beleza dele. Então tire a noite de folga. Se dê um descanso. Sério, quando foi a última vez que faltou ao trabalho?

— Nunca.

— Está brincando? Nunca? Sequer uma vez?

— Literalmente nunca. Não faltei ao trabalho em toda a minha vida... Nem por causa de doença nem qualquer outra coisa.

— Molly. Porra. É a hora. Deve isso a si mesma. Faça isso. Ligue para o hospital. Faça agora e me ligue de volta.

— Está falando sério?

— Sim. Bem sério. Sei que será difícil para você, mas é um bom exercício de se colocar em primeiro lugar. Às vezes, é necessário. Aquele terapeuta que você consultou não queria que você fosse menos rígida? Este é o exercício perfeito para isso. Agora, vá fazer a ligação, então tome um banho bom e quente para relaxar. Me ligue de volta depois. Preciso saber que realmente o fez.

Inspirei fundo e expirei. Não acreditava que estava pensando em fazer isso. Se Declan não estivesse insistindo, nunca teria pensado em fazê-lo.

— Certo. — Expirei. — Ok. Vou ligar lá agora.

— Boa garota. Falo com você daqui a pouco.

Após desligarmos, encarei o celular por um tempo, tendo um debate interno. Mas, depois, cheguei à conclusão de que, quanto mais eu debatia, menos tempo eu daria para os meus colegas, e isso era ruim. Então me obriguei a fazer a ligação.

Minha mão tremeu conforme ligava. Quando minha colega de trabalho, Nancy, atendeu na enfermaria, forcei que não estava me sentindo bem e não iria trabalhar naquela noite. Mentir fez meu peito doer. Ela pareceu solidária e falou que eu devia estar *muito* doente se ia faltar, porque eu nunca tinha feito isso. Não respondi nada, porque não conseguia mentir mais do que já estava mentindo. Só agradeci e desliguei. No entanto, depois, me senti... um pouco aliviada.

Tomei o banho demorado e quente que Declan tinha sugerido. Provavelmente, não precisava do banho agora que eu não ia trabalhar, mas ele tinha razão. Me fez relaxar mesmo e, quando saí, não me sentia mais tão culpada quanto antes.

Após me secar, liguei de volta para Declan.

Ele respondeu:

— Já perdemos nosso emprego?

— Já. Ou, pelo menos, estamos tentando. Pronto. Foi bem desconfortável para mim, mas me sinto bem melhor desde que tomei banho.

— Uhuul! Bem-vinda ao lado negro da força.

Dei risada, enrolando uma mecha de cabelo molhado.

— E agora?

— Você tem a noite inteira de folga. As possibilidades são infinitas.

Eu sabia que Will ia trabalhar no hospital esta noite. Provavelmente, ele me enviaria mensagem assim que percebesse que eu não tinha ido para ver se eu estava bem. Será que mentiria para ele também? Acho que eu poderia ser sincera e contar que não estava realmente doente, só precisava de um descanso mental. Essa *era* a verdade.

Alguém bateu à porta.

— Espere. Tem alguém na porta.

Quando abri, encontrei um entregador parado ali.

— Entrega para Molly.

Estreitei os olhos.

— Não encomendei nada.

— Eu encomendei — Declan disse no meu ouvido.

Fiquei boquiaberta.

— Declan, você fez o quê? — Peguei a sacola do homem e corri para minha carteira, mas ele ergueu a mão.

— Já deram gorjeta. — Ele assentiu. — Tenha uma ótima noite. Aproveite.

O cheiro de marinara preencheu o ar. Eu conhecia aquele cheiro. Era comida do meu restaurante italiano preferido do fim da rua.

— Como fez isso? Eu nem sabia que o Nonna's fazia entregas.

— Liguei enquanto você estava no banho. E... bem, eles entregam se a filha do proprietário tiver uma queda por você.

— Ah. — Senti uma pontada de ciúme e balancei a cabeça para afastá-lo.

— Eu sabia que você ia ficar sentada por horas pensando no que comer. Então facilitei. Não é meu nhoque, mas vai ter que servir. Além do mais, não consegui encontrar nenhum lugar que entregasse rápido o suficiente café da manhã para jantar.

— Estou muito mimada com sua rabanada, de qualquer forma. Ninguém conseguiria superá-la. — Suspirei quando abri a sacola e tirei as embalagens de alumínio. Além do nhoque, ele tinha pedido um cheesecake. — Declan, sério, foi muita gentileza da sua parte. Nem consigo...

— Certo, então o jantar está resolvido. O Dia do Foda-se está a todo vapor. Agora temos que pensar no resto da sua noite. — Ele pausou. — Presumo que queira ficar sozinha se não está se sentindo bem.

Ele pode ter imaginado se o homem com quem eu estava saindo viria para a minha casa. Declan nunca perguntou como estavam as coisas com Will, então nunca contei. Isso o incomodava? Havia coisas que eu também evitava perguntar — tipo se ele havia conhecido alguém ou transado desde que chegara em Wisconsin. Talvez ele estivesse indiferente comigo porque não queria dizer o que estava havendo com *ele*.

— Will vai trabalhar esta noite — revelei.

— Ah. Que bom. Certo. Bem, também não posso estar aí para te fazer companhia, claro, mas ainda posso manter uma conversa atraente durante o jantar.

Eu sorri.

— Perfeito.

Declan ficou no telefone comigo por mais de uma hora enquanto eu comia o jantar delicioso que ele tinha encomendado. Apesar de conversarmos rapidamente algumas vezes por semana desde que ele foi embora, eu não passava esse período todo com ele há muito tempo. E isso me fez sentir muita falta dele.

Após desligarmos, eu estava a caminho do meu quarto quando dei uma voltinha, então entrei no quarto de Declan e me deitei na sua cama vazia. Para minha surpresa, embora ele estivesse fora há um mês, seus lençóis ainda tinham o seu perfume. Abracei seu travesseiro e dormi, me sentindo descansada e realmente cuidada.

No fim daquela semana, Will veio ao meu apartamento pela primeira vez. Alguém pensaria que, em todas as semanas que estávamos saindo, ele teria vindo, no mínimo, uma vez. No entanto, eu nunca sugerira isso enquanto Declan morava comigo, e tinha feito um bom trabalho de evitar a situação como uma praga. Então, já havia passado bastante da hora de ele vir.

Quando abri a porta, Will estava muito lindo e segurava um buquê enorme de flores. Ele o entregou para mim e me puxou para um abraço.

— Oi, linda. Como você está?

Senti o cheiro do arranjo de lírios e hortênsias.

— Estou bem. Muito obrigada por isto.

— Bem, é uma ocasião muito importante: finalmente consegui ver seu apartamento. — Ele olhou em volta. — Lugar legal.

— Obrigada. — Fui até a pia e peguei um vaso no armário debaixo dela.

Will se apoiou no balcão conforme eu arrumava as flores.

— Você falou que a pessoa que morava com você foi embora recentemente, certo?

Engoli o nó na minha garganta. Obviamente, Will nunca soube que meu colega de casa misterioso e Declan eram a mesma pessoa. Detestava mentir para ele, porém não poderia arriscar admitir tudo agora.

— Sim... Foi, e agora preciso encontrar outra pessoa. Mas pagou o aluguel até o fim do seu contrato original, então ainda tenho alguns meses para ter que encontrar alguém.

— Bem, vai ser um bom descanso de ter que dividir seu espaço — Will disse conforme continuava a observar o lugar.

— Com certeza prefiro morar sozinha, mas minhas finanças exigem que eu tenha um colega de casa.

Will abriu um sorriso solidário.

— Entendi. É caro morar na cidade, e este é um bom apartamento em um bairro ótimo. Antes de eu pagar meus empréstimos estudantis, também sempre precisava ter colegas de casa. — Ele sorriu. — De qualquer forma, estou feliz que tenha você inteira para mim esta noite.

Ele se esticou para me puxar para perto.

— Venha aqui.

Pensei que ele fosse me beijar, mas, em vez disso, me virou e colocou as mãos nos meus ombros.

— O que vai fazer?

— Você parece tensa. Quero ajudar. — Ele começou a me massagear.

Fechei os olhos e aproveitei a sensação das suas mãos fortes no meu pescoço e, então, nas minhas costas. Pensei no quanto eu era sortuda em ter essas mãos em mim; elas traziam vida ao mundo quase todos os dias, e agora estavam descansando disso só para me fazer sentir bem.

— Sabe o que é uma droga? — ele perguntou conforme continuou a massagear meus ombros.

— O quê?

— Queria muito saber cozinhar. Tenho vontade de fazer o jantar para você esta noite... de cuidar de você... mas não sei cozinhar nem para sobreviver.

Ele baixou as mãos e circulou meus nódulos da lombar.

Era bom pra caramba. Fechei os olhos de novo.

— Você já tem muitas qualidades. Se, além de todo o resto, fosse um grande cozinheiro, isso o tornaria quase bom demais para ser verdade.

Ele deu risada

— Não sei, não.

— Eu sei.

— Tenho uma ideia — ele disse, me virando para me abraçar. — O que acha de pedirmos comida daquele ótimo restaurante italiano do fim da rua, e vou fingir que fiz? Vou servir para você.

Meu rosto ficou momentaneamente quente. Comida do Nonna's me lembrava do meu jantar remoto com Declan. Não sabia por que me sentia culpada, mas me sentia. Porém, era bobeira. Eu precisava aproveitar o momento.

— Acho que é incrível — respondi finalmente.

Quando Will saiu para buscar a comida, usei o banheiro e retoquei minha maquiagem. Coloquei uma das músicas de jazz preferidas de Will e, conforme os minutos passaram, comecei a me sentir empolgada com seu retorno.

Quando ele voltou, serviu nossa comida, insistindo que eu o deixasse me servir enquanto eu ficava sentada à mesa.

— Por que está sendo tão gentil comigo esta noite? — perguntei.

— Porque sei que está sob muito estresse, e quero fazer você esquecer disso — ele disse conforme usava pegadores para servir o linguini. — Trabalho muito e nem sempre nossas agendas batem, então preciso aproveitar qualquer oportunidade que tenha para te mostrar o quanto está começando a significar mais para mim.

Isso me deixou quente por dentro.

— Você também está começando a significar bastante para mim.

Will trouxe nossos pratos até a mesa.

— Vinho com o jantar, certo?

— Adoraria um pouco. — Me levantei. — Posso abrir.

Ele ergueu a mão.

— Não, eu estou te servindo, lembra? Pode deixar.

Ele foi até o balcão e pegou duas garrafas de vinho que tinha trazido em um saco de papel.

— Não sabia se você estaria no clima para tinto ou branco. Então comprei um sauvignon blanc e um cabernet.

— Branco está ótimo.

— Pode deixar. — Ele deu uma piscadinha.

— O abridor está na segunda gaveta à esquerda. — Apontei.

Will achou-o e pegou duas das minhas melhores taças de vinho. Eram essas que eu reservava para convidados, então acho que era adequado usá-las naquela noite.

— Huh — ele disse, analisando a taça.

— O que foi?

— Há um M&M cor-de-rosa em uma dessas taças.

Meu coração apertou. Declan tinha aparecido para dizer oi — ou talvez *vá se foder* para Will. Provavelmente, nessa noite, tinha passado o maior tempo sem pensar nele.

Will colocou o M&M na boca e o comeu. Pareceu errado, simbólico de certa forma, como se ele estivesse comendo o que sobrou dos meus sentimentos por outro homem.

Ele se aproximou com as duas taças de vinho.

— Aqui está, linda.

— Obrigada. — Dei um gole grande.

Ouvimos jazz enquanto devorávamos a comida deliciosa. Como sempre, conversamos bastante sobre o trabalho durante o jantar.

Depois, Will encheu novamente nossas taças de vinho antes de irmos para o sofá. Foi relaxante simplesmente ficar sentada com ele e ouvir música sem ter muito a dizer.

— Posso confessar uma coisa? — perguntei, olhando para seu rosto lindo.

Ele segurou minha mão.

— Claro.

— Eu costumava ter uma queda gigante por você... antes de começarmos a sair.

Will sorriu e apertou minha mão.

— Adoro isso.

— Era, principalmente, baseada em seus olhares e na minha admiração por como você lida com suas pacientes. Mas minha impressão de você não é nada comparada à realidade. Você é um bom médico, mas, mais do que isso, é um ótimo homem, Will.

— Bem, está vendo? Agora tenho que te beijar. — Ele se inclinou e juntou minha boca à dele.

O gosto de vinho imediatamente se destacou quando nossas línguas dançaram. Will beijava de forma incrível. Quando, enfim, consegui me afastar dele, passei a mão nos meus lábios inchados.

Ele colocou sua taça de vinho na mesinha e me puxou para descansar a cabeça no seu peito, beijando o topo dela.

— Me diga o que está pensando.

Minha voz estava abafada conforme falei em seu peito.

— Não sei... Estou empolgada. Acho que empolgada pelo futuro, mas também com medo dos próximos meses em relação ao meu pai.

Ele esfregou o meu braço.

— Acho que precisa de algo para te motivar.

Olhei para ele.

— Como assim?

— Vamos fazer um pacto. Se as coisas estiverem indo bem entre nós em seis meses, vamos tirar nossas férias ao mesmo tempo e ir para algum lugar incrível.

Ele quer viajar comigo?

— Não consigo lembrar da última vez que tirei férias — eu disse.

— Faz uns dois anos para mim.

Me senti animada.

— Para onde iria querer ir?

Um sorriso passou por seu rosto.

— Estou pensando... no Havaí. O que me diz?

Havaí?

Havaí com Will parecia um sonho. Mas havia um probleminha não tão pequeno. Não sabia se eu conseguiria pagar.

Como se ele conseguisse ler minha mente, disse:

— Eu pagaria, claro.

Balancei a cabeça.

— Não precisa fazer isso. Posso economizar para a viagem. Eu...

— Eu quero. Isso não está aberto a discussão. Se não posso gastar dinheiro com quem gosto, com quem vou gastar? Será uma viagem épica, e não quero que se preocupe com o aspecto financeiro. Só quero que a gente se divirta.

Fiquei indignada.

— Bem, nem sei o que dizer.

Ele ergueu a sobrancelha.

— Diga que vai viajar.

— Sim! — Me sentei para abraçá-lo. — Sim, claro que vou... Presumindo que a situação com meu pai permita.

— Não quero te estressar com isso também. Se comprarmos as passagens, vou pagar um seguro no caso de termos que mudar os planos.

Maravilha. Will parecia firme na parte de compromisso naquela noite, e senti que tinha ganhado na loteria.

E SE FOSSE VERDADE?

CAPÍTULO VINTE E CINCO

DECLAN

Eu não sabia muito bem o que fazer sozinho.

Era quinta à noite, e eu só precisava voltar ao trabalho na terça de manhã. O Dia do Trabalho era, tipicamente, um fim de semana de três dias, mas a Border's Dairy também tinha fechado na sexta-feira para dar um presente aos seus funcionários, já que tinham fechado um ano de recorde de lucros. Claro que eu conseguiria passar por isso, como fiz na maioria dos fins de semana, mas, na última semana ou mais, estive bem para baixo, e pensei que, talvez, devesse sair para mudar de ambiente. Uma mulher da contabilidade havia me convidado para ir a um lago com ela e seus amigos. Ela parecia legal e era bem bonita, mas a última coisa de que eu precisava era me envolver com uma terceira mulher.

Julia e eu havíamos mantido contato, e ela insistia que eu voltasse para Chicago para o fim de semana prolongado. Ela até tinha ido bem longe dizendo que *faria valer a pena meu tempo*, o que deveria ter me feito agarrar a oportunidade, já que fazia uma eternidade desde que tinha transado. Ainda assim, fiz o completo oposto. O tempo longe de Julia me fez perceber que não tínhamos um futuro a longo prazo. Não pensava nela o tempo todo como deveria — diferente da *outra mulher* da minha vida em quem eu *não* deveria estar pensando, mas, ainda assim, consumia meus pensamentos diários.

Molly.

Seis semanas longe dela me fizeram perceber que o que eu sentia não era brincadeira. Eu sempre fui uma pessoa planejada — capaz de ver onde eu queria estar em seis meses, um ano, até em cinco anos. Mas, desde que tinha saído de Chicago, não conseguia pensar em para onde ir no maldito fim de semana. Não conseguia mais imaginar onde queria estar em seis meses, porque era doloroso demais imaginar onde quer que fosse sem Molly comigo.

Em vez de ficar sentado no meu quarto de hotel e me lamentar, resolvi dar uma caminhada. Havia um bar a algumas quadras dali. Talvez entrasse e comprasse uma cerveja. *Spotted Cow* parecera um bar de velhos por fora, mas, por dentro, estava cheio de mulheres. Na verdade, conforme eu procurava um banquinho vazio no canto do bar, percebi que era praticamente o *único* homem ali.

A bartender, provavelmente, tinha seus sessenta e poucos anos. Ela tinha cabelo vermelho e os olhos mais verdes que eu já vira. Ela colocou um guardanapo diante de mim.

— Você não é daqui, é?

Eu ainda não tinha falado uma só palavra, então sua conclusão não foi baseada no meu sotaque. Balancei a cabeça.

— Não sou. Mas como sabia disso?

Ela deu risada e ergueu a mão.

— Palpite de sorte. Meu nome é Belinda. O que posso fazer por você, caubói?

Balancei a cabeça.

— Vou querer uma cerveja... Stella, se tiver. E sou o Declan.

— Certo, Declan. Me dê um minuto.

Quando ela voltou com a cerveja, deslizou-a e apoiou os cotovelos no balcão.

— Estava procurando companhia para a noite?

Franzi as sobrancelhas. Ela estava *me fazendo uma proposta*? Era isso que esse lugar era? Por que estava cheio de mulheres?

— Humm... na verdade, não. Estou trabalhando na região. Precisava sair do meu quarto de hotel. Acho que só pensei em beber alguma coisa.

Belinda assentiu.

— Ok, então. Só não queria que ficasse decepcionado se estivesse procurando encontrar alguém. — Ela ergueu o queixo na direção da porta. — Não me entenda mal, você é bem-vindo aqui. Mas o bar do outro lado da rua pode ser mais o tipo que você está esperando.

Olhei em volta, confuso. Havia duas mulheres por perto, e uma esfregava o braço da outra. Olhei mais um pouco em volta, e havia um monte de mulheres bem perto umas das outras. Semicerrando os olhos, vi duas se pegando no canto.

Oh, merda.

Belinda me observou analisar tudo. Dei risada, balançando a cabeça ao dar um gole na cerveja gelada.

— E aqui estava eu pensando que você queria me arranjar companhia.

— Como assim?

— Você me perguntou se eu estava procurando companhia.

Belinda jogou a cabeça para trás, rindo.

— Querido, você não tem dinheiro suficiente no mundo para levar uma dessas mulheres para casa esta noite.

Eu sorri.

— Por mim, tudo bem. Tenho problemas suficientes com mulher.

Ela balançou a cabeça.

— Não temos todos, querido?

Uma mulher sentada a alguns bancos ergueu a mão, então Belinda se retirou. Voltou quinze minutos mais tarde e trocou minha Stella vazia por uma cheia.

Debruçando-se no balcão, ela disse:

— Ok. Então desembuche.

— O quê?

— Seus problemas com mulher.

Eu sorri.

— Obrigado, mas está tudo bem.

— Ouça, querido, passei minha vida lidando com mulheres... Morei com meia dúzia que amei e tenho este bar há três décadas. Também tenho vinte anos a mais do que você. — Ela deu uma piscadinha. — Então, acredite em mim quando digo que você não tem um problema pelo qual não passei. Obviamente, não está procurando ter sorte, caso contrário, teria saído depois de perceber que não ia conseguir nada aqui. Então acho que está tomando umas e buscando clarear a mente. Mas o álcool não lhe dá isso. — Ela se endireitou e deu um tapinha no peito. — Uma bartender dá.

— É muito gentil da sua parte. Mas estou bem... de verdade. Meu problema não tem solução, então não quero perder seu tempo.

— Todo problema tem solução. Às vezes, só precisamos tirar o olho do próprio umbigo para enxergar a resposta.

Dei risada.

— Você não enrola, não é, Belinda?

— Não. Então vamos ouvir. No que está pensando?

Imaginei que não havia mal em conversar com Belinda. Ela não conhecia Molly nem Julia. Então respirei fundo e tentei pensar por onde começar.

— Alguns meses atrás, tinha uma queda por uma mulher com quem trabalhava. Seu nome é Julia. Estávamos em um projeto, morando em Chicago por seis meses. Eu estava dividindo um apartamento com Molly, que tinha uma queda por um cara do seu trabalho, Will. Tive a brilhante ideia de eu e Molly deixarmos Julia e Will com ciúme ao fingirmos que estávamos saindo.

— Oh, cara, isso já me cheira a confusão.

Sorri.

— Resumindo, consegui a garota que queria. Molly conseguiu o cara que queria. Mas então percebi que não queria a garota que tinha. Queria Molly.

— Então você é desses, hein? Do tipo que só quer o que não pode ter?

Franzi o cenho.

— Sinceramente, adoraria dizer que está enganada, mas acho que isso foi parte do que me atraiu em Julia originalmente. Ela era linda e não estava disponível, e talvez esse fosse um desafio que eu queria. Isso me torna um idiota completo?

Ela assentiu.

— Basicamente.

Dei risada.

— Valeu. De qualquer forma, não é assim com Molly. Molly é... — Não havia uma forma simples de descrever o que ela significava para mim. Mas, em certo momento, olhei para Belinda e confessei. — ... Tudo. Molly é tudo.

Belinda sorriu carinhosamente.

— É, eu tive uma dessas uma vez.

Dei um gole na cerveja.

— O que houve com ela?

— Faleceu há doze anos. Em um acidente de carro. — Desviou o olhar por um instante. — Ainda penso nela todos os dias.

— Sinto muito.

Belinda pigarreou.

— Obrigada. Então, essa Molly ama esse tal de Will?

Dei de ombros.

— Não sei.

— Mas o escolheu em vez de escolher você?

— Na verdade, não foi uma coisa do tipo escolha-um-em-vez-do-outro. Ela sabe que moro do outro lado do país, mas, mais do que isso, nunca realmente dei a ela a chance de me escolher, porque nunca lhe contei como me sinto. Acho que não consigo dar o que ela merece.

Belinda franziu a testa.

— Você não tem pau ou algo assim?

Dei risada.

— Não, estou bem nesse departamento. Só quero dizer que... Molly é especial. E eu... — Balancei a cabeça. — Não sou confiável como Will. Ele é médico, mora em Chicago com ela e é equilibrado. Ela merece alguém estável.

— Você troca muito de emprego ou algo parecido?

— Não. Estou na mesma empresa há cinco anos.

— Então, por que não consegue ser estável como esse tal de Will?

— É... complicado.

— Não brinca! A vida sempre é. É por isso que aqueles que perseveram colhem as recompensas. Sabe o que as pessoas que vão pelo caminho fácil e não superam seus problemas têm?

— O quê?

— Elas têm o que merecem.

Suspirei.

— É.

— Então o que realmente está havendo, Declan? Parece que você tem um bom emprego, e diz que seu pau trabalha bem o bastante, então qual parte de você não é confiável?

Fiquei quieto por bastante tempo. Belinda esperou pacientemente, me observando. Poderia ter colocado uns vinte dólares no bar e saído. Mas ia ter que admitir para alguém o que eu temia. Então por que não para Belinda? Matando o resto da minha cerveja, soltei uma respiração irregular.

— Minha mãe é bipolar.

— Certo...

Quando eu não disse mais nada, ela incentivou.

— Seu pai abandonou sua mãe e isso deixou um trauma em você para compromisso ou algo assim?

Balancei a cabeça.

— Não. Ele ficou ao lado dela. São casados há trinta e cinco anos. Sou o caçula de cinco filhos.

— Então o que estou perdendo?

— Meu pai é um homem bom. Ele não abandonaria minha mãe. Mas isso mudou a vida dele. Ele carrega um maldito fardo enorme todos os dias. Quando eu era mais novo, minha mãe passava meses na cama e não conseguia trabalhar. Então ele trabalhou muito e, quando não estava trabalhando, estava tentando ajudar com um dos cinco filhos ou cuidando da minha mãe.

Ela assentiu.

— Parece difícil. Mas não pode passar a vida evitando compromisso porque seu pai teve que carregar mais do que a parte dele. Não tem nada a ver com sua vida e seus relacionamentos.

— Não é com isso que estou preocupado.

— Então vai ter que me contar. Passei trinta anos ouvindo bêbados me contarem seus problemas. E estou com mais dificuldade em entender você depois de apenas duas cervejas do que qualquer um deles. Por que tem medo de ir atrás da mulher que ama?

Nunca disse as palavras em voz alta. Mas, foda-se... Olhando Belinda diretamente nos olhos, eu soltei:

— Sofro de depressão. Começou no Ensino Médio, mas, se perguntar para a maioria dos meus colegas de classe, eles diriam a você que eu era a alma da festa. Mas passei por tempos difíceis antes de falar com uma das minhas irmãs sobre isso e procurar ajuda. Está basicamente sob controle agora, apesar de eu tomar remédio e fazer terapia para me manter assim.

— Certo, bem, nenhum de nós é perfeito. Mas parece que você está lidando com as coisas.

Balancei a cabeça.

— Quando minha mãe começou, o médico dela pensou que fosse somente depressão também. Levou anos para sua doença mostrar todos os sinais.

— Então acha que, porque sua mãe piorou, isso pode acontecer com você?

Assenti.

— Ser bipolar é hereditário.

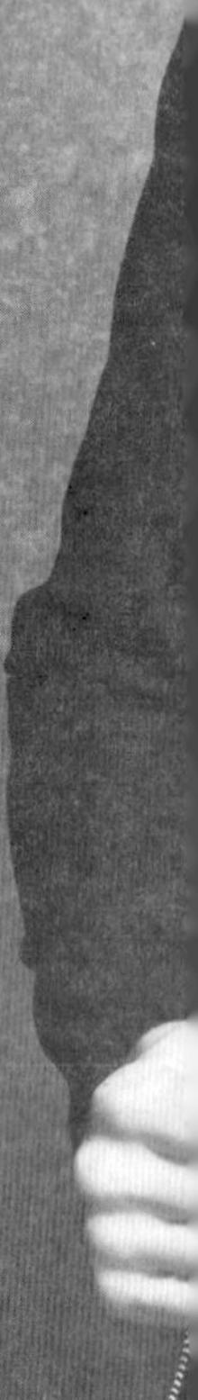

CAPÍTULO VINTE E SEIS

DECLAN

— Oi, pai.

— Declan! O que está fazendo aqui? — Meu pai tirou os óculos e se levantou da sua poltrona, me dando um abraço de urso. — Pensei que estivesse vagabundeando pelo país naquele seu emprego chique.

Eu sorri.

— Ainda estou trabalhando em Wisconsin... Só vim para casa para o fim de semana estendido. Desculpe não ter ligado. Foi uma decisão de última hora.

Tipo, acordei hoje de manhã e fui para o aeroporto sem nem ter uma passagem aérea ou saber o horário dos voos.

— Nunca precisa ligar. Mas acabou de se desencontrar com sua mãe. Ela foi visitar sua tia Gloria, que passou por uma cirurgia no pé, então sua mãe a tem ajudado todos os dias.

Deixei a mala no chão e me sentei no sofá em frente à poltrona preferida do meu pai.

— Não sabia disso. Como ela está?

— Ãh. Você conhece sua tia Gloria... Ela faz um drama por tudo e adora atenção. Mas o médico disse que está se recuperando muito bem.

Fazia sentido. A tia Gloria realmente adorava que as pessoas se preocupassem com ela.

— E quanto à mamãe? Como ela está?

— Bem, bem. Está sofrendo com início de artrite ultimamente. Mas isso é normal na nossa idade.

Assenti.

— E quanto à... saúde mental dela?

As sobrancelhas do meu pai se franziram mais como se ele não fizesse ideia do que eu estava falando.

— Sua mãe está bem.

Meu pai gostava de fingir que não havia nada de errado, então a condição da minha mãe não era algo que conversávamos com ele — principalmente, eu, já que era o caçula. Foram minhas irmãs que me explicaram primeiro quando eu tinha oito ou nove anos e comecei a perceber que outras mães não passavam dois meses na cama, seguidos de três meses cantando, desenhando, cozinhando e limpando a casa incessantemente a noite toda.

Passei a mão no cabelo.

— Sei que não falamos sobre isso, mas me preocupo com a saúde mental dela.

— Não precisa se preocupar com isso.

— Preciso, sim, pai.

Ele me encarou com um olhar de alerta.

— Não precisa, não.

Suspirei. Ele era um bom pai... ótimo pai, até. Quando eu era criança, ele chegava em casa depois do trabalho de dezesseis horas por dia e ainda jogava bola comigo no quintal. Aparecia em quase todo jogo de beisebol, hóquei e evento de natação, e nunca nem perdeu um doloroso concerto. Fazia questão de jantarmos à mesa toda noite, mesmo que minha mãe estivesse na cama, e, silenciosamente, fazia tudo durante as épocas sombrias dela.

Mas o que ele não fazia era conversar comigo. E até aquele dia, eu não sabia quem ele estava tentando proteger — minha mãe, eu ou minhas irmãs.

— Pai... Podemos conversar sobre isso por um minuto?

Meu pai se levantou.

— Não há nada para conversar. Vou fazer um chá para nós.

Eu o segui até a cozinha. Apoiando-me no balcão, observei-o encher a chaleira e preparar as canecas com saquinhos de chá. Se eu não insistisse, essa conversa não iria acontecer. Na verdade, poderia não acontecer mesmo se eu insistisse. Ainda assim, precisava tentar. Já havia passado da hora.

— Você sabia como minha mãe era antes de se casar?

— Não vou falar sobre isso.

— Mas preciso que fale.

— Não. Não precisa. — A chaleira começou a assobiar, então ele a pegou e serviu a água nas canecas. Depois mergulhou o saquinho, colocou açúcar na mesa e se sentou.

— Pai...

Ele suspirou alto.

— Que diferença isso faz para você? Sua vida foi o que foi independente do que eu sabia ou não, e acho que demos a vocês uma infância boa demais mesmo assim.

— Vocês deram. Com certeza. Tive uma ótima infância.

— Então por que precisa mexer nisso? Nada vai mudar. Não cutuque a onça, filho.

Me sentei à frente dele e esperei até ele olhar para cima e me dar total atenção. Então respirei fundo.

— Às... às vezes, me preocupo que minha depressão possa progredir para algo mais ou, talvez, eu ainda não tenha desenvolvido todos os sintomas que vou ter. Ser bipolar é hereditário. Sei que sabe disso.

Meu pai fechou os olhos.

— *Merda*. — Ele aguardou um minuto, então assentiu. — As coisas estão piorando para você?

— Nada que eu não consiga lidar. Ainda sofro com algumas frustrações às vezes, porém meu médico tem sido ótimo e, quando ele ajusta meu remédio, consigo sair dessa. Não passo meses para baixo seguido de meses de alegria maníaca nem nada... ainda.

— Como está seu sono?

— Está bom. Nenhum problema nesse aspecto.

Meu pai encarou sua caneca. Em certo momento, suspirou.

— Nos casamos muito jovens. Eu tinha vinte e um anos e ela, vinte. Ela sempre teve bastante energia às vezes, em que ela não precisava de mais do que algumas horas de sono, mas então chegava um momento em que ela quebrava.

— Então você sabia sobre sua bipolaridade antes de se casarem?

Meu pai franziu o cenho.

— Não. Eu sabia que ela era diferente. Porém, não sabia da extensão das coisas. Demorou uns cinco anos para progredir ao nível em que não podíamos mais classificar como mudanças de humor.

Estudei bastante o assunto para saber que a idade média dos primeiros sintomas era vinte e cinco anos, então parecia que minha mãe se encaixava bem no padrão.

— Teria... mudado as coisas se você soubesse?

A testa do meu pai franziu.

— O que está me perguntando?

Balancei a cabeça.

— Não sei, pai.

Meu pai me encarou por um tempo.

— Não vou passar pano nisso. Morar com alguém bipolar pode ser bem difícil. Mas nunca há um dia sequer em que me arrependo de ter pedido sua mãe em casamento.

Olhei para baixo.

— Sei que tiveram Catherine antes dos vinte e cinco, então, talvez *arrependimento* não seja a palavra certa.

— Não, não é a palavra certa. Mas acho que entendo aonde quer chegar. Se eu soubesse tudo sobre a condição da sua mãe, teria ido embora? A resposta é absolutamente não.

Balancei a cabeça.

— Como pode ter tanta certeza?

— Porque eu aguentaria trezentos e sessenta e quatro dias ruins por ano só para ter sua mãe por um dia bom, Declan. Sua mãe me faz feliz. Temos nossos altos e baixos, talvez mais do que a maioria, porém ela é a luz da minha vida. Pensei que você soubesse disso, considerando quantos filhos nós temos.

Isso me fez rir.

— É... acho que sim.

Meu pai tocou meu braço.

— Já falou com o médico sobre suas preocupações?

— Não.

Meu pai assentiu.

— Sabe que precisa, certo?

Respirei fundo.

— Sei, sim.

— Que bom. Há muitas coisas na vida que não podemos controlar. Mas não pode ficar sem fazer nada esperando algo que possa talvez nem acontecer. Porque, então, não está realmente vivendo... está estagnado.

Suspirei.

— Eu sei.

Meu pai me analisou.

— Sabe, hein? Então quero que me faça uma promessa.

— Qual?

— Não vai se desvalorizar. Presumo que haja um motivo para querer conversar sobre isso hoje. E esse motivo parece ser rabo de saia.

Eu sorri.

— O nome dela é Molly.

— Bem, Molly teria muita sorte em ter você. Exatamente como você é, filho. Não importa para qual caminho a vida te leve. Acredite em mim, sei disso em primeira mão. Às vezes, um caminho tortuoso leva você aos melhores lugares.

Embora não necessariamente concordasse com ele, sabia que meu pai queria o meu bem, então fingi que ele me ajudou a solucionar o dilema.

— Obrigado, pai.

Meu tempo na Califórnia era limitado. Mas não poderia ir lá e não ver minha irmã preferida. No domingo, resolvi fazer uma viagem para o convento e visitar Catherine, a quatro horas ao norte, em San Luis Obispo.

Quando cheguei, algumas das freiras estavam jogando basquete na quadra perto da entrada da propriedade. Foi perturbador vê-las batendo a bola no cimento, a maioria com saias até o joelho ou mais longas. Se alguém pensava que todas as freiras apenas ficavam sentadas rezando, isso lhe provaria o contrário. Catherine também sempre me contava sobre seus passeios. Elas faziam atividades físicas juntas, iam discursar em escolas e se voluntariavam em muitos lugares. Era um estilo de vida bastante ativo. O que era bom, porque, se eu fosse obrigado a fazer celibato, com certeza também precisaria das minhas distrações. Mas, vamos cair na real, essa *nunca* seria a minha realidade. Não sabia como minha irmã conseguia. Mas essa era a vida que ela escolheu levar.

Sempre tinha que esperar do lado de fora até Catherine sair para me buscar. Como ela não tinha celular, eu precisava ligar para a linha principal e pedir que alguém avisasse a ela que eu estava ali.

Finalmente, Catherine saiu e estendeu os braços para me receber conforme eu estava parado na base da escada.

Ela me abraçou.

— Como foi a viagem, irmãozinho?

— Longa, mas vale a pena para ver você, Irmã-Irmã.

Ela usava um vestido cinza simples e uma pequena cruz no pescoço. A ordem de Catherine era menos restrita do que outros conventos. Elas não precisavam usar os trajes tradicionais. Vamos colocar assim: elas eram tão estilosas quanto freiras poderiam ser.

Apontei para a quadra.

— Por que não está lá jogando?

— É minha vez de fazer o jantar. Tive que começar a prepará-lo. — Ela deu de ombros. — Joguei ontem.

Fiz a pergunta que sempre fazia quando vinha visitar.

— Estou com meu carro ligado lá na frente e pronto para ir. Tem certeza de que não quer fugir e nunca olhar para trás?

Ela revirou os olhos.

— Sem chance.

Claro que eu estava brincando. Ela sabia disso agora. Embora, alguns anos atrás, eu talvez tivesse falado sério.

Catherine tinha sido muito cuidadosa ao escolher um convento que lhe permitia ver seus amigos e família. Algumas freiras de outros conventos eram mantidas separadas dos seus entes queridos. Por mais que eu tivesse que marcar um horário, estava grato por ser bem-vindo. Não conseguia imaginar não ter permissão para vê-la.

Andamos pelo gramado que rodeava o local.

— Fiquei surpresa quando me contou que estava aqui por um tempo tão curto — ela disse.

— É. Bem, eu precisava de uma pausa de Wisconsin.

Ela inclinou a cabeça para o lado.

— Muito... leite?

— Não. O queijo é a melhor parte. — Dei risada. — Não tem o *suficiente* de todo o resto, como minha família.

— Quando você volta?

— Amanhã. — Suspirei. — Mas queria poder ficar na Califórnia por mais uns dias.

— Sente tanta falta assim de casa? É por isso que está aqui? É um caminho bizarramente longo para vir apenas por alguns dias.

— Bem, eu precisava fazer uma pesquisa profunda. E queria conversar com o papai, em particular... e ver você, claro.

Catherine era a única com quem eu tinha falado tanto sobre minhas lutas contra a depressão ao longo dos anos. Mas, mesmo assim, nunca havia expressado minha preocupação mais profunda para ela: que eu temia me tornar como nossa mãe. Catherine não sabia o quanto isso me assombrava.

Uma expressão de preocupação tomou seu rosto conforme ela apontou para um banco perto de um monumento da Virgem Maria.

— Vamos nos sentar.

Olhei para dois pássaros brincando na cabeça da Santa Mãe e, enfim, disse:

— Vou conversar com o dr. Spellman. Fico esperando que as coisas piorem.

Ela inclinou a cabeça para o lado.

— Piorem como?

Olhei nos olhos da minha irmã.

— Você sabe...

Catherine ajustou a cruz dourada no pescoço.

— Não sei, não. O que está dizendo?

Hesitei.

— Sinto que é só uma questão de tempo até eu estar limpando o chão do banheiro com uma escova de dentes às duas da manhã, Cat. E se eu acabar desenvolvendo a doença como a mamãe? — Engoli em seco.

Ela franziu o cenho.

— Só porque você sofre de depressão não significa que tenha exatamente o que a mamãe tem.

— No mês passado, eles tiveram que ajustar minha medicação de novo. Faltei uns dias do trabalho e estava me sentindo muito para baixo.

— Certo... bem, ainda parece ser depressão. Você sabe que a medicação precisa ser ajustada de vez em quando. Isso é normal para quase qualquer doença.

— Ou minha doença pode estar progredindo. Conversei com o papai, e a mamãe não mudou do dia para a noite.

Ela respirou fundo.

— Não pode tirar uma conclusão dessa só porque precisou de um ajuste na medicação. Mas vamos por esse ângulo por um instante. O que acontece se as coisas acabarem sendo as piores e você for diagnosticado com bipolaridade um dia? Com o que realmente está preocupado?

— Não quero ficar doente, Cat.

Ela estreitou os olhos.

— Ter depressão ou bipolaridade não te torna doente. Só significa que você tem algo com que precisa aprender a conviver. — Ela pausou. — Mas qual é o erro com a ideia de estar doente, de qualquer forma? Todos nós adoecemos, seja mental ou fisicamente, em algum momento. Ninguém escapa ileso desta vida.

— É — murmurei ao olhar para os pássaros de novo, ouvindo-os cantarem.

Minha irmã colocou a mão no meu braço.

— Ninguém nunca saberia que, às vezes, você sofre internamente. Provavelmente, a maioria das pessoas pensa que você é um cara tranquilo, feliz e sortudo. Dá para esconder bastante coisa atrás de um sorriso.

— É, eu tento.

— Não deveria ter que lutar tanto para agradar os outros ou lhes dar uma impressão de você que não é verdadeira. Mas não está sozinho nisso. Muitas pessoas escondem a depressão atrás de personalidades extrovertidas. Nunca se sabe pelo que alguém está passando por dentro.

Isso me lembrou de Molly. Ela me conhecia bem. Mas não sabia nada sobre minhas lutas com a depressão. E era culpa minha. Por mais que ela sempre fosse aberta quanto às suas ansiedades, consultar um terapeuta e tal, eu nunca nem tinha mencionado meu próprio sofrimento. Não apenas fui desonesto com ela nesse sentido, como também percebi agora o quanto ter que esconder essa parte de mim, por fim, impactou o meu relacionamento com ela.

— Tive uma reflexão em um bar lésbico em Wisconsin...

Catherine arregalou os olhos.

— Não vou perguntar o que estava fazendo em um bar lésbico. — Ela deu risada. — Mas me conte mais.

— Minha preocupação quanto a acabar como a mamãe é a motivação por trás de muitas das minhas atitudes, particularmente do jeito como lidei com a situação de Molly. Acho que foi por isso que a deixei se afastar com tanta facilidade, por que não admiti meus sentimentos nem lutei mais por ela.

Me sabotei, então não teria que lidar com a conversa com ela sobre os meus piores medos.

— Você se preocupa em se tornar como a mamãe, mas sabe que a probabilidade disso é mínima, certo? Só porque é filho dela não significa que sua experiência será a mesma. Todo mundo é diferente.

— Entendo. Mas ver o quanto o papai teve que lutar contra isso quando éramos mais novos me deixou com medo de ser um fardo para alguém. Merda, mesmo que eu fosse *metade* tão ruim, ainda seria bem horrível. Sou jovem. Qualquer coisa pode acontecer.

— Papai ama a mamãe. Ele não olha para ela como um fardo.

— É, sabe, eu não tinha uma compreensão real disso até conversar com ele ontem. Mas ele não sabia que a mamãe era doente quando escolheu ficar com ela para sempre. Quando as coisas pioraram, ele já tinha se comprometido.

— O que quer dizer? Isso deveria impedir você de se apaixonar e deveria afastar as pessoas de você, no caso remoto de acabar como a mamãe?

— Bem... sim. Acho que é isso que estou querendo dizer.

— Não seja tolo, Declan. Acho que também precisa ser tratado por ansiedade. Não pode jogar fora toda a sua vida por medo. Garanto a você que o medo de acabar sendo igual à mamãe é bem pior do que a realidade de *ser* a mamãe ou viver na pele do papai. Sim, ela teve uns episódios difíceis. E foi difícil para todos nós... vergonhosos e humilhantes quando acontecia diante dos nossos amigos. Mas ela ficou sem tratamento por um bom tempo. Você tem um monte de coisas ao seu dispor. E, apesar de todos os momentos ruins com a mamãe, houve vários momentos maravilhosos também. A vida tem altos e baixos. E, se ama alguém, você lida com tudo isso.

Chutei a grama.

— Entendo o que está tentando concluir, mas ainda me sentiria culpado por permitir alguém na minha vida quando sofro para me sentir normal às vezes. Não quero colocar esse peso em outra pessoa ou fazê-la se sentir inadequada quando, inevitavelmente, eu tiver uma crise de depressão da qual não consiga sair. Não quero que ela sinta que não é suficiente para me fazer feliz, porque a verdade é que, quando fico desse jeito, *nada* me faz feliz, nem as pessoas de quem gosto.

Ela ergueu a sobrancelha.

— Mas sempre passa, não é?

— Sim. — Assenti e expirei. — É. Sempre passou até agora.

— Bem, pronto. É uma parte temporária de você, não permanente.

— Acho que sim. — Algo nessa declaração me confortou, me permitiu que enxergasse minha depressão, momentaneamente, como algo não pertencente a mim... algo que me toma, porém, não é constantemente anexado.

Não é uma parte de mim.

Minha irmã inclinou a cabeça para o lado.

— Há um segundo, você falou que sofre para se sentir normal. O que *é* normal, de qualquer forma? É *normal* uma expectativa da sociedade de que todos temos que ser perfeitos? Felizes? Bem-sucedidos? Particularmente, acho que é mais *normal* ter defeitos. — Ela olhou para o horizonte por um segundo. — Cresci ouvindo que era para mulheres se casarem e terem filhos, certo? Não era popular dizer que não queria isso. E, quando anunciei que queria desistir de todas as minhas posses materiais e servir a Deus, todos, incluindo você, pensaram que eu havia enlouquecido ou que era só uma fase. Nem todos têm a mesma visão do que é normal. Liberdade para mim era desistir de toda posse material para viver a vida com um propósito maior. É isso que me faz feliz. Tive que colocar de lado minha culpa de machucar os outros para conquistar o que queria.

— Levou um tempo para aceitar que você estava onde deveria estar.

— Meu ponto é, Declan, que você não deveria deixar que sua culpa ou medo de qualquer coisa ditem as suas decisões. Deus é o único e verdadeiro juiz. E Ele guia você para as pessoas e lugares que você deveria encontrar. Pessoas como Molly. Mas Ele também escolhe quais cruzes você vai carregar e nunca lhe dá mais do que consegue suportar. — Ela olhou nos meus olhos. — Você consegue lidar com isso. Consegue lidar com qualquer coisa contanto que tenha fé nEle.

Queria ter o tipo de fé que minha irmã tinha. No entanto, confiar que tudo ia dar certo sem nenhuma prova visível sempre era difícil

Na segunda à noite, fui direto para o meu novo bar preferido depois de pousar em Wisconsin. Não que eu tivesse outra coisa para fazer ali.

Belinda estava secando o balcão quando me viu me aproximar.

— Cara, você deve gostar mesmo daqui. Parece que não consigo me livrar de você.

— É, bem, acontece que gosto da música e da companhia.

Ela deu uma piscadinha.

— E não precisa se preocupar em darem em cima de você.

— Acho que isso também é verdade.

— O que posso te servir hoje? — ela perguntou, seu cabelo vermelho parecendo ainda mais aceso do que da última vez.

— Uma máquina do tempo? — Dei risada.

— Xiiii. Tão ruim assim, hein?

Mais cedo, naquele dia, enquanto esperava meu voo, tinha cometido o erro de entrar na página de Facebook de Molly e vira uma nova atualização: *Em um relacionamento com Will Daniels.* Era oficial. Também havia umas fotos novas que eles haviam tirado juntos durante um concerto de jazz.

Tinha evitado perguntar a Molly sobre o status das coisas com Will durante nossas conversas telefônicas, porque não queria saber. Mas agora sabia que eles estavam exclusivos — ou seja, *Você perdeu o barco, Declan.* Esse barco estava tão longe da costa agora que nem era engraçado.

Passei os próximos muitos minutos desabafando para Belinda, conforme tinha se tornado meu hábito, contando a ela sobre minha viagem e o novo status do Facebook de Molly.

Ela se encolheu.

— Ai. Certo. Mas sempre há esperança, certo? Não significa que sempre será assim. Relacionamentos são difíceis. Esse cara pode, facilmente, estragar tudo. Você ainda pode ter uma chance um dia.

Balancei a cabeça, encarando meu copo.

— Não sei mais o que esperar, Belinda. Talvez ela esteja melhor com ele. Mas...

— Mas você ainda quer essa máquina do tempo. — Ela sorriu com solidariedade. — Certo, vamos falar sobre isso. O que faria de diferente se pudesse voltar e mudar as coisas?

Dei risada baixinho.

— Uma porrada de coisas.

— Tipo...

— Tive inúmeras oportunidades de dizer a ela como me sinto e estraguei todas. Voltaria para um desses momentos. Acho que assumiria o risco, apesar de todas as vozes zoadas na minha cabeça dizendo para não fazê-lo.

— E não tem como você fazer isso agora? Dizer a ela como se sente?

— Ela vai pensar que só estou fazendo isso porque está indisponível agora. Ela já viu o que aconteceu quando comecei a sair com essa outra garota, Julia. Essa *se tratava* da conquista... ou talvez tenha começado a me apaixonar por Molly. Meus sentimentos por Molly são diferentes, mas não tenho certeza se ela veria dessa forma. E isso é culpa minha. Esperei demais. — Suspirei. — Além disso, ela está ficando séria com esse cara agora. Não quero estragar nada, se ela estiver feliz de verdade. — Engoli o resto da bebida e bati o copo no bar. — É uma merda.

— Certo. Quer saber o melhor conselho que tenho no momento?

Dei um gole e soltei um pequeno arroto.

— Aham.

— Nunca fique longe demais. Se gosta dela, fique na vida dela. Assim, se um dia houver uma oportunidade, não vai perder. Não pode enxergar as rachaduras na parede se estiver longe demais da casa. Entende o que estou dizendo? Não tenha medo de perguntar como estão as coisas com esse cara, porque as maiores pistas virão direto da fonte. Continue, meu amigo. Se for para ser, será.

Será.

Dei risada da ironia desta palavra[3]. Assenti quando Belinda se movimentou no bar para atender um casal de mulheres à minha direita.

Por mais que eu detestasse estar preso em Wisconsin, havia alguns benefícios. Me possibilitava um local neutro para trabalhar nos meus problemas, consultar um médico e lidar com minhas questões emocionais sem nenhuma distração. Mas Belinda tinha razão. Se eu quisesse uma chance com Molly, não poderia me distanciar porque me chateava o fato de ela estar com outro. Era covardia fazer isso. Precisava de toda a informação que pudesse conseguir.

Era bom o bar ser apenas a uma curta caminhada do hotel, porque, definitivamente, eu tinha bebido demais. Isso também significava que não estava em sã consciência quando enviei uma mensagem para Molly a caminho de casa.

Declan: Sinto sua falta pra caralho.

Era tarde. Eu não fazia ideia se ela estava no meio de um dos seus plantões, mas respondeu apenas alguns minutos depois.

Molly: Meu pai acabou de ser internado e precisa da ajuda de aparelhos.

---

3   Em referência a "Será", que, em inglês, é Will. (N.E.)

CAPÍTULO VINTE E SETE

MOLLY

— Preciso de ar fresco.

Will assentiu e se levantou.

— Vamos pegar um café e dar uma volta pelo hospital.

— Você... se importa de ficar aqui?

— Oh. Sim, claro. Lógico. Te envio mensagem se alguma coisa mudar ou se Sam vier para as visitas cedo.

Sorri com tristeza.

— Obrigada, Will. Agradeço muito.

Ele beijou minha testa.

— Sinto muito, Molly. Queria poder fazer alguma coisa. Está acabando comigo ficar aqui e não fazer nada. Detesto me sentir tão impotente.

Eu sabia que Will queria dizer cada palavra. Era um médico muito atencioso, e era uma das coisas que eu mais admirava nele. Muitos médicos paravam de enxergar pacientes como pessoas, focando apenas nos sintomas clínicos da doença. Mas não Will. Ele conhecia suas pacientes e as famílias e tinha bastante empatia.

— Obrigada por estar aqui. Sei que deveria estar em casa dormindo porque precisa trabalhar esta noite.

Ele franziu a testa.

— Não, eu não deveria estar em casa dormindo. Estou bem onde devo estar, Molly.

Andei pelos corredores do hospital em um transe total até sair no ar frio da manhã. Percebi que não me lembrava de nada depois de sair pelas portas duplas da UTI alguns minutos antes. A caminhada pelo quarto andar, descer no elevador e sair pelo lobby estavam perdidos na minha cabeça. Respirei fundo e resolvi seguir a trilha em volta do hospital que, às vezes, fazia nos meus intervalos com outras enfermeiras.

Na noite anterior, Kayla tinha ligado um pouco depois das onze da noite. Disse que estava na ambulância a caminho do hospital. Ela e meu pai haviam dormido no sofá enquanto assistiam a um filme e, quando ela foi acordá-lo para ir dormir, ele não respondeu. Os paramédicos fizeram massagem cardiorrespiratória quando chegaram e conseguiram uma pulsação fraca, porém as coisas não estavam muito melhores agora, quase seis horas depois.

Kayla tinha corrido para casa há meia hora para ver como estava minha meia-irmã e atualizá-la sobre trazê-la de volta para... Nem conseguia terminar a frase na minha cabeça. Trazê-la de volta para quê? Se despedir? Esse pensamento ainda era impossível de ser medido.

Quando ela ligou, eu estava no apartamento de Will surtando com a possibilidade de, finalmente, transar com o homem com quem estive saindo por alguns meses. No momento, tinha parecido a maior decisão que eu já havia tomado. Mas agora, apenas horas depois, a esposa do meu pai estava esperando que eu falasse sobre a saúde dele, e eu não conseguia mais imaginar que pensei que minha vida sexual era importante o suficiente para desperdiçar tempo precioso me preocupando.

Minha cabeça estava uma completa bagunça conforme dei a volta no canto do fundo do hospital. Quando o celular tocou na minha mão, prendi a respiração. Ao ver o nome de Declan, suspirei de alívio, grata por não ser o hospital nem Will me ligando com más notícias. Desbloqueei para ler a mensagem

Declan: Só para ver como você está.

Eu sorri indiferente. Depois da bomba que enviei a ele a caminho do hospital mais cedo, eu o havia atualizado e jurado ligar se algo mudasse. No entanto, queria mesmo conversar com ele no momento, então, em vez de uma mensagem de texto, apertei para ligar.

Ele atendeu no primeiro toque.

— Oi... Como você está?

Sua voz me envolveu como um cobertor quente, e senti meus ombros relaxarem um pouco.

— Já estive melhor — respondi. — É bom ouvir sua voz. Desculpe por ligar tão cedo. Espero não ter te acordado.

— Está brincando? Estava andando de um lado a outro, sem dormir. Como está seu pai?

— Ele... não está bem. — Senti meus olhos se encherem de lágrimas. — Acho que não vai aguentar muito mais tempo. Ele assinou uma ordem para não ser ressuscitado, então não queria depender de aparelhos para viver. Sem qualquer ajuda, sua pulsação está fraca e sua respiração, lenta.

— Jesus, Mollz. Sinto muito mesmo. Eu sabia que ele estava doente; só não sabia que isso aconteceria tão rápido. Caso contrário, não teria ido embora. — Ele pausou. — Eu deveria ter ficado. Deveria ter ficado, porra.

Sorri. Embora não conseguisse ver, sabia que Declan tinha acabado de passar a mão no cabelo.

— Você precisava trabalhar. Ninguém sabia quanto íamos demorar para chegar aqui.

— Ele está... confortável?

— Acho que está. Não está acordado para nos dizer, mas sua expressão está relaxada. Na verdade, ele parece bastante em paz no momento.

— Que bom. Que bom. Você ainda está no hospital?

— Sim. Precisava de um ar fresco, então resolvi dar uma caminhada... uma volta ou duas ao redor do prédio.

— Kayla está com você?

— No momento, não. Foi para casa falar com minha meia-irmã.

— Merda. Queria poder ter entrado no carro quando recebi sua mensagem ontem à noite. Mas estava bebendo e não consegui. Você não deveria estar sozinha.

— Não estou. Will está aqui comigo.

Houve um longo momento de silêncio antes de Declan falar de novo.

— Certo, claro. Fico feliz por não estar sozinha.

Precisava de uns minutos de fuga.

— Me conte sobre Wisconsin.

— Está mudando de assunto porque precisa de uma pausa?

Eu sorri. Ele me conhecia muito bem.

— Estou, sim.

— Ok, bem... deixe-me ver, por onde devo começar? Oh, eu sei... Conheci uma mulher.

Meu coração parou.

— Conheceu?

— Sim, seu nome é Belinda. Tem sessenta e um anos e é lésbica.

Dei risada, me sentindo instantaneamente aliviada.

— Você trabalha com ela na empresa de laticínios?

— Não. Ela tem um bar no fim da rua do meu hotel. Gosto bastante de lá. As pessoas são ótimas. Não sei por que nunca fui a um bar gay.

— Provavelmente, porque você não é gay.

— Ah, sim, pode ser por isso.

Declan passou os dez minutos seguintes me contando sobre as pessoas aleatórias que ele conheceu em Wisconsin. Suas descrições físicas eram divertidas porque ele ligava todo mundo a um personagem diferente de desenho. Pelo jeito que ele falava, imaginava o estado de Wisconsin bem parecido com Nárnia — só que eu passaria por uma linha do estado em vez de por um armário e, de repente, tudo seria animado.

Só Declan conseguia me fazer rir no momento. Suspirei.

— Deus, eu precisava disso.

— Do quê? Saber da minha vida entediante em Wisconsin?

— Só para esquecer por alguns minutos.

Ele suspirou.

— Queria estar aí com você.

Quando virei a esquina para voltar à frente do hospital, meu coração quase parou ao ver Will vindo na minha direção. Ele deve ter visto a cor desaparecer do meu rosto, porque ergueu as mãos.

— Está tudo bem. Está tudo bem. Kayla voltou, então dei a ela e à sua irmã um minuto sozinhas com seu pai. Ela jurou enviar mensagem se algo mudasse.

— Oh... — Respirei de forma irregular. — Certo, obrigada.

Lembrando que eu ainda estava no celular, voltei à minha conversa:

— Desculpe. Entrei em pânico por um minuto. Pensei que tivesse acontecido alguma coisa com meu pai.

— É, eu ouvi. É o Will?

— Sim.

Houve um silêncio bizarro.

— Quer que eu desligue?

— Sim, acho que é melhor.

— Ok. Mas mantenha contato. Jura, Mollz?

— Sim.

— Tchau, querida.

— Tchau.

Após eu desligar o celular, Will me entregou um café. Nem tinha percebido que ele tinha um em cada mão.

— Quem era?

— Declan.

Ele franziu o cenho, mas tentou disfarçar.

— Como ele está?

— Bem. Me enviou mensagem ontem à noite quando tínhamos acabado de chegar ao hospital, então ele estava preocupado.

Will assentiu. Lembrei que eu tinha pedido a ele para ficar sozinha ao pegar um ar. Provavelmente, ele pensou que eu tinha feito isso para poder sair de fininho e falar com Declan. Não tinha sido esse meu plano, mas conversar com Declan havia me feito sentir melhor do que estava desde a noite anterior... e isso me fez sentir meio culpada. Will tinha sido muito incrível quando se tratava do meu pai. Ele foi bem incrível, em geral, nos últimos meses.

— Eu não havia planejado conversar com Declan quando saí da UTI. Não foi por isso que pedi para você ficar lá.

Will buscou meus olhos um instante antes de assentir.

— Ok.

Assenti de volta.

— Como está Kayla agora?

— Ela parece mais recomposta do que mais cedo. Tenho certeza de que está tentando se fazer de forte para Siobhan.

— Sim, claro.

— Você quer dar outra volta para elas terem um tempinho com seu pai?

— Sim. Pode ser uma boa ideia. Minha irmã precisa se preparar.

Robert Emerson Corrigan faleceu às 18h38. Will e eu sabíamos que isso ia acontecer, então ele tinha levado minha irmãzinha para a lanchonete e deixado Kayla e eu para ficarmos ao lado do leito do meu pai conforme ele respirava pelas últimas vezes.

Sendo enfermeira, não tinha sido a primeira vez que eu ficara com alguém enquanto a pessoa falecia, mas fazer isso com alguém que você ama — seu próprio pai ou seu marido — era, definitivamente, a primeira vez para mim e para Kayla. O declínio regular dos seus sinais vitais me disse que aconteceria em breve, mas nada poderia ter me preparado para o instante em que o médico anunciou que ele se fora.

"Hora da morte: 18h38."

Kayla e eu tínhamos grudado uma na outra nos minutos que se seguiram. Eu havia conseguido ficar forte até um gemido escapar dela — então nós duas desmoronamos. Ela queria se despedir primeiro porque precisava dar a notícia para Siobhan. Então esperei perto da enfermaria a fim de lhe dar um tempo sozinha. Depois, quando ela terminou, eu entrei.

Segurando a mão do meu pai, encarei seu corpo sem vida. Era surreal ele ter ido embora. Tinha acabado de me reconectar com ele, e agora nunca mais veria seu sorriso ou ouviria sua risada. Lágrimas escorreram pelo meu rosto.

— Oi, pai. Não sei se ainda consegue me ouvir, mas tenho tanta coisa que não tive a chance de dizer. — Balancei a cabeça e engoli o nó na minha garganta. — Você foi um bom homem. Sei que nem sempre fiz você sentir que eu acreditava nisso, mas você foi. Era gentil e paciente, clemente e honrado. Fui burra em deixar tantos anos passarem sem ter você na minha vida, e fico muito feliz por termos passado esses últimos meses nos conhecendo de novo. — Sequei as lágrimas das minhas bochechas. — Sei que não posso voltar atrás no que fiz, mas quero que saiba que aprendi com meus erros. O tempo é valioso demais para não estar com as pessoas que se ama, e eu te amo, pai, com todo o meu coração. Também amo Kayla e Siobhan. Sei o quanto gosta delas, então vou me certificar de fazer parte da vida delas de hoje em diante. Sei que iria querer isso para todas nós. Elas são minha conexão com você para sempre. Obrigada por trazê-las para a minha vida. — Me levantei, me inclinei e beijei sua testa. — Amo você, papai. Vou te ver de novo um dia.

Will estava esperando do lado de fora da cortina quando saí. Após eu passar um tempo com Kayla e Siobhan, ele me levou para casa. No caminho, liguei para minha mãe e enviei mensagem para os meus amigos mais próximos, inclusive Declan, para avisá-los de que meu pai havia morrido. Quando, enfim, entramos no meu apartamento, parecia que tinha se passado um ano desde que saí no dia anterior. Olhei a hora no relógio conforme coloquei minha bolsa no balcão da cozinha.

— Ah, meu Deus, Will. São quase onze horas. Seu plantão começou às oito, não foi?

Ele esfregou meus braços.

— Kurt Addison está trabalhando esta noite. Ele me devia um favor, então vai ficar até eu chegar lá. Vou entrar e liberá-lo por um tempinho, depois vou me esforçar para encontrar pessoas que cubram meus plantões por uns dias.

— Não precisa fazer isso.

Ele beijou o topo da minha cabeça.

— Eu quero. Será uma semana difícil para você.

Me inclinei contra seu peito, exausta de repente.

— Não comeu nada em mais de vinte e quatro horas — ele disse. — Quer que eu faça alguma coisa para você?

Balancei a cabeça.

— Estou cansada demais para sequer mastigar. Mas acho que vou tomar um banho rápido.

— Certo. Enquanto isso, vou fazer uma sopa para você. — Ele deu uma piscadinha para mim. — Não envolve mastigar.

Tomei um banho demorado e extremamente quente e vesti um roupão felpudo. Meu rosto estava inchado de todo o choro, e deixei meu cabelo enrolado na toalha, porque estava preguiçosa demais para penteá-lo. Basicamente, eu estava um bagaço, mas não tinha energia para me importar.

Na cozinha, Will tinha servido duas tigelas de sopa fumegante na mesa. Ele puxou uma cadeira para mim quando cheguei na sala.

— Encontrei um macarrão com frango e sopa de tomate. Imaginei que a sopa de tomate envolvia menos mastigação, mas, ao ver que venceu há um ano e meio, pensei que você ficaria melhor com um pouco de macarrão.

Sorri e me sentei.

— Obrigada.

— Ah, e quase me esqueci... — Ele se virou e pegou algo do balcão. — Também tinha isso escondido atrás das latas. — Will colocou um copinho cheio de M&M's na mesa. — Você esconde doces para emergências ou algo assim?

Meu coração ficou pesado. De novo, Declan tinha encontrado um jeito de me fazer lembrar dele — não que meus pensamentos tenham ficado longe demais algum dia.

— Acho que simplesmente esqueci que os tinha colocado ali — eu disse.

Após comermos, mal podia esperar para me encolher na cama. Will deitou atrás de mim e me abraçou por um tempo, porém, em certo momento, ele precisou ir para o hospital. Deve ter pensado que eu estava dormindo, já que saiu com tanto cuidado do quarto. Em vez de avisá-lo de que não estava, mantive os olhos fechados e fiquei quieta.

Não dormia há mais de um dia e meio; estava física e emocionalmente exausta, ainda assim, não conseguia adormecer. Ficava pensando em quanto tempo desperdicei, quantos anos me mantive distante do meu pai — e agora ele se foi. Era um lembrete de que a vida acontecia rapidamente, e era muito importante passar o máximo de tempo possível com as pessoas que se ama. Não conseguia voltar no tempo, mas poderia priorizar isso no futuro.

E SE FOSSE VERDADE?

CAPÍTULO VINTE E OITO

MOLLY

Meu pai conhecia um monte de gente.

Três dias depois, minha irmã Lauren tinha chegado de Londres, e nos sentamos na fileira da frente do velório conforme o que parecia ser uma fila infinita de gente parava para dar as condolências pelo segundo dia seguido. Eu tinha praticamente certeza de que quem acabasse tendo um infarto naquela tarde poderia ser muito sortudo, porque todo médico e enfermeira do estado estava no velório. Meu pai e eu tínhamos trabalhado em dois hospitais diferentes, e a aglomeração foi maior do que eu imaginara. Até minha mãe veio, o que me deixou feliz.

O velório foi das duas às quatro da tarde, seguido por um intervalo de três horas, então outra sessão das sete às nove da noite. Nesse meio-tempo, Kayla combinou de jantarmos em uma sala particular de um restaurante italiano por perto. Como meu pai era filho único, e seus pais já haviam falecido, a maior parte da família ali era de Kayla. De novo, Will ficou ao meu lado o tempo todo.

— Como você está? — Ele se inclinou após terminarmos de comer e beijou minha têmpora.

— Estou bem, mas não posso acreditar que tenho que passar por isso de novo esta noite.

Felizmente, à noite era a última sessão. No dia seguinte, seria o funeral.

— Desculpe por não poder ir — ele disse. — Mas ficarei com você o dia todo amanhã.

— Não seja bobo. Primeiro de tudo, você esteve comigo a cada passo do processo. Nem sei quando foi a última vez que você dormiu. E não precisa se desculpar por ter que trabalhar esta noite. Não precisa voltar e ficar de babá amanhã. Já fez o bastante, Will.

Will entrelaçou os dedos com os meus e levou minha mão aos seus lábios.

— Só quero estar ao seu lado.

Segurei sua bochecha.

— Você esteve, e agradeço muito. Obrigada, Will.

A sessão da noite do velório foi praticamente igual. Não conhecia nem metade das pessoas que vinham conversar comigo, e isso era um lembrete constante do quanto mantive minha vida separada do meu pai. Em certo momento, estava entre minha irmã e a esposa do meu pai. Olhei para Kayla a fim de apresentá-la a uma enfermeira que tinha trabalhado com nosso pai quando éramos pequenas e, quando me virei de volta, em vez de outra funcionária da saúde, vi minha irmã apertando a mão de um homem.

— Declan? Ah, meu Deus! O que está fazendo aqui? — Dei risada, me jogando nos seus braços.

Ele riu conforme cambaleou para trás, despreparado para minha recepção entusiasmada.

— Claro que vim. Como poderia não vir com uma recepção dessa?

Tentei recuar o máximo que consegui.

— Não fazia ideia de que viria.

— Meu voo atrasou. Era para eu estar aqui para a sessão da tarde.

— Bem, esta é uma surpresa bem-vinda. Muito obrigada por vir.

Conversamos por uns minutos, até Declan perceber que estava bloqueando a fila.

— Vou dar minhas condolências e me sentar — ele disse. — Me encontre mais tarde quando estiver livre.

— Sim, claro.

Infelizmente, não fiquei *livre* até quase uma hora e meia depois, quando as coisas começaram a seguir para o fim da noite. Mas meu humor tinha melhorado bastante desde que Declan chegou. De vez em quando, eu olhava por cima do ombro para me certificar de que ele ainda estivesse ali e, toda vez, ele sorria para mim. Era como a dose de remédio que eu precisava para continuar.

Quando a fila, enfim, diminuiu, Kayla esfregou meu braço.

— Foi legal Declan ter vindo. Seu pai gostava bastante dele.

— Ele também gostava muito do meu pai.

— Espero que não se importe de eu dizer isto, mas, na noite em que vocês foram jantar, seu pai me disse que achava que ele tinha acabado de conhecer o futuro genro.

— Meu pai falou isso?

Kayla assentiu.

— Falou. Também pensei ter visto algo especial entre vocês dois.

Olhei para Declan. Ele ainda estava sentado no fundo. Mas, desta vez, quando sorriu, ergueu um saco de M&M's e ficou balançando-o. Isso me fez rir.

Quando me voltei para Kayla, ela sorriu carinhosamente.

— Divirtam-se hoje. Você precisa de um descanso.

Apoiando a cabeça no banco do carro alugado de Declan, suspirei.

— Que dia longo.

Ele estendeu a mão para apertar a minha.

— Deve estar muito cansada.

Bocejei.

— Estou.

— O que posso fazer? — ele perguntou.

— Só quero ir para casa.

Declan abriu um sorriso carinhoso e reconfortante.

— Vamos fazer isso, então.

Ele ligou o carro, saiu pela rua e virou-se para mim.

— Você comeu?

— Poderia comer café da manhã de jantar agora.

Ele ergueu a sobrancelha.

— Tem ovos e pão?

— Minha geladeira está completamente vazia.

— Vou parar no mercado e comprar rapidinho.

Eu sorri.

— Obrigada. Você é o melhor.

No caminho, olhei para fora pela janela. Uma onda repentina de tristeza me atingiu. De alguma forma, eu tinha conseguido bloquear a realidade do meu pai ter falecido hoje, mesmo no velório. Mas, no silêncio do carro, tudo foi absorvido. Começou a chover, e isso apenas amplificou o clima.

Quando voltamos para o apartamento, tomei um banho quente demorado. Quando apareci na sala de estar, parecia que não tinha passado o tempo desde que Declan fora embora para Wisconsin. Enquanto eu ficava deitada no sofá, ele estava ao fogão, preparando sua famosa rabanada. O cheiro de canela permeou o ar. E, naquele dia miserável, finalmente houve um momento de alegria.

Inspirei, saboreando o cheiro.

— Ainda não consigo acreditar que você veio até aqui.

— Não vir nunca foi uma opção, Mollz.

Um sorriso se abriu no meu rosto quando o vi virar a rabanada.

— Isto foi exatamente o que o médico recomendou: café da manhã no jantar e ficar com você esta noite.

Ele se virou.

— Bem, não sei de qual *médico* estamos falando, mas não tenho certeza de que o dr. Will recomendou que *eu* estivesse aqui com você esta noite.

Corei, me sentindo culpada de repente.

— Provavelmente, não.

— Falando nisso, se o fato de eu dormir aqui for causar alguma complicação, posso ficar em um hotel.

Me sentei.

— Está brincando? Esta é a sua casa. Você pagou sua parte no aluguel. O quarto ainda é seu. Sem contar que não quero ficar sozinha esta noite.

— Entendo, mas ele virá para cá? Nunca contou a Will que eu era seu colega de casa esse tempo todo. Então o fato de eu estar aqui não faria sentido para ele. Não quero que se meta em encrenca.

Eu sabia que Will não ficaria feliz com isso, mas nunca diria para Declan ir embora. Dei de ombros.

— Ele vai trabalhar a noite inteira. Não virá aqui. E, se vier por algum motivo, contarei a verdade a ele... que você veio para a cidade e vai ficar aqui. Ele terá que aceitar, porque sabe que você e eu ainda somos amigos.

Declan assentiu.

— Ok, querida. Só não quero complicar as coisas.

Foi a segunda vez, esta semana, que Declan tinha me chamado de querida. Talvez eu precisasse avaliar por que adorava tanto quando um homem que não era meu namorado me chamava assim. Mas estava cansada demais para ficar obcecada quanto a isso no momento.

— Você não vai complicar nada, Declan. Vai facilitar bastante para mim esta noite, porque não preciso ficar sozinha.

Ele sorriu.

— Bem, fico feliz pra caramba de estar em casa.

Em casa. Não sabia se ele percebeu o que tinha acabado de dizer.

— Em casa, hein?

Ele pausou.

— Engraçado. Simplesmente, saiu. Mas acho que enxergo mesmo aqui como o meu lar. Minha segunda casa, pelo menos.

Declan arrumou dois pratos de rabanada com canela e fatias grandes de bacon. O apetite que eu perdi mais cedo voltou com tudo e, de repente, eu queria um monte de comida.

Nos sentamos, e ele sorriu ao me observar.

— Estou feliz por ver que algumas coisas não mudaram.

Rapidamente, não havia mais nada no meu prato. Porém, continuamos sentados à frente um do outro no silêncio confortável. Terminei o resto do meu suco de laranja.

— Contou para Julia que está de volta na cidade? — perguntei, ainda sentindo uma pontada de ciúme ao mencionar o nome dela.

Ele balançou a cabeça.

— Não. Ela não precisa saber que estou aqui... Não estou procurando começar nada com ela de novo. É melhor deixar isso quieto. Só vim por você.

Meu peito se apertou.

— Quando você tem que voltar?

— Infelizmente, meu voo sai amanhã à noite. Então, estarei aqui para o funeral, mas tenho que voltar para Wisconsin logo depois. Na manhã seguinte, tenho uma apresentação importante. Queria poder ficar mais.

Franzi o cenho.

— Eu também.

O silêncio pairou sobre nós, e a alegria que eu estive sentindo começou a diminuir.

Declan sentiu.

— Quer conversar sobre hoje?

Balancei a cabeça.

— Não, apesar de talvez precisar. Relembrar esse dia é a última coisa que quero. Foi extenuante, e estou com muito medo de amanhã. — Chutei seu pé de forma brincalhona por debaixo da mesa. — Vamos falar sobre qualquer coisa menos morte, ok? Me conte mais sobre queijo e bares lésbicos.

Então, Declan me contou algumas histórias engraçadas sobre a vida em Wisconsin, e me perdi em seu humor. A cada minuto que passava, eu estava cada vez mais grata por Declan estar ali comigo.

— Não sou a única que gostou de você ter vindo — eu disse. — A esposa do meu pai pensou que foi bem legal você ter aparecido e fez questão de me contar o quanto meu pai adorava você.

Declan estendeu o braço pela mesa e apertou minha mão.

— Eu também gostava muito dele. Queria poder ter tido a chance de conhecê-lo.

— Apesar de não te conhecer tão bem, meu pai sentiu que você era boa gente, sabia? Exatamente como senti quando te conheci. Acho que ele amou o fato de você ser tão simpático e agradável. Sério, Declan, quando você está perto, o ambiente simplesmente se ilumina.

Sua expressão mudou depois que falei isso — obscurecendo, como se algo no meu elogio o tivesse magoado. Foi estranho.

Arregalei os olhos.

— Falei algo errado? Era para ser um elogio, sabe?

— Não. — Declan se recostou na cadeira e respirou fundo. — Claro que sim. Foi uma coisa legal de dizer. — Ele secou a testa e seu rosto ficou vermelho.

Tinha alguma coisa errada.

— Você está bem?

Ele piscou repetidamente, como se não soubesse direito como responder, então tentou mudar de assunto.

— Não é a hora de falar sobre mim. Não é por isso que estou aqui.

— Quero saber se tem algo te incomodando, Declan. — Meu coração começou a acelerar. — Além do mais, a última coisa que quero é falar sobre *mim*. Então, por favor, me conte o que está havendo.

Ele olhou para baixo, para as mãos, e circulou seus polegares.

— Não é nada.

Quanto mais ele tentava esconder, mais preocupada eu ficava.

— Seu rosto mudou no segundo em que falei que você ilumina o ambiente. Foi gatilho para alguma coisa. Por favor, me conte por quê.

Ele engoliu em seco.

— Certo... *Há* uma coisa acontecendo comigo, mas não sinto que esta noite é o momento certo de falar sobre isso. — Expirando, ele disse: — Talvez possamos conversar sobre isso no telefone quando as coisas se acalmarem para você. Não quero...

— Não sei se percebe o quanto gosto de você — interrompi, e minha escolha de palavras me surpreendeu. — Se algo está te incomodando, Declan, preciso saber. Agora. Por favor? Está tudo bem. Pareço que vou a algum lugar esta noite?

Ele encarou meus olhos pelo que pareceu um tempo incomumente longo.

— Vamos para o sofá.

Meu coração parou. Minha imaginação ficou a mil conforme esperava que ele se sentasse comigo. Tinha acontecido algo em Wisconsin? Será que ele havia engravidado alguém? Esse último pensamento foi bastante aleatório, mas qualquer coisa era possível. Ele levou nossos pratos para a pia antes de se juntar a mim no sofá.

Nos sentamos próximos e nos encaramos.

— Há uma coisa que não te contei — ele começou. — Uma coisa que não sabia totalmente sobre mim mesmo até recentemente.

Meu coração martelou.

— Certo...

Declan não falou nada por trinta segundos inteiros.

— Falar essas palavras é mais difícil do que pensei. — Ele inspirou fundo e expirou. — Certo. Só vou dizer e pronto. — Ele fechou os olhos. — Há momentos em que não me sinto bem, quando fico pra baixo. — Ele pausou. — Sofro de depressão, Molly. É algo que tenho tratado desde o Ensino Médio. Minha mãe também sofre de... bipolaridade.

Uau.

Certo. Não havia imaginado isso.

— Sempre me preocupei que minha depressão pudesse ser o sinal inicial da bipolaridade — ele continuou. — Não é fácil de diagnosticar, porque progride por um longo período. Apenas recentemente falei sobre essa preocupação com meu médico. Ele não parece tão preocupado, mas também não conseguiu me dizer com certeza se minhas preocupações são infundadas. Tomo remédio para a depressão e, normalmente, ajuda. Apesar de, às vezes, eu passar uns períodos terríveis para baixo em que sofro, então meu médico geralmente ajusta meu remédio. Na noite em que você voltou para casa após ficar no seu pai por uma semana, eu estava em um desses momentos difíceis. A parte mais complicada é não conseguir me recompor imediatamente quando acontece.

Absorvi tudo isso. Me doía saber que ele esteve sofrendo em silêncio e não sentia que poderia me contar. Mais ainda, doía porque eu estive envolvida demais na minha própria vida para perceber isso, embora tivesse visto os sinais. Eu sabia que algo o estava incomodando quando cheguei da casa do meu pai, mas nunca imaginei que estivesse vindo *de dentro* dele.

— Está se sentindo bem agora? — perguntei.

— Estou, sim. Por mais que sempre soubesse, no fundo da minha mente, que minhas questões poderiam se transformar em algo mais sério, ultimamente, comecei a me preocupar de verdade se eu me transformaria na minha mãe. A própria preocupação se tornou um problema para mim, e precisei admitir isso para mim mesmo e para o meu médico.

— Então disse que falou com seu médico?

— Sim. Falei com meu médico da Califórnia. Começamos a fazer sessões de terapia pelo Zoom, e ele tranquilizou muitos dos meus medos. Acha que, se eu fosse bipolar, manifestaria de forma diferente. Acredita que só tenha depressão. Apesar de, claro, não poder ter total certeza.

— Você nunca falou muito sobre sua mãe. Agora vejo que é um assunto delicado.

— Crescer com as mudanças de humor dela e os episódios foi bem difícil. Nunca foi fácil falar sobre isso. E, acredite em mim, a última coisa que eu queria era trazer isso tudo à tona *esta noite*.

Peguei a mão dele.

— Agradeço muito por ter feito isso. — Senti que, finalmente, estava conseguindo encaixar a peça que faltava do quebra-cabeça. Por mais próximos que tivéssemos nos tornado, eu sempre senti que havia algo faltando. Agora eu sabia.

— Declan, não faz ideia do quanto significa você estar compartilhando isso comigo agora. Sempre me perguntei se havia partes de si que nunca me mostrava... quase como se você fosse bom demais para ser verdade.

Dei uma risadinha.

Ele sorriu.

— É, entendo. Me tornei muito bom em esconder bastante coisa por trás de um sorriso. Às vezes, acho que compenso muito e tento fazer as pessoas rirem para não terem tempo de olhar mais profundamente para mim. Não são muitas pessoas que conseguem identificar quando estou escondendo meus sentimentos, mas tive a sensação de que você conseguia me enxergar naquela noite que voltou da casa do seu pai. Não queria ser um fardo, embora soubesse que você me apoiaria.

— Sei o quanto pode ser difícil de conversar sobre coisas assim.

Ele assentiu.

— Você sempre foi sincera quanto às suas ansiedades. Só demorei para chegar a esse ponto.

Expirei.

— Queria ter sabido para poder ter ajudado.

— O fato de você saber agora e eu não ter mais que esconder me faz sentir melhor.

Pela meia hora seguinte, Declan falou mais um pouco sobre sua mãe e os desafios de crescer com um dos pais tendo uma doença mental.

— De novo, fico muito grata por ter me contado.

— Eu também. — Ele abriu um sorriso hesitante. — Precisei das últimas semanas para lidar com meus problemas de uma forma que deveria estar fazendo há um tempo. Até voltei para Cali por uns dias.

— Oh, uau. Não sabia disso. — Sorri. — Tem certeza de que está se sentindo bem esta noite? Deve ter viajado o dia inteiro e, então, ficou sentado em um velório por horas.

Ele segurou minha mão.

— Me sinto especialmente bem esta noite, porque estou com você... Mesmo sob as circunstâncias horríveis que me trouxeram aqui. Senti muita falta de você. Acho que não percebi isso até te ver esta noite.

Suas palavras quase me derreteram.

O que está havendo?

Pensei que tinha começado a superar Declan. As coisas estavam indo tão bem com Will. Mas, no momento, tudo que eu conseguia enxergar, tudo que eu conseguia sentir era Declan.

Queria falar tanta coisa, mas as únicas palavras que saíram foram:

— Também senti muita falta de você.

Declan inspirou fundo e deu um tapa na minha perna.

— Chega disso agora, certo? Precisamos conversar sobre coisas felizes pelo resto da noite.

— Só para você saber, conversar sobre as coisas duras não é difícil para mim. Adoro saber mais sobre você, mesmo que seja doloroso.

Ele me olhou nos olhos.

— Não que eu pensasse que você não fosse me aceitar nem nada assim. Eu estava em negação comigo mesmo e não queria lidar. Meu médico acha que eu posso ter uma forma de estresse pós-traumático da minha infância, por causa do que testemunhei com minha mãe. E, apesar da minha depressão ser minha questão principal, meu medo de me tornar minha mãe afetou o jeito como lido com certas coisas... como meus relacionamentos, as decisões que tomo...

Ele encarou meus olhos.

Estava falando de *nós*? Sua decisão de não prosseguir com nada comigo? Ou estava se referindo a Julia?

Em vez de pedir a ele para esclarecer, eu disse:

— Me prometa uma coisa.

— Sim?

— Prometa que, agora que sei, vai contar comigo. Prometa que vai me ligar a qualquer hora que precisar conversar sobre como está se sentindo.

Declan sorriu.

— Certo, eu juro.

Tinha pensado que gostava de Declan antes daquela noite, no entanto, saber desse lado primitivo e vulnerável dele era um nível de intimidade que nunca havíamos compartilhado. Todos os sentimentos complicados que eu já tive por ele se iluminaram dentro de mim como um fogo que reacendia.

E SE FOSSE VERDADE?

CAPÍTULO VINTE E NOVE

DECLAN

Acordei na manhã seguinte sentindo todo tipo de coisa fodida.

Fodida porque tinha aberto meu coração para Molly daquele jeito.

Fodida porque meus sentimentos por ela estavam em alta o tempo todo.

E fodida porque acordei na cama dela.

Nada aconteceu — fisicamente, pelo menos.

Após nossa conversa da noite anterior, meu coração estava pronto para explodir. Ela tinha me feito sentir muito aceito, muito cuidado. Me fez me arrepender de não ter me aberto para ela há mais tempo.

Por mais que eu quisesse fazer algo divertido para ela, nós dois estávamos exaustos. Ela havia se apoiado em mim em certo momento, enquanto estávamos no sofá, e acabei abraçando-a até dormirmos. Quando abri os olhos e percebi que ainda estávamos no sofá, eu a acordei para que pudéssemos ir para nossos respectivos quartos. Então ela havia me dito que não queria ficar sozinha. Não precisei pensar duas vezes. Eu a segui para seu quarto e a abracei de novo até dormirmos juntos em sua cama.

Então lá estava eu, na manhã seguinte, me sentindo fodido por, de novo, ter sentimentos muito-mais-do-que-platônicos por Molly. Só que, desta vez, era ainda *mais* complicado, porque ela tinha namorado.

Conforme ela dormia, eu podia ver seu celular explodindo com mensagens — Will querendo saber como ela estava. Eu não sabia o que fazer. Ia embora naquela noite e deixaria um pedaço do meu coração para trás. Algo tinha mudado entre nós. Por mais fortes que meus sentimentos sempre tenham sido por Molly, eles nunca foram *desse* jeito.

O plano era todo mundo se encontrar na igreja a fim de se despedir do pai de Molly antes de seguir para o cemitério.

Molly parecia totalmente dormente a manhã toda. Não poderia culpá-la. Não importava o que eu dissesse ou fizesse hoje, não conseguia tirar a dor dela. Chegamos cedo, e lhe dei espaço para reconfortar sua irmãzinha, mas nunca fiquei longe demais dela, no caso de precisar de mim. Planejava ficar ali até o instante em que tivesse que ir para o aeroporto.

Alguns minutos antes de o enterro começar, Molly veio na minha direção. Seus olhos estavam vidrados e distantes. Eu sabia que ela ainda estava tentando não sentir nada. Sentou-se ao meu lado no banco e apoiou a cabeça no meu ombro. Envolvi o braço nela e a abracei forte. Ela estava mole, como se eu fosse a única coisa que a impedia de cair.

Nunca a teria soltado se não fosse um tapa firme no meu ombro. Me virei e vi o olhar incendiário de Will Daniels.

— Posso assumir daqui.

Eu não ia discutir em uma igreja. Além disso, droga, eu era o errado. Estava com o braço em volta da namorada *dele*. Molly pareceu entrar em pânico, como se não fizesse ideia de como lidar com a situação, então facilitei para ela. Era absolutamente a última coisa que eu queria fazer, porém me levantei e estendi a mão.

— Oi, Will. Bom ver você.

Ele hesitou, mas me cumprimentou.

— Não sabia que viria, Declan. Pensei que estivesse morando em outro estado.

— Cheguei ontem à noite para o velório.

Will franziu o cenho, e seus olhos se desviaram para Molly. Claramente, ele estava agitado, porém, quando olhou para baixo e viu o rosto dela, felizmente, colocou nossa disputa de lado e se agachou para falar com ela à mesma altura.

Ele segurou suas bochechas e olhou em seu rosto choroso.

— Oh, Molly... Vai ficar tudo bem. Não neste momento, não daqui a uma hora, talvez nem daqui a uns dias... Mas juro que vai ficar mais fácil. Hoje é a parte mais difícil, e você tem direito de sentir cada instante disso. Não precisa se conter. Deixe sair, querida.

As lágrimas que ela esteve contendo escorreram por seu rosto. Will se inclinou e a abraçou. Ali parado, senti como se estivesse sobrando. Então fiz o que pensei ser correto e os deixei ter um momento particular. Me sentei algumas fileiras atrás e o vi ajudá-la a secar as lágrimas, então ela se apoiou nele quando a levou para a fileira da frente.

Pela multidão, eu praticamente encarava a parte de trás da cabeça deles. Doía pra caramba que outro homem estivesse sentado no meu lugar, reconfortante minha garota. Mas, no fim, Molly era mais importante, não meus desejos egoístas.

Após o funeral, os carregadores levaram o caixão para fora da igreja, e Molly e sua família seguiram diretamente atrás. Mantive a cabeça baixa conforme ela e Will passaram para não tornar as coisas desconfortáveis. Do lado de fora, um carro fúnebre e uma limousine aguardavam. Imaginei que Will e Molly fossem na limousine juntos com a família dela, então fiquei surpreso quando o vi beijar sua testa, pegar as chaves do bolso e seguir para o estacionamento sozinho. Molly olhou em volta e, quando nossos olhos se encontraram, ela sorriu com tristeza. Me aproximei, imaginando que deveria, provavelmente, me despedir agora.

Esfreguei seus braços.

— Como está indo?

— Estou muito grata por isso ter acabado.

— É, imagino.

Por cima do seu ombro, vi Kayla ajudando a filha e duas idosas a entrarem na limousine. Quando terminou, ela observou a multidão.

— Acho que Kayla deve estar te procurando.

— Será que ela ficaria chateada se dissesse que não quero ir na limousine com elas?

— Acho que deveria fazer o que quer que seja mais fácil para você. Parece que ela está com a família dela, então não ficará sozinha.

Molly ergueu um dedo.

— Pode me dar um minuto, por favor?

— Claro.

Observei quando ela se aproximou da esposa do pai, e conversaram. Molly apontou para mim, e os olhos de Kayla se ergueram e encontraram os meus. Ela sorriu. Elas abraçaram-se e Molly voltou até onde eu estava.

— Vai para o cemitério? — ela perguntou.

— Estava planejando isso.

— Posso ir com você?

Fiquei surpreso, mas não ia recusar mais uns minutos sozinho com ela.

— Lógico.

Os carros estavam se alinhando atrás da limousine com os faróis acesos. Vi que o segundo carro era Will, e seus olhos estavam na gente.

— Will sabe que você está comigo? — Ergui o queixo e apontei para seu carro. — Porque ele está nos observando agora.

Molly suspirou.

— Não, provavelmente é melhor eu contar para ele.

Assenti.

— Por que não vou pegar o carro no estacionamento?

— Certo, obrigada.

Quando parei o carro, Molly entrou.

— Foi tudo bem?

Ela deu de ombros.

— Ele falou que tudo bem.

O carro fúnebre à frente da longa fila de carros guiou e a procissão seguiu. Molly encarou a janela conforme começamos a andar.

— Posso te fazer uma pergunta? — ela disse.

— Claro. Qualquer coisa.

— O que te assusta mais quanto a morrer?

Olhei para ela e de volta para a rua.

— Não sei. Não acho que sinta dor quando o coração para de bater, e gosto de pensar que há algum tipo de vida após a morte. Então não tenho necessariamente medo da noção física da morte. Acho que o que provavelmente me assusta mais é morrer com arrependimentos.

— Tipo quais?

Dei de ombros.

— Não sei... Acho que se olhasse para trás e visse que tinha trabalhado bastante, mas esse fosse o custo de negligenciar as pessoas que amo. Ou se não tivesse esposa ou família por algum motivo. — Parei e olhei para Molly de novo. — Se eu perdesse oportunidades importantes por muito medo de arriscar.

Ela assentiu e continuou encarando a janela.

— Acho que meu pai não tinha muitos arrependimentos... Talvez alguns de como lidou com as coisas depois que nos deixou, mas sinto que fez as pazes com isso recentemente.

Me estiquei e segurei sua mão.

— Acho que você deu essa paz a ele, Molly.

Ela suspirou.

— Fico tão feliz de ter tido esses últimos meses com ele.

Assenti.

— Acho que também significou tudo para ele.

Alguns minutos mais tarde, ela falou:

— Will me disse que me amava há alguns dias. Foi um dia antes do meu pai morrer.

Parecia que eu tinha levado um soco no estômago, e todo o ar foi sugado dos meus pulmões. Precisei de um minuto para conseguir responder.

— Você... ficou feliz com isso?

— Ele tem sido ótimo durante tudo isso. Sei que você tinha suas dúvidas sobre ele no início. Eu também tinha. Mas acho que ele gosta de mim.

— Você está... apaixonada por ele? — Prendi a respiração.

— Gosto bastante dele. — Ela olhou para suas mãos em seu colo. — Porém, não consegui dizer de volta. Ainda não. Gosto dele, e nos divertimos quando estamos juntos. Temos muita coisa em comum. — Ela balançou a cabeça. — Não sei. Talvez, meus sentimentos simplesmente estejam bagunçados por causa de tudo acontecendo com meu pai, e isso está me fazendo duvidar dos meus próprios sentimentos.

Posso não ter certeza sobre a maioria das coisas da vida, mas uma coisa que eu sabia agora é que, quando se está apaixonado de verdade, você sabe. E, mesmo que Molly não ficasse comigo, nunca queria que ela aceitasse menos do que merecia.

— Acho que dá para saber quando se está amando, Molly.

— Mas como? Como dá para saber?

Assim que ela perguntou, chegamos aos portões de ferro forjado da entrada do cemitério. A procissão do enterro diminuiu a velocidade conforme seguíamos o carro da funerária para o túmulo do pai de Molly.

Fiquei grato por não precisar pensar e poder apenas seguir o carro à minha frente, porque minha mente estava preocupada demais com como responderia à pergunta dela. Muito rapidamente, o carro da funerária diminuiu a velocidade e estacionou. O pânico se instalou conforme percebi que meu tempo com Molly estava prestes a acabar.

Quando estacionei, Molly se virou para me encarar. Ela balançou a cabeça.

— Desculpe por ser tão aleatória e perguntar a você o significado da vida vindo para cá. Acho que ver meu pai chegando ao fim da vida me fez perceber que é hora de eu encontrar meu início.

As pessoas nos carros estacionados à nossa frente começaram a abrir a porta a fim de sair. Molly colocou a mão na maçaneta da sua porta.

— Obrigada por me trazer, Declan.

Conforme ela começou a sair, gritei para ela parar.

— Espere!

Ela se virou.

— Dá para saber quando se está amando se cada coisinha da qual você sempre teve medo não é nem metade aterrorizante quanto não passar o resto da vida com essa pessoa.

Os olhos de Molly se encheram de lágrimas quando nos encaramos, quase em transe. Queria muito dizer a ela que eu sabia o que era o amor porque ela era o amor da minha vida. No entanto, o instante foi interrompido de repente quando alguém bateu na janela do passageiro.

Will.

Fechei os olhos.

Porra.

A expressão de Molly ficou sombria.

— Muito obrigada, de novo, por vir, Declan.

Ergui a mão dela aos meus lábios e beijei o dorso.

— Claro. Sempre estarei aqui para você, querida.

E SE FOSSE VERDADE?

CAPÍTULO TRINTA

MOLLY

— Estamos bem?

Parei de traçar desenhos de oitos no vapor do fundo do meu copo e olhei para Will.

— Desculpe, o que disse?

Ele sorriu tristemente.

— Venha aqui.

Estávamos sentados lado a lado no meu sofá, e ele deu um pequeno puxão no meu braço e me levou para seu colo. Tirando uma mecha de cabelo do meu rosto, ele olhou nos meus olhos.

— Está tudo bem com a gente?

— Claro que sim. Por que não estaria?

Ele balançou a cabeça.

— Não sei. Você está distante. Sei que só faz uma semana e meia que seu pai faleceu, e tem todo direito de estar triste, mas, por algum motivo, sinto que é mais do que isso.

Estava me sentindo desligada ultimamente. E, por mais que muito disso, obviamente, tivesse a ver com meu pai, um pouco também tinha a ver com Declan. Não soube dele nos dias após o funeral e, quando finalmente havia conseguido falar, ele não estava normal. Suas mensagens eram educadas e tal, mas meio que distantes. O que me fez perceber que minha preocupação por Declan se parecia bizarramente com a preocupação de Will por mim.

Detestava mentir para Will, mas também não achava que deveria compartilhar minha preocupação sobre outro homem, principalmente, Declan. Então falei uma verdade parcial.

— Desculpe se pareço tão distante. Perder meu pai me fez refletir bastante, e sinto que é difícil fugir da minha mente... se é que faz sentido.

— Claro que faz. Mas espero que saiba que estou aqui para conversar, se quiser tentar trabalhar algo que se passa na sua cabeça... independente do assunto.

— Sei disso, sim, Will. Você tem sido maravilhoso... tão paciente e solidário.

Ele segurou minhas bochechas.

— Isso é porque amo você.

Essa era a terceira vez que Will dizia que me amava, e eu não tinha retornado o sentimento. Me sentia cada vez mais pressionada a dizer de volta, mas não conseguia sem ter certeza.

Virei meu rosto em sua mão e beijei a palma dela.

— Obrigada.

Um tempinho depois, Will teve que ir para o hospital, então nos despedimos. Fechando a porta, me senti meio aliviada por estar sozinha. Poderia olhar para o nada o quanto quisesse; não precisaria fingir que estava bem nem explicar por que não estava. Então me servi de uma taça de vinho, torcendo para me ajudar a desanuviar, e peguei o álbum de fotos que estava na mesa de centro da sala de estar desde o velório do meu pai. Minha irmãzinha fez colagens de fotos para exibir no funeral, então eu peguei emprestado um antigo álbum da família com minha mãe com fotos do meu pai e eu.

Suspirei conforme folheava as páginas — meu pai e eu pescando, meu pai tentando me ensinar como jogar softball, meu pai com os dedos pintados pela metade de esmalte porque me deixava brincar de manicure com ele quando tinha quatro anos. Minha mãe, meu pai, minha irmã mais velha e eu escolhendo abóboras — página após página de lembranças da minha infância. Quando cheguei ao fim, lágrimas quentes escorreram por meu rosto. E, quando virei a última página, vi uma foto que não estava esperando.

Em vez de mais fotos de família, era um pedaço de papel com uma selfie de Declan impressa. Ele estava fazendo uma cara engraçada com os olhos vesgos, as bochechas para dentro e os lábios para fora. Também estava segurando um saco de um quilo e meio de M&M's. Ri alto ao ler o recado rabiscado ao lado da foto.

Seque seus olhos, minha linda. Sei que não foi fácil folhear estas páginas. Mas você conseguiu, então merece uma recompensa. Agora levante sua bunda preguiçosa e olhe debaixo do sofá.

Divertida, praticamente pulei do sofá e me abaixei. Claro que havia um saco de um quilo e meio fechado de M&M's. Alcançando-o, me sentei e peguei meu celular para enviar uma mensagem para Declan.

> **Molly: Acabei de encontrar meus M&M's! Como sabia que eu precisaria deles? E quando os colocou debaixo do sofá?**

Alguns minutos depois, os pontos no meu celular começaram a saltitar, e fiquei mais empolgada do que estive em semanas.

> **Declan: Fiz isso quando estava em casa para o funeral na semana passada... antes de você acordar. São os únicos que encontrou até agora?**

Em casa.

Ele ainda se referia ao apartamento como sua casa. Me perguntei se ele percebeu.

> **Molly: Encontrei os soltos que escondeu, mas este é o único com uma foto de você. Tem mais?**

> **Declan: Acho que vai descobrir em algum momento...**

Dei risada e comecei a responder, mas, no último minuto, em vez de apertar *enviar*, apertei *ligar*.

— Acreditava que os verdes te deixavam com tesão? — ele perguntou ao atender, em vez de falar alô.

Dei risada.

— Não, mas acho, sim, que bolinhos Twinkies vão sobreviver ao apocalipse.

— Interessante. Se pudesse sair de casa com apenas um item quando o apocalipse chegasse, o que seria?

— Não faço ideia. Talvez uma lanterna ou um isqueiro. E você?

— Ketchup. Um frasco enorme — ele respondeu com confiança.

— Por que você levaria ketchup?

— Por que você não levaria? Aquela merda vai bem com tudo.

Dei risada.

— Deus, Declan. Esta conversa está ridícula e, ainda assim, é exatamente do que eu precisava.

— Tristemente, essa não é a primeira vez que fui descrito assim por uma mulher.

Havia um barulho no fundo, mas de repente ficou silêncio.

— Acabou de desligar a TV?

— Não. Estou no bar no fim da rua do meu hotel.

— O bar lésbico?

— Sim. Fiz boas amigas.

Isso me fez sorrir. Declan conseguia fazer amigos em qualquer lugar.

— Bem, então não vou tomar seu tempo.

— Não se preocupe com isso. Acabei de sair para te ouvir melhor.

— Queria agradecer por fazer isso... Por saber que eu chegaria à última página do álbum de fotos e que precisaria de algo para me alegrar.

— Sem problemas, querida. Sem problemas.

Ouvi-lo me chamar assim provocou uma onda de calor que revirou meu estômago.

Me deitei no sofá e abracei o saco de M&M's no peito com o celular na orelha.

— Como estão as coisas na Queijolândia?

— Na verdade, estão ficando meio assustadoras.

— É? Como?

— Estou começando a criar um arsenal bem completo de piadas de queijo[4].

— Piadas de queijo? Quer dizer que suas piadas ficaram cafonas?

— Não, *literalmente*, piadas de queijo. O que o queijo falou para si mesmo no espelho?

— Não faço ideia. O quê?

— Você está *gouda*.

Dei risada, o que, claro, somente o encorajou.

— Como se chama o queijo solitário?

— Como?

— ProvoALONE[5].

— Espero que elas não façam parte dos grandes planos de marketing nos quais está trabalhando.

— Se eu não sair daqui logo, pode ser que façam.

— Falando nisso, quando acaba?

— No fim deste mês.

— Oh, uau. Então voltará para Chicago em apenas algumas semanas?

Declan ficou quieto por um instante.

— Na verdade, talvez eu volte para a Califórnia.

— O quê? Por quê? Pensei que fosse voltar para ajudar a finalizar o projeto que começou aqui.

— Eu ia, mas... acho que, provavelmente, é melhor voltar para Cali.

— Seu chefe está te pressionando para fazer isso?

— Não... Acho que seria... Sei lá. Ainda não havia decidido com toda certeza.

---

4   Cheese jokes são piadas ruins, sem graça. A autora faz um trocadilho com essa expressão e o fato de que o tema das piadas é queijo. (N.E.)

5   Alone, em inglês, significa sozinho, solitário. (N.E.)

Senti uma onda repentina de pânico.

— Mas, se não voltar para finalizar o projeto de Chicago, quando vou te ver de novo?

Declan suspirou.

— Não sei, Mollz.

— Você tem que voltar.

Ele ficou quieto por muito tempo.

— É melhor eu ir. Belinda, provavelmente, vai pensar que saí sem pagar.

— Oh... Certo.

— Cuide-se, ok?

— Sim. Você também, Declan.

Depois que desliguei, senti um peso no meu peito. E se Declan não voltasse para Chicago?

CAPÍTULO TRINTA E UM

DECLAN

O suor salpicava minha testa conforme deixei a música me levar para longe. De novo, eu era o único cara no *Spotted Cow*. *Whatta Man*, de Salt-N-Pepa, tocava conforme me movia e me infiltrava no meio do mar de mulheres. Elas tinham tocado aquela música especialmente para mim. Estava honrado. Era o sábado anterior à minha partida de Wisconsin no fim da semana. Belinda havia contratado um DJ como um presentinho de despedida para mim. Era, com certeza, a melhor festa de despedida que eu poderia ter esperado. Bebidas por conta da casa também não eram ruins. Era uma noite muito necessária de fuga, porque os dias desde que voltara de Chicago não tinham sido fáceis.

A decepção na voz de Molly quando disse a ela que talvez não voltasse tinha me matado. Sua reação me fez duvidar da minha decisão. Mas eu sabia que não conseguia lidar com vê-la com Will de novo. Uma coisa era saber que, a cada dia que passava, Molly estava se aproximando mais dele. Mas ver e viver isso não era algo no qual eu queria me meter. Sem contar que seria suspeito se eu aparecesse lá de novo tão rapidamente. Ele tinha enchido o saco dela quanto a isso, e eu não queria estressar Molly. Se ela percebia isso ou não, minha volta direto para a Califórnia era a decisão correta. Mas eu ainda duvidava de cada decisão que tomava.

Quando a música mudou para uma mais lenta, saí da pista de dança e fui para o bar.

Belinda sorriu de orelha a orelha.

— Caramba, garoto. Nunca te vi dançar assim.

Peguei um guardanapo e sequei a testa.

— É, bem, estou tentando esquecer as merdas, sabe? Dançar para espantar meus problemas.

— Quando é o seu voo mesmo?

— Na quinta à noite. Ainda poderá me ver.

Belinda fez beicinho.

— Tenho certeza de que vou sentir sua falta.

— Precisa tirar umas férias e ir para a Califórnia.

— Juro que vou mesmo. — Ela me bateu com o pano de prato na cabeça. — O que houve, Dec? Sei que não está devastado por ir embora de Wisconsin. Então deve estar tentando esquecer outra coisa. Parece que está chateado desde que voltou de Chicago.

Não entrei em muitos detalhes desde que voltei do funeral do pai de Molly. Mas o que tinha a perder agora?

— Posso te contar uma coisa que nunca contei a ninguém?

— Claro. Mas o único motivo de me contar é porque está meio bêbado?

Dei risada.

— Não. Juro.

— Certo. Só não quero que se arrependa. — Ela se inclinou. — Qual é o grande segredo?

— Acho que estou apaixonado.

— Por mim? — ela perguntou, piscando sedutoramente.

Isso me fez gargalhar.

— Bem, por você também. Isso é verdade. Mas estava me referindo a outra pessoa nesse caso.

Ela sorriu sabiamente.

— Molly...

Respirando fundo, assenti.

— É.

— Só agora está percebendo isso?

Suspirei.

— Sempre soube que gostava muito dela. Mas, depois desta última viagem para Chicago, tenho cem por cento de certeza de que realmente estou *apaixonado* por ela. E não sei que porra fazer quanto a isso.

— Então percebeu que está apaixonado por Molly, mas não vai voltar para Chicago. — Ela coçou a cabeça exageradamente. — É... faz bastante sentido.

— Sei que não parece certo, mas a situação não é tão simples.

— Se ama alguém, precisa contar a ela.

— Não se não pensar que é o melhor para ela. Se ama alguém, quer o melhor para essa *pessoa*. — Pausei. — Contei para você sobre minha depressão. E se eu não conseguir lidar com ela ou se piorar com o tempo?

— Já contou para ela?

— Contei nesta última visita. Ela foi maravilhosa e solidária.

— Então qual é o problema?

— O problema é, mesmo que ela aceite isso, pode não entender realmente em que está se metendo.

Ela balançou a cabeça.

— Ninguém sabe no que está se metendo a longo prazo ou o que o futuro reserva. É um risco que se assume por amar. Aposto que ela é mais forte do que você pensa. E, se ela te ama também, vai aceitar que você tem uns dias ruins.

As engrenagens na minha mente ainda estavam funcionando contra mim.

— Ok... Bem, mesmo que tenha razão, ela está com outra pessoa agora.

— O que ela fala sobre os sentimentos por esse outro cara?

— Da última vez que verifiquei, ela não tinha *dito* a ele que o amava, embora ele tenha falado isso para ela. Mas não significa que ela não vá chegar lá.

Belinda arregalou os olhos.

— Ãh... Alôôô? Essa é uma pista bem importante de que ela *não* o ama.

— Mas isso pode ter mudado agora. — Apoiei a cabeça nas mãos. — Independente dos sentimentos dela por ele, não faço ideia se ela sente por mim o mesmo que sinto por ela. Ela gosta de mim. Somos bons amigos. E sente atração por mim... ou pelo menos sentiu um dia. Mas não significa que sinta isso com tanta força quanto eu.

— Então pergunte. Qual é a pior coisa que pode acontecer?

Suspirei.

— Tenho medo de virar a vida dela de cabeça para baixo. Ela tem passado por muita coisa recentemente. Não quero causar problemas nem confundi-la se ela estiver em uma situação feliz e estável.

Belinda deu de ombros.

— Ela não conseguiu te dizer com certeza se amava o cara...

— Também estava em um momento estranho quando admitiu isso. Seu pai havia acabado de morrer... Não sei se ela conseguia sentir alguma coisa.

Belinda apoiou o queixo nas mãos e sorriu.

— Ela é a primeira garota que você já amou?

Não havia dúvida.

— Sim. Sem dúvida.

— O que te deu certeza de amá-la?

Suspirei.

— Houve um momento na igreja quando tive que me sentar atrás dela e do seu namorado. — Balancei a cabeça. — Não pareceu nada natural... muito doloroso. Senti que parte do meu coração estava batendo dentro dela, e não conseguia chegar a ele. Queria muito ser quem a estava confortando. E senti, literalmente, dor. Mas só percebi que o sentimento não era de dor quando estava no avião voltando para cá. Era, na verdade, amor.

Belinda me chocou ao derramar uma lágrima.

— Declan, você precisa contar a ela.

Arregalei os olhos.

— Ah, meu Deus. Não acredito que fiz você chorar agora.

— Estou chorando porque o que falou é lindo. E estou chorando porque me sinto muito mal por ter que te dar uma surra daqui a um minuto. — Suas lágrimas deram lugar à risada. — Dec, seria trágico você abandoná-la sem lutar.

— Não posso abandoná-la se não a tenho, em primeiro lugar.

Ela revirou os olhos e me chicoteou com o pano de prato de novo.

— Sabe o que acho?

— O quê?

— Acho que você tem medo. Falou que não quer causar confusão, mas, se causar confusão é uma preocupação, uma parte sua deve saber que ela tem sentimentos por você... sentimentos que significariam que ela tem uma escolha a fazer.

Isso realmente fazia sentido.

— Talvez...

— Ao não dizer nada, você fica nesse lugar seguro... ela permanece em sua vida, mas nunca da forma como você esperava. Você deixa que o medo tome todas as decisões aqui. Tire o olho do próprio umbigo e veja o que realmente é.

Dei risada.

— Caramba. Vou perder minha terapeuta direta e reta em alguns dias, hein?

Belinda ergueu um dedo e me deixou momentaneamente para falar com o DJ. Quando voltou, *I'm the Only one*, de Melissa Etheridge, começou a tocar.

Ela falou por cima da música.

— Ouça as palavras desta música. Esta é a atitude que você precisa tomar com Molly. Não há outra pessoa que vai amá-la como você ama, mesmo que a vida não seja perfeita o tempo todo. Você é o *único*, Declan. Lá no fundo, sabe disso. E a primeira forma que pode provar isso é arriscar partir seu coração. Silêncio é arrependimento. Inatividade vai sempre se traduzir em arrependimento no fim. Se nunca disser nada, nunca vai saber.

Massageei as têmporas. Belinda tinha me dado coisa demais para pensar naquela noite. Ela também sabia, porque parou de falar e me serviu outro drinque.

E SE FOSSE VERDADE?

CAPÍTULO TRINTA E DOIS

MOLLY

Foi um dos partos naturais mais exaustivos que eu testemunhei em muito tempo. Também foi outra prova de que Will Daniels era um obstetra incrível pra caramba.

— É um menino! — Will declarou com orgulho através da máscara cirúrgica conforme tirou o bebê de dentro da nossa paciente, Karma. Ela esteve em trabalho de parto por mais de vinte e quatro horas, e tinha recusado todos os remédios. Karma e seu marido, Joshua, haviam escolhido não descobrir o sexo do bebê, então acabavam de saber que tiveram um filho.

— Não acredito! — Joshua anunciou.

A empolgação de um novo bebê sendo trazido ao mundo nunca enjoava. Não importava quantos plantões noturnos eu tinha feito. Cada nova vida era simplesmente tão incrível quanto a última.

Muitos minutos depois, alguém perguntou:

— Já tem nome?

A nova mãe sorriu.

— Declan.

Isso me fez parar.

Declan.

Lágrimas se formaram nos meus olhos. Declan tinha confirmado que escolheu não voltar para Chicago depois do projeto de Wisconsin, e eu não tinha conseguido superar isso.

Não entendia por que o fato de ele não voltar tinha esse tipo de impacto em mim. Quero dizer, sempre foi o plano ele voltar para a Califórnia. Mas eu sabia que havia uma boa chance de nunca mais poder vê-lo.

Sequei meus olhos.

— Declan é um nome lindo.

Will voltou da lavagem das mãos, deu uma olhada no meu rosto e semicerrou os olhos. Obviamente, ele sabia que eu chorei, mas não perguntou.

Will Daniels era um bom homem. Eu sabia disso agora mais do que nunca. Ele era o pacote completo. A realidade. E tinha me dito que me amava repetidamente. Mesmo assim... Eu ainda não tinha conseguido falar de volta.

Tínhamos nos envolvido em algumas discussões ultimamente por causa do meu humor e minha incapacidade de explicar por que estava triste. O que deveria dizer? *Estou triste porque o cara que você odeia que eu fique perto pode nunca mais voltar? Estou triste porque não sei muito bem por que não te amo?*

Mas percebi que não importava o porquê, aparentemente eu não amava Will o suficiente para dizer isso. O que importava era ser sincera com ele. E a verdade era óbvia. Não conseguia retribuir seus sentimentos, e não sabia se um dia conseguiria.

Mais tarde, quando ele me encontrou na sala de descanso, parecia que eu não conseguia olhá-lo nos olhos. E, naquele instante, eu sabia que tinha chegado ao meu limite. Não conseguia mais fazer isso. Will Daniels poderia ser o homem perfeito, mas não era o homem perfeito para *mim*. Ele merecia alguém que conseguisse declarar seu amor por ele sem hesitação. Eu sabia que haveria uma fila de mulheres esperando para tomar meu lugar no segundo em que ele voltasse ao mercado. Por que desperdiçar o tempo dele se isso não ia dar certo?

— Will... podemos ir ao jardim para conversar?

Seu olhar de decepção me disse que ele sabia exatamente o que estava prestes a acontecer. Ele assentiu e me seguiu para fora.

E terminei com um dos melhores homens que já conheci. Só o tempo diria se esse foi o maior erro da minha vida.

A noite seguinte era minha folga, e resolvi fazer uma coisa que estive protelando: convidei minha irmãzinha, Siobhan, para dormir na minha casa. Ela tinha acabado de fazer dez anos e ainda estava sofrendo com a morte do pai. De acordo com Kayla, Siobhan se sentia menos sozinha perto de mim porque tínhamos a perda do nosso pai em comum. Kayla achava uma boa ideia passarmos mais tempo juntas. Por isso, o convite. Também foi uma boa distração para mim.

Enquanto devorávamos uma pizza no chão da sala de estar, minha irmã enfiou o narizinho onde não era chamada.

— O que aconteceu com seus dois namorados?

Arregalei os olhos.

— O que disse?

— Você tem dois namorados, não tem? Will e Declan? Ambos foram ao funeral do papai.

Minha irmã era mais astuta do que eu pensava. E, aparentemente, ela pensava que eu era polígama.

Como responder...

— Enquanto, no mundo da fantasia, uma mulher pode ter dois namorados e se safar disso, neste mundo, na maior parte do tempo, só se tem um. Will era meu namorado. Declan é meu amigo. Nenhum deles é meu namorado no momento.

Ela inclinou a cabeça para o lado.

— Por quê?

Nem pensar que eu ia entrar nessa conversa com uma menina de dez anos.

— É complicado. Mas vamos só dizer que não o amava do jeito que deveria.

Ela cruzou as pernas.

— Por que não?

Soltei o ar, mexendo em uma mecha do meu cabelo.

— Não sei. Você sabe quando *ama* alguém, mas... demora um pouco mais para descobrir se *não* ama, às vezes. — Limpando a boca com um guardanapo, eu disse: — Na maior parte do tempo, é só um sentimento. E, quando percebi que Will não era o certo para mim, não quis desperdiçar o tempo dele.

— Então como sabe se ama alguém?

Isso me lembrou do funeral do meu pai e das palavras de Declan naquele dia depois de eu ter perguntado exatamente a mesma coisa.

— *Você sabe quando ama se cada coisinha que já teve medo, de repente, não parece nem metade tão aterrorizante quanto não passar o resto da vida com aquela pessoa.*

Se eu parasse para analisar o que estive sentindo nesses últimos dias, era medo — medo de perder Declan. Desde que ele me contou que não voltaria para Chicago, não consegui mais me concentrar em nada.

Ah, meu Deus.

Finalmente, respondi a ela.

— Siobhan, acho que há mais de um jeito de saber se ama alguém. E um deles é perder a pessoa. Às vezes, não percebemos que amamos alguém até ser tarde demais. Até ele ir embora. Acho que isso pode estar acontecendo comigo.

Seus olhos praticamente pularam da cabeça.

— Você ama alguém? Outro cara? Um número três?

Balancei a cabeça e dei risada.

— Não. Não um número três. Amo Declan. — Pausei, tentando me certificar.

Uau. É. Certeza.

— É Declan.

Ela arfou.

— Vai contar a ele?

Balancei a cabeça.

— Talvez? Não sei. Preciso de mais tempo para pensar nisso. Acabei de descobrir.

— Certo. — Ela sorriu e continuou comendo sua pizza como se essa coisa toda não fosse importante.

Para mim, era.

Assistimos a um filme depois disso e dividimos um balde gigante de pipoca. Mas só conseguia pensar na minha descoberta sobre Declan. O que isso significava? Ele ia embora de Wisconsin para a Califórnia em alguns dias. Eu ainda tinha uma vida ali. Além do mais, e se ele não me amasse também? Então não importaria como me sentia.

Só poderia torcer por algum tipo de sinal nos dias que viriam. Precisava de uma luz sobre como proceder. Mas estava especialmente grata por ter deixado Will ir. Agora sabia da fonte da minha incapacidade de amá-lo. *Eu amava outra pessoa.*

Mais tarde naquela noite, Siobhan tinha ido para o quarto de Declan (sim, sempre seria o "quarto de Declan") para dormir, e eu havia me retirado para o meu.

Em uns dez minutos fazendo minha rotina noturna de *skincare*, ouvi minha irmã me chamar do outro lado do corredor.

— Molly!

— Sim?

— Pode vir aqui?

Quando entrei no quarto, ela estava segurando um papel.

— Encontrei um M&M debaixo da cama quando fui colocar meus sapatos lá. Então procurei mais deles e encontrei isto.

Peguei dela. Era a letra de Declan.

E havia palavrões.

Merda.

Um monte de frases tinham sido riscadas com uma única linha.

Li o recado.

Foda-se. Vamos só tentar.
Não consigo parar de pensar em como seria transar com você, Molly. Mas é muito mais do que isso.

Talvez devéssemos levar dia a dia e ver o que acontece.

Sou louco por você, Molly. Então vamos simplesmente fazer isso.

O quê?

Meu coração parou.

— Finja que não viu isto, ok? Vá dormir, e vamos conversar pela manhã.

— Ok. — Ela deu de ombros. — Boa noite, Molly.

— Boa noite.

Levei o papel para o meu quarto e me sentei na cama, relendo-o repetidamente.

Quando Declan escreveu isto?

Vasculhei minha memória e não consegui descobrir. Mas o momento não importava. Isto provava que ele *quis* ficar comigo em certo ponto, embora algo o tenha impedido de me dizer. Essa era toda a resposta de que eu precisava. Tinha recebido exatamente o sinal que pedira. Agora... o que ia fazer com isso?

CAPÍTULO TRINTA E TRÊS

DECLAN

Eu não fazia ideia se estava tomando a decisão certa. Sentado no corredor, encarei pela janela enquanto meu coração martelava no peito.

E se eu estiver atrasado demais?

E se ela me disser que está apaixonada por ele?

E se ela não conseguir enxergar um futuro para nós sendo mais do que bons amigos?

A alternativa deveria ter me trazido alívio...

E se ela também me amar?

Mas, em vez disso, esse pensamento me fez suar ainda mais.

E se ela também me amar?

E se ela desistiu da oportunidade de uma vida estável com um cara decente, e tudo que eu conseguisse dar a ela fossem longos períodos de escuridão em que o melhor que eu poderia fazer era sair da cama para trabalhar?

E se as coisas piorassem e, um dia, isso afetasse o meu trabalho, e eu nem conseguisse mais nos sustentar?

Encarei a porta da cabine. Estava sentado na fileira sete, e as pessoas estavam embarcando no avião. O assento ao meu lado ainda nem tinha sido preenchido. Se eu quisesse, poderia pegar minha mala do compartimento acima e sair correndo pela porta. Molly não fazia ideia de que eu estava indo, então não ficaria decepcionada.

Gotas de suor escorreram por minha nuca, apesar de o ar-condicionado estar soprando bem em mim. Continuei a observar os passageiros passarem, internamente surtando conforme o avião se enchia e meu tempo de fugir acabava. Em certo momento, um homem gigante parou na minha fileira. Ele devia ter, no mínimo, um e noventa e oito de altura e facilmente uns cento e quarenta quilos de músculo.

Ergueu uma mala no compartimento acima e entrou no corredor vazio do assento ao meu lado.

Apertando o cinto, desculpou-se.

— Desculpe se eu invadi, cara. Geralmente, tento voar de primeira classe para pegar os assentos maiores, mas eles não tinham vaga.

— Sem problema.

Continuei encarando a porta da cabine.

— Você fica nervoso ao voar? — ele indagou.

Acho que o cara viu a ansiedade exalando de cada um dos meus poros. Suspirei exasperado.

— Geralmente, não.

— Bem, o clima é para estar bom hoje. Deve ser um voo tranquilo. Tente não se estressar.

Assenti.

Mas, um minuto depois, minha perna começou a balançar para cima e para baixo. O intervalo entre as pessoas embarcando começou a se espaçar. *Estamos quase terminando.* Agora, a qualquer minuto, aquela maldita porta iria se fechar. Tirei o cinto e me levantei, depois me sentei abruptamente e passei as mãos no cabelo.

— Tem certeza de que está bem? — meu colega de assento perguntou. — Está me deixando meio nervoso pelo modo que está agindo.

Merda.

Acho que eu também surtaria ao ver alguém agir desse jeito em um avião atualmente.

— Desculpe. Não quero preocupar você. Eu só... vou encontrar uma pessoa, e não sei se estou tomando a decisão correta.

O homem que parecia uma árvore realmente pareceu meio aliviado e assentiu.

— Deve ser uma mulher.

— É...

— Bem, isso explica por que você está aterrorizado. — Ele sorriu. — Parece que vai cagar na calça. Quando eu tinha seis anos, meu velho e minha mãe tiveram uma discussão. Meu velho era um cara grande. Me fazia parecer minúsculo. Ele tinha feito merda de novo... perdeu metade do salário jogando, e minha mãe o perseguiu pela casa. Eu estava sentado na varanda, e ele se sentou ao meu lado e abriu uma cerveja. Até hoje, nunca esqueci do que ele falou.

— O que foi?

— Ele falou "Filho, quando encontrar uma mulher que te dá um medo do caramba, case-se com ela". — O homem deu risada. — Minha esposa tem um metro e meio, e sou aterrorizado por aquela mulherzinha. Às vezes, ter medo de uma mulher pode acabar sendo a melhor coisa da sua vida.

Eu sorri sem entusiasmo.

— Obrigado.

Ele assentiu.

Alguns segundos depois, o desejo de fugir veio esmagando meu peito. Me virei para o meu colega de assento.

— Pode me fazer um favor?

— Fale.

— Não me deixe sair deste avião.

Ele arqueou uma sobrancelha.

— Tem certeza disso?

Respirei fundo.

— Absoluta.

O gigante cruzou os braços à frente do peito e esticou suas pernas grossas para bloquear minha passagem.

— Pode deixar.

Resolvi me hospedar em um hotel. Parecia estranho fazer isso estando em Chicago, mas não queria que Molly se sentisse pressionada por eu ficar com ela. Se tivéssemos nossa conversa e ela me dissesse que não queria ficar comigo, o que aconteceria? Eu diria boa-noite e dormiria no quarto ao lado do dela? Parecia errado. Então tinha feito check-in em um Hampton Inn na esquina do hospital onde ela trabalhava. Como era tarde, decidi tentar ter uma boa noite de sono e esperar até o dia seguinte para entrar em contato. Não sabia se ela estava trabalhando ou não, então pensei em ligar no horário em que ela normalmente saía.

Mas *ter uma boa noite de sono* acabou sendo uma expectativa não realista. Em vez disso, fiquei revirando na cama a noite toda, ainda em dúvida se estava fazendo a coisa certa. Queria o melhor para Molly e, no fim, parecia não ser eu.

A luz da manhã também não trouxe muita claridade. Desci para tomar um café preto muito necessário às seis da manhã. Após suficientemente cafeinado, encarei meu celular, tentando decidir o que escrever para ela. No fim, foi simples.

> **Declan: Oi. Está saindo do trabalho agora? Esperava que pudéssemos conversar.**

Senti que estava no Ensino Médio conforme observava a mensagem ir de *Enviada* para *Recebida* e então *Lida.* Minha pulsação acelerou, e comecei a transpirar de novo. Pelo menos, talvez não precisasse esperar muito tempo. Molly, normalmente, respondia bem rápido às minhas mensagens.

Mas, meia hora depois, ela não tinha respondido. Em vez de esperar sentado meu celular apitar, entrei no banho e comecei a me aprontar para o trabalho — que seria bem complicado. Meu chefe, claro, sabia que eu tinha voltado para Chicago. Dois dias antes, eu havia lhe dito que queria ver como as coisas estavam indo antes de decidir se ficaria ou não. Ele foi ótimo quanto à mudança de último minuto. No entanto, havia me deixado escolher se avisaria a Julia, e eu ainda não tinha feito isso. Obviamente, tinha umas pontas soltas para lidar com ela também.

Lá para as oito e quarenta e cinco, era hora de sair para o escritório, e ainda não tinha recebido nada de Molly. Sabia que ela tinha lido minha mensagem, então presumi que, talvez, estivesse com problema na internet ou algo assim. Detestava sair para trabalhar sem conversar com ela, mas a bola estava na sua quadra agora.

No escritório, encontrei Julia na sala de reuniões. As paredes eram todas de vidro, então dava para ver a sala do corredor, mas ela estava ocupada e não me viu rapidamente.

— Toc, toc — eu disse, abrindo a porta.

— Declan! — Seu rosto todo se iluminou. — O que está fazendo aqui?

Parecia que ela estava se preparando para uma reunião. Havia um projetor ajustado na ponta da mesa, e ela estava colocando pastas com papéis diante de cada cadeira. Mas, ao me ver na porta, ela parou e veio correndo. Como a sala de reunião era um aquário, ela olhou para fora no corredor a fim de ver se a barra estava limpa antes de se esticar e envolver os braços no meu pescoço. Julia empurrou seus seios para cima no meu peito e se aproximou para um beijo. Felizmente, consegui virar a cabeça a tempo, e seus lábios encostaram na minha bochecha.

Ben, um dos dois executivos juniores da conta que enviaram para me substituir vinha andando no corredor, então ergui o queixo e pigarreei.

— Ben.

Provavelmente, Julia presumiu que fosse por isso que eu tinha evitado o beijo e recuou.

— Oi, Declan. Como você está? — Ben perguntou. — Julia não disse que você viria.

— Ela não sabia.

Julia sorriu.

— Ele me fez surpresa.

Ótimo. Agora ela pensava que eu quis *fazer surpresa* em vez de evitar conversar com ela.

— Isso significa que vou voltar para a sede mais cedo?

Assenti.

— Talvez. Falei para a sede que iríamos nos reunir e ver como as coisas estão para saber de quantas mãos precisávamos aqui antes do lançamento.

Os olhos de Julia brilharam.

— Oh, sei exatamente das mãos que preciso e onde.

Merda.

Fiquei aliviado quando as pessoas começaram a entrar na sala para a reunião. Me deu chance de fugir das garras de Julia, mas também, e mais importante, de verificar meu celular. Julia adorava fazer um grande show, então me sentei e a deixei aproveitar os holofotes enquanto, sorrateiramente, encarava meu celular, torcendo para ver uma nova mensagem.

A reunião durou mais do que duas longas horas, porém apenas cinco minutos antes de terminar meu celular finalmente tocou. Meu sangue começou a pulsar. Mas era apenas Belinda verificando como eu estava. Não quis decepcioná-la, então respondi o mais vago que conseguia sem mentir.

> **Belinda: Como está indo, caubói?**
>
> **Declan: Aguenta aí. Esperando para conversar com Molly agora.**
>
> **Belinda: Vá fundo, garoto apaixonado. Avise como foi. Estamos torcendo por você.**

Ótimo. Agora eu decepcionaria um bar inteiro de lésbicas se não tivesse sucesso com Molly.

Depois que a reunião terminou, as pessoas que tinham chegado tarde pararam para me cumprimentar e dar as boas-vindas. Quando ficamos apenas Julia, eu e os outros dois executivos da conta, ela voltou seu foco para mim.

— Por que você e eu não almoçamos cedo para conversar?

— Humm... — Olhei para o meu celular, que ainda não tinha novas notificações, e assenti. — Claro. É uma boa ideia.

Entramos em uma pizzaria a dois quarteirões do escritório. Julia pediu uma mesa com banco, e uma garçonete veio entregar as águas e o cardápio. No minuto em que ela se foi, Julia se levantou do outro lado da mesa e se sentou ao meu lado.

— O que está fazendo? — Olhei para ela, confuso.

Ela sorriu e, de repente, senti uma mão na minha coxa debaixo da mesa.

— Ãh, isso não é uma boa ideia.

Ela deslizou a mão mais para cima e segurou minha virilha.

— Ninguém consegue ver.

Cobri a mão dela e a retirei de entre minhas pernas.

— Acha que pode se sentar do outro lado para podermos conversar?

Ela fez beicinho.

— Só negócios e sem diversão tornam Declan um garoto chato.

Quando não falei nada, ela revirou os olhos e suspirou, voltando para o assento à minha frente.

— Olhe, Julia. Você é ótima, mas...

Ela piscou algumas vezes, então sua cabeça virou para o lado como se tivesse acabado de levar um tapa.

— Só pode estar brincando comigo.

— O que foi?

— Vai fazer o discurso de *não é você, sou eu*?

— Bem... Eu... Nós... — Suspirei e arranquei o curativo logo. — Desculpe. Conheci alguém. E sou bem apaixonado por ela.

— Em Wisconsin? — Ela cruzou os braços à frente do peito. — Foi rápido.

Balancei a cabeça.

— Não, aqui em Chicago.

— O que quer dizer com aqui em Chicago? Há quanto tempo está de volta?

— Cheguei ontem à noite.

— Então como conheceu alguém aqui em Chicago?

Passei a mão no cabelo.

— Estou apaixonado pela Molly.

Sua expressão inteira se contorceu.

— Molly? Sua colega de casa?

Assenti.

— Quando isso aconteceu?

Deus, isso era um saco. Mas devia a verdade a Julia.

— Acho que aconteceu com o tempo, enquanto estava morando aqui. Foi devagar, mas meio que me atingiu de uma vez.

Ela balançou a cabeça.

— Então está me dizendo que, enquanto estávamos nos pegando, você estava se apaixonando por outra mulher?

Parecia horrível quando ela dizia desse jeito, mas também era a verdade. Baixei a cabeça e a deixei desabafar. Ela tinha todo o direito.

— Terminei com meu namorado por você! — Julia ergueu a voz.

— Desculpe. Eu gostava de você. Gostava mesmo. Esse negócio com Molly... foi bem inesperado.

— Sabe o que mais não era esperado?

Ela se levantou, colocou a bolsa no ombro e deu dois passos para o meu lado do banco. Então pegou o copo grande de água gelada que a garçonete tinha deixado e derramou todo no meu colo antes de sair pisando duro.

Bom, até que foi bem.

Na manhã seguinte, acordei com uma sensação ruim nas minhas entranhas. Ainda não tinha notícia de Molly, apesar de ter enviado uma segunda mensagem na noite anterior. De novo, ela leu minha mensagem, porém não respondeu. Comecei a ficar preocupado, então tentei ligar, mas caiu direto na caixa-postal. Não era um bom sinal quando uma mulher pela qual você voou para encontrar para declarar seu amor nem respondia uma mensagem nem te ligava de volta.

Mas, por algum motivo, estar de volta em Chicago teve um efeito surpreendente em mim. Eu havia começado a ter mais certeza do que nunca de que precisava falar tudo para Molly e arriscar meu coração. Então, em vez de enviar uma terceira mensagem que me manteria encarando o celular o dia todo, resolvi ir encontrá-la.

O plantão normal de Molly acabava às sete, então fui para o hospital e esperei lá na frente do lado de fora. Um monte de gente de jaleco entrou e saiu, mas não havia sinal da mulher que eu viera ver. Quando eu estava prestes a ir embora, vi um rosto familiar passar pela porta.

— Emma? — chamei.

Ela uniu as sobrancelhas por um segundo antes de me reconhecer.

— Declan, certo?

Assenti e fui até ela.

— Isso. Como está indo?

Emma tinha saído com outra enfermeira, e ela se virou e disse a ela que a veria no dia seguinte.

— O que está fazendo aqui? Está tudo bem? Está visitando alguém?

Balancei a cabeça.

— Na verdade, estou procurando a Molly. Você a viu hoje? Não sei se ela veio trabalhar ou não.

Emma franziu o cenho.

— Ela não estava ontem à noite, apesar de eu ter visto o nome dela na programação no início da semana, então perguntei à nossa supervisora. Ela disse que Molly pediu uns dias de folga.

— Oh! Ela está bem?

Emma olhou para mim com o que só poderia ser descrito como pena.

— Sim, enviei mensagem para ela para ver como estava e perguntei se estava tudo bem. Ela falou que saiu da cidade por uns dias… um tipo de miniférias, acho.

— Saiu da cidade? Ela falou para onde?

Emma balançou a cabeça.

— Estávamos bem ocupados ontem à noite, então não consegui responder à mensagem. Quando soube que estava bem, pensei em falar com ela quando saísse hoje.

Bem, essa notícia era uma droga, mas acho que era isso que eu ganhava por aparecer sem avisar.

— Obrigado, Emma.

— Quer que eu avise Molly que você a está procurando quando enviar mensagem para ela mais tarde?

Caiu minha ficha de que Molly tinha encontrado tempo para responder à mensagem da amiga, mas não a minha. Minha teoria de que ela estava ocupada caiu por terra.

— Não, tudo bem. Obrigado.

— Certo. Cuide-se, Declan.

Ela se virou, mas eu precisava saber mais uma coisa.

— Emma?

Ela se virou de volta.

— Encontrou Will Daniels esta noite?

Ela franziu o cenho de novo.

— Não, ele também não estava. Desculpe.

Depois disso, eu não estava muito preparado para ir ao escritório. Resolvi dar uma caminhada no lago. Quando cheguei lá, me sentei no muro de concreto que rodeava a areia e olhei para a água.

Aonde eu iria agora? De volta para a Califórnia? Era estranho, porém o lugar onde morei minha vida inteira não parecia mais meu lar. Costumava pensar que lar era onde todas as minhas coisas estavam guardadas. Mas, agora, lar estava mais para onde meu coração residia. E isso era em Chicago com Molly. Ir embora daqui seria deixar isso para trás. Não conseguia imaginar ter outra utilidade para ele, então, talvez, não importasse onde eu o deixaria.

Acabei ficando sentado nesse muro por horas. Nem liguei nem mandei mensagem para Julia a fim de avisá-la de que chegaria tarde no escritório. Duvidava que ela estivesse ansiosa esperando que eu aparecesse, de qualquer forma, a menos que, talvez, houvesse outro copo de água por perto. Ao meio-dia, meu celular tocou no bolso. Era a primeira vez, nos últimos dias, que eu não tinha aquela empolgação, pensando que pudesse ser Molly, porque agora eu sabia que, provavelmente, ela tinha viajado com Will. Mesmo assim, peguei meu celular.

O nome de Belinda brilhou na tela. Pensei em não atender, por que o que eu iria contar a ela? Que esperei tempo demais e falhei? Detestava decepcionar mais uma pessoa. Mas, antes de poder decidir, parou de tocar. Um instante depois, começou a tocar de novo, e o mesmo nome brilhou na tela.

Então respirei fundo e atendi.

— Ei, Belinda.

— Cadê você, caubói?

— Estou em Chicago, perto do lago.

— Bem, acabei de abrir o bar, e adivinha? Uma mulher linda foi minha primeira cliente. A coisinha fez meu coração palpitar.

Eu sorri.

— Que ótimo, Belinda.

— Com certeza. Mulher linda entra em um bar lésbico e sorri para mim. Eu estava achando que era meu dia de sorte. Então sabe o que fiz?

— O quê?

— Dei em cima dela. Usei uma das minhas melhores e mais eficazes cantadas.

— Bom para você.

— Não muito.

— Por quê?

— Porque essa mulher sentada aqui no meu bar não está procurando pela sra. Certa.

— Sinto muito, Belinda.

— Não sinta. O que você precisa fazer é voltar para Wisconsin.

Eu não estava acompanhando.

— Por que preciso voltar para aí?

— Porque a mulher sentada na ponta do meu bar que acabou de me dar um fora é Molly.

CAPÍTULO TRINTA E QUATRO

DECLAN

Começara a dirigir o carro alugado do lago em direção ao aeroporto. Mas, conforme fiz as contas, percebi que, mesmo que eu fosse bem sortudo para pegar um voo imediatamente, entre devolver o carro alugado, o tempo que demora para embarcar e desembarcar, pegar outro carro alugado e os quarenta e cinco minutos de voo, não chegaria mais rápido do que poderia dirigir. Então, em vez de ir para O'Hare, fui para o norte em direção a Madison. Não poderia arriscar um voo que poderia atrasar ou não haver assentos restantes até tarde da noite.

Quando comecei, o GPS disse que demoraria umas três horas, mas, aparentemente, ele não sabia a que velocidade eu iria, porque, duas horas e meia depois, eu estava estacionando do lado de fora do *Spotted Cow*.

Eu não tinha bagagem, nem hotel e tinha um carro alugado que era para estar em outro estado, mas nada disso importava. Tinha pedido a Belinda para enrolar Molly o quanto ela conseguisse, mas para não dizer que eu estava em Chicago. Meu coração latejou no peito conforme abri a porta e vi Molly sentada no meu banquinho de sempre.

Senti que demorou uma eternidade para chegar até ela, embora ela estivesse logo no fim do bar.

Molly desceu do seu banquinho e ficou em pé de forma estabanada.

— Ah, meu Deus, pensei que você nunca fosse aparecer.

Sem conseguir tocá-la rápido o suficiente, envolvi os braços nela e a puxei para perto.

— Não acredito que você veio para cá. — Apertei-a. — Deus, Molly, eu estava com saudade.

— Foi uma decisão de última hora. Tinha que ver você.

Recuei para olhar seu rosto.

— Por que não me contou que estava vindo para Wisconsin?

Ela deu de ombros e sorriu.

— Não sei. Acho que não queria que você dissesse alguma coisa que pudesse me fazer mudar de ideia. Queria chegar antes de me convencer a não fazer isso. Precisava ver você antes de partir para a Califórnia.

Puxei-a para outro abraço e falei no seu ouvido:

— Tenho tanta coisa para te falar, mas precisamos ir a algum lugar e conversar em particular.

Quando nossos olhos se encontraram de novo, ela perguntou:

— Por que demorou tanto para chegar aqui? Onde você estava esta noite?

— Bem, engraçado você perguntar... — Dei risada. — Demorei uma eternidade para chegar aqui porque estava dirigindo de volta de Chicago.

Ela arregalou os olhos.

— O quê?

— Fui ver você.

— Está brincando?

— Não. Não dá para inventar isso. Eu estava te procurando. Você não respondia minhas mensagens. Eu estava ficando louco, Molly.

Ela somou dois mais dois.

— Espere, isso significa que você já fez checkout do seu quarto aqui?

Dei risada.

— Sim. Não tenho casa agora.

Belinda interveio.

— Tem, sim. Vai ficar na minha casa. Vou passar a noite na casa da minha irmã. Estou precisando conversar com ela, de qualquer forma.

— Não posso deixar você fazer isso. Podemos voltar para o hotel. Tenho certeza de que eles têm vaga.

Belinda chicoteou seu pano contra o bar de madeira.

— Nem pensar que vou deixar você fazer o que precisa com pulgas como seu público. — Ela enfiou a mão no bolso e tirou uma das chaves do seu chaveiro. — Pegue minha maldita chave e suba.

Belinda morava acima do bar em um apartamento no estilo loft. Por mais que eu nunca tivesse entrado, desconfiava que fosse legal. Também desconfiava que estaria desperdiçando meu tempo se acreditava que ela aceitaria não como resposta. E foi um alívio não ter que perder tempo encontrando um quarto.

— Não vou discutir com você sobre isso, Belinda — eu disse. — Obrigado.

Enquanto Molly lhe dava um abraço de despedida, Belinda fazia joinha para mim. Acho que eu tinha sua aprovação oficial.

Colocando a mão na lombar de Molly, levei-a para fora do bar.

Conforme subimos as escadas para o apartamento de Belinda, meu coração acelerou. Organizei meus pensamentos e pensei no que tinha motivado Molly a vir até aqui. Será que ela tinha surtado por talvez não me ver de novo ou era algo mais?

Virei a chave para entrar no apartamento de Belinda.

— Uau. Lugar legal — Molly elogiou.

Belinda tinha plantas pelo lugar todo, e a decoração clara era tão vibrante quanto ela. Era um grande espaço com uma cozinha que se abria para a sala de estar, e uma cama enorme no canto mais distante. Tudo era meticulosamente limpo.

Molly olhou em volta, então finalmente me encarou.

— Estou muito confusa, Declan. Pensei que nunca mais fosse voltar para Chicago. Obviamente, não teria vindo aqui se soubesse que você estava indo até lá.

Coloquei as mãos nos seus ombros.

— Eu não estava planejando ir para Chicago. Mas então parei de olhar para o meu próprio umbigo e percebi que me arrependeria pelo resto da vida se não fosse ver você. — Respirei fundo. *Aqui vai.* — As coisas com Will e você estão em um ponto em que, se eu esperasse mais, nunca teria uma chance de te dizer como me sinto...

Antes de eu conseguir falar, Molly me interrompeu.

— Não existe mais Will e eu, Declan.

Inclinei a cabeça.

— O quê?

— Terminei com ele.

Parecia que meu coração ia explodir, cheio de esperança.

— Quando foi isso?

— Há uns dois dias.

— O que houve? — Tentei parecer solidário, embora quisesse dançar.

— Certa noite, percebi... quando comecei a chorar aleatoriamente no trabalho por causa de alguém que deu o nome de Declan ao bebê... que estou... completamente apaixonada por você. — Seu peito arfava.

Ela estava apaixonada por mim?

Molly estava apaixonada por mim?

Deveria ter dito a ela que a amava imediatamente, porém meu cérebro sobrecarregado ainda não estava lá. Não tinha acompanhado meu coração e ainda estava processando.

— Por que não me ligou? — perguntei.

— Porque não sabia se você se sentia igual, e não tinha certeza se era correto te contar. Quer dizer, até encontrar um recado que você deixou debaixo da sua cama. Bem, na verdade, foi Siobhan que encontrou.

Recado?

— Que recado?

Molly pegou um papel da sua bolsa e me entregou.

Reconheci os pensamentos aleatórios que tinha escrito quando ia pedir a ela que me desse uma chance. Nunca imaginei que aquelas palavras rabiscadas a levariam até mim.

— Escrevi tudo isso na noite em que me disse que ia começar a sair exclusivamente com Will. Tentei, o dia todo, pensar em como ia te dizer que queria que tivéssemos uma chance e tentássemos, mas, quando você fez aquele anúncio, pareceu tão otimista... Resolvi que não deveria te contar o que estava sentindo. Mas me arrependo dessa decisão todos os dias.

Molly envolveu as mãos no meu rosto.

— Teria escolhido você, Declan. Não tenho dúvida. Queria que tivesse me contado.

Colocando minhas mãos sobre as dela, eu disse:

— Não queria virar sua vida de cabeça para baixo quando você tinha tomado a decisão que pensou que quisesse. Meus medos evoluíram tão rápido. Me convenci de que você estava melhor sem mim. Melhor com ele.

— Por que pensaria isso?

Era difícil admitir que minhas inseguranças eram as culpadas.

— Tinha muito a ver com meus medos sobre me tornar minha mãe... de como meu futuro poderia afetar você. Eu não tinha te contado sobre minha depressão naquele momento. Não queria ser um fardo com meus problemas. Sem contar que, na época, você estava passando por muita coisa com seu pai, e eu não queria dificultar ainda mais.

Ela balançou a cabeça.

— Você nunca poderia ser um fardo para mim. Quando se gosta de alguém, você cuida de todas as partes da pessoa. Isso não me assusta, Declan. E, mesmo que assustasse, não me impediria de querer estar com você. Ninguém é perfeito... eu não, certamente. Contanto que me deixe estar ao seu lado e não me exclua, podemos superar qualquer coisa.

Suas palavras me trouxeram um imenso alívio.

— Sei que está falando sério. — Assenti. — E estou tentando lidar com meus medos.

Encaramos os olhos um do outro até Molly, enfim, falar.

— No dia em que escondeu o recado debaixo da cama... Talvez, naquela época, eu pensasse que Will era o que eu queria, mas nunca houve um instante em que não pensasse em você, torcendo para *nós* podermos ficar juntos. Estava me enganando acreditando que as coisas pudessem dar certo entre mim e Will. Esse tempo todo, estive me apaixonando por você. Minha incapacidade de dizer a Will que o amava não tinha nada a ver com meus sentimentos por ele, e tudo a ver com o fato de eu amar *você*. — Ela deu risada. — Só demorei um tempo para descobrir isso.

Encostei a testa na dela.

— Acredito que me disse que me ama duas vezes, e eu ainda não disse sequer uma vez. — Sem querer estragar isso, beijei o topo da sua cabeça e me preparei para abrir meu coração. — Molly, eu te amo muito. Foi por isso que fui para Chicago... para te contar. Até agora, eu estava com medo de você me dizer para voltar para Cali. Não iria lutar contra isso se você estivesse feliz de verdade com ele. Mas estou muito grato por ter seguido meu instinto. Se soubesse que você se sentia assim por mim, teria ido para lá bem mais rápido.

— Está tudo bem. Nós dois tivemos que descobrir isso do nosso próprio jeito.

— Estávamos tentando chegar ao mesmo lugar... um ao outro... mas tivemos um monte de conexões perdidas ao longo do caminho.

— E agora? — ela perguntou.

— Você que me diz.

Molly se esticou na ponta dos pés para falar nos meus lábios.

— Eu quero *você* agora. Sinto que estou esperando há uma eternidade.

— Tenho quase certeza de que, se não sentir como é estar dentro de você, vou explodir.

Saboreei o gosto doce dos seus lábios. Então a peguei no colo e a levei para a cama, me deitando em cima dela.

No segundo em que nossos corpos atingiram o colchão, a cama nos fez pular como se estivéssemos no meio do maldito oceano.

— Que porra é essa? — gritei.

Molly caiu na gargalhada.

— O que é isto, 1985? — Ela riu.

Belinda tinha uma porra de um colchão de água!

— Que merda ela está pensando? — Então vi outra coisa. — Ouça. — Parei com Molly ainda debaixo de mim. — Está ouvindo?

Era o som do oceano. Belinda tinha um tipo de sistema que, assim que a cama se movimentava, acionava o som de ondas e gaivotas.

Era adequado, pelo fato do quanto nosso relacionamento tinha sido tortuoso, que nossa primeira vez fosse em um colchão de água que imitava o oceano. Sinceramente, não importava onde estávamos.

Comecei a devorar o pescoço de Molly, falando na sua pele.

— Não acredito quanto tempo tive que esperar por isto. Seu gosto é bom pra caralho.

Ela apertou minhas costas, cravando as unhas em mim.

— Por favor, não volte para a Califórnia...

— Não quero ficar longe de você — falei nos seus lábios. — Vamos pensar no que fazer, linda.

Começamos a arrancar as roupas um do outro. Com os sons do oceano ainda tocando, estávamos agora completamente nus conforme o colchão de água de Belinda nos jogava de um lado a outro.

Desesperado para provar Molly, baixei a cabeça até sua boceta e abri suas pernas. Ela arfou quando comecei a lamber seu clitóris sensível. Não deu para ir devagar; eu estava faminto demais por ela. Molly era mais doce do que qualquer coisa. Abrindo mais suas pernas, eu a devorei, com mais intensidade e mais rapidez, antes de inserir minha língua. Ela puxou meu cabelo e guiou meu rosto mais fundo nela.

— Declan — ela arfou.

Tudo que ela precisava era dizer meu nome. Deslizei para cima a fim de encontrar seus lábios. Molly gemeu na minha boca e, em segundos, eu estava dentro dela. Revirei os olhos. Ela estava tão molhada e pronta que quase gozei no segundo em que sua boceta envolveu meu pau. Isso era uma coisa que nunca pensei que sentiria. O que começou devagar logo se tornou intenso e rápido, ainda mais intenso pela movimentação da "água". No entanto, eu precisava senti-la sem a distração da cama balançando.

Saí dela e a levei para o chão, pegando um travesseiro para apoiar sua cabeça. Conforme fiquei acima dela, Molly colocou a mão no meu pau duro e, de novo, me levou até sua abertura. Ela estava muito incrivelmente molhada e quente. Sempre imaginei como poderia ser, mas era melhor.

Ela se apertou em volta de mim, e quase gozei. Quando envolveu as pernas nas minhas costas, me permitindo entrar ainda mais fundo, quase me descontrolei de novo.

Molly rebolou a fim de encontrar minhas investidas. Fechei os olhos em euforia, incapaz de acreditar que quase a tinha deixado ir, quase fiquei sem provar este momento. Esse pensamento me fez ir ainda mais rápido. Cada pedacinho dela era meu agora.

Suas mãos seguraram minha bunda conforme eu investia nela.

Os gritos de prazer de Molly ecoaram pelo grande loft quando ela relaxou de repente. Precisei de toda a minha força de vontade para não explodir, mas aguardei até sentir seu orgasmo pulsar em volta de mim. Nunca fiz uma mulher gozar tão rápido. Era lindo vê-la se desfazer.

Me perdi logo depois, mergulhando nela em uma investida forte conforme gozava.

Ficamos deitados acabados no chão, quietos e saciados.

Queria ficar assim com ela todos os dias, e isso significava que precisávamos pensar em bastante coisa. Mas não deixaria isso arruinar aquela noite; naquele instante, isso era tudo.

Molly e eu voltamos ao apartamento de Chicago. Tínhamos dirigido para casa na manhã seguinte da nossa noite na casa de Belinda e havíamos ficado juntos desde então. Passamos a maior parte do tempo no quarto de Molly "recuperando" o tempo perdido.

Em nossa brisa induzida pelo sexo, não estávamos mais perto de saber *como* exatamente iríamos fazer isso dar certo. Nós dois tínhamos empregos e família em cidades diferentes. Era para eu começar uma nova conta na Califórnia em algum momento no futuro próximo. Ainda assim, não queria deixar Molly.

No entanto, decisões difíceis teriam que esperar. Aquele era um dia especial. Era aniversário da minha garota.

Eram quase onze da manhã. Deixei Molly dormindo e me levantei para fazer rabanadas, que eu planejava levar na cama para ela.

Enquanto o café fervia, resolvi verificar suas correspondências, que chegaram tipicamente cedo. Molly havia mencionado que estava esperando um pacote chegar hoje. Quando desci, não encontrei nada além de vários envelopes em sua caixa de correio.

Conforme subi as escadas, mexi nas cartas. Havia algumas contas e um cartão de aniversário de alguém cujo nome eu não reconhecia. Então, vi um cartão de alguém cujo nome eu reconhecia, *sim* — o pai de Molly.

Não sabia o que fazer com isso. Talvez ele tivesse planejado enviá-lo antes de falecer. Me preparei para as emoções que, com certeza, viriam quando ela o visse.

De volta ao apartamento, deixei as correspondências no balcão e continuei fazendo o café da manhã.

Molly apareceu na cozinha antes de eu ter chance de levar seu café da manhã na cama.

— Oi, aniversariante — eu disse ao virar uma rabanada.

— Oi. — Ela esfregou os olhos e bocejou. — O que quer que esteja fazendo tem um cheiro incrível.

— Sua preferida. Rabanada. E é só o começo de um monte de coisas que planejei para você hoje.

Não sabia se contava sobre o envelope do seu pai agora ou aguardava até ela ter comido o café da manhã. Dado o potencial para a tristeza, optei por não contar até ela comer.

— Sente-se. Vou te servir um café.

Molly puxou sua cadeira e me deixou servi-la. Pus o café da manhã para nós e me sentei diante dela.

Comemos em silêncio, mas meus pensamentos ficavam mais altos a cada segundo. Um de nós precisava desistir do emprego e se mudar, se fôssemos ficar juntos. Após um instante, de alguma forma, de novo, guardei todas as perguntas não respondidas no fundo da mente, me lembrando de que hoje não era o dia para se estressar.

Limpamos nossos pratos, e fui até o balcão.

— Então... Fui verificar sua correspondência. Sei que estava esperando alguma coisa. Não chegou nenhum pacote, mas vi isso. — Entreguei a ela o envelope.

Molly o analisou antes dos seus olhos se arregalarem.

— É do meu pai...

— É.

Lentamente, ela abriu o envelope e tirou o cartão. Leu a frente, o apertou no peito e me entregou.

— Pode ler para mim?

— Claro. — Comecei a ler a letra do seu pai.

Para minha linda filha,

Se estiver lendo isto, é porque não estou mais nesta Terra física e tive que perder seu aniversário. Sinto muitíssimo por isso. Sinto muito por um monte de coisas quando se trata de você. Mas, talvez, sinto mais pelo fato de eu não ter tido tempo suficiente com você. Não consegui aproveitar totalmente o tempo com a mulher adulta que se tornou, da qual tenho muito orgulho. Teria levado você ao seu restaurante italiano preferido hoje e a deixado falar enquanto eu ouvia. Não há mais nada que eu iria querer, principalmente neste momento — acamado e sem poder sair, que dirá comer alguma coisa tão deliciosa quanto uma daquelas pizzas de massa fina.

Trabalhei muito duro toda a minha vida, como sabe, mas, no fim, não pude levar minha carreira comigo. Em retrospecto, queria ter tido mais tempo com minhas filhas e menos tempo trabalhando, por mais que isso seja bem difícil para um médico. Se tiver a oportunidade de escolher trabalho ou família, sempre escolha família, porque não passar tempo suficiente com a minha é, literalmente, meu único arrependimento conforme me preparo para dar o próximo passo na jornada da minha alma.

Viva cada dia como se fosse o último, e aproveite ao máximo seu tempo com as pessoas que ama. Passe tempo conhecendo sua irmãzinha. Ela vai precisar da sua liderança e amor. Tenho certeza de que Kayla vai se casar de novo um dia, e isso será extremamente difícil para Siobhan. Infelizmente, por minha causa, vocês passaram por esse mesmo dilema, então você e Lauren vão poder confortá-la nesse aspecto. Amo todas as minhas filhas, mas me preocupo mais com você, Molly. Você é a que tem o maior coração. E espero que não tenha um único arrependimento quando se trata de mim. Espero que supere tudo isso. Sei que me ama. Por favor, nunca duvide se me mostrou isso o bastante. Você fez tudo que podia nos meus últimos dias para provar que o amor que tinha por mim nunca desapareceu.

Só posso desejar que encontre um homem que ama você metade do quanto eu te amo. Por favor, nunca se acomode. Merece alguém que vai amá-la com todo o coração. E, quando encontrar essa pessoa, você vai saber. Se estiver tentando muito descobrir se alguém é a pessoa certa, vou te contar um segredo: não é. A menos que estejamos falando de Declan. (Dá para ver que eu gosto desse cara?) Mas estou brincando. Minha opinião não importa. Siga SEU coração, meu amor.

Tenho mais alguns cartões escritos na minha brisa induzida pela quimio para você ler nos próximos aniversários. Queria poder ter escrito a você palavras suficientes para durarem uma vida toda, mas espero que goste das que eu enviar. E, por favor, saiba que, onde quer que eu esteja, sempre estarei com você.

Com amor, seu pai.

Molly estava em prantos. Meus olhos estavam lacrimejando. Um sentimento me inundou, e eu sabia exatamente o que queria fazer.

Fui até meu celular no balcão e liguei para o meu chefe, Ken, na Califórnia.

— O que vai fazer? — Molly perguntou.

— Seguir o conselho do seu pai e colocar a pessoa que amo em primeiro lugar. Não quero nenhum arrependimento, Molly.

Ken atendeu.

— Declan. Que bom ouvir você. Tem alguma ideia de quando volta?

— Sim. Hum… é por isso que estou ligando, Ken. Precisamos conversar.

— O que aconteceu?

Olhei para Molly e falei.

— Sinto muito mesmo por fazer isto com você, mas tenho que pedir demissão.

Ela ficou boquiaberta.

Ken ficou em silêncio.

— Sério? O que houve? Foi contratado pela Integrity? Eu sabia que eles estavam recrutando meu pessoal, mas…

— Não. Não é isso, não.

— Então por que vai nos deixar?

— Não tenho nada em vista, mas minha namorada mora em Chicago, e preciso estar onde ela está. Eu a amo e não quero ficar longe dela. Então não é uma questão de dinheiro nem outra coisa. Só sei o que é melhor.

Molly continuou sentada ali com a boca aberta. Claramente, ela não achava que eu fosse me demitir para ficar com ela. Mas essa era a escolha certa. Já sabia disso no meu coração. A carta do seu pai só me deu o último empurrão.

— Bem… — ele disse. — Se eu tivesse sua idade, poderia ter te dado um discurso sobre esse ser um dos maiores erros da sua vida, mas vivi o bastante para saber que, às vezes, é preciso seguir seu coração.

Eu sorri.

— Obrigado pela compreensão. Espero que saiba que, se precisar de ajuda em qualquer coisa que tenha a ver com minhas contas anteriores, sempre estarei disponível. Também espero que eu possa contar com você para referências.

— Claro, Declan. Você foi um funcionário-modelo. Desejo o melhor a você e espero que continue feliz com sua decisão.

Olhei para a minha garota e sorri.

— Não tenho dúvida.

Quando desliguei, Molly secou suas lágrimas conforme veio me abraçar.

— Não acredito que você acabou de fazer isso.

— Um de nós precisava fazê-lo. E eu nunca esperava que você fosse abandonar sua irmãzinha. — Peguei-a no colo e a apertei forte. — Amo este lugar, Mollz... porque você está aqui. Esta era a decisão que eu teria tomado, por fim, mas as palavras do seu pai deixaram muito claro que eu não poderia esperar nem mais um segundo.

Ela pulou nos meus braços de novo.

— Te amo muito, Declan. Você me faz incrivelmente feliz. E sei que meu pai está sorrindo agora.

Balancei a cabeça.

— Espero que isto seja suficiente para provar de uma vez por todas que não sou gay.

EPÍLOGO

MOLLY

Era sábado de manhã, e Declan tinha acabado de voltar ao apartamento. Ele tinha acordado cedo e saído enquanto eu ainda estava dormindo, então eu o estava vendo pela primeira vez.

— Como foi? — perguntei, recebendo-o na porta, envolvendo os braços no seu pescoço.

— Foi bom. Conheci um garoto hoje que me lembrou muito de mim mesmo.

— Tenho muito orgulho de você por estar fazendo isso.

— Sinceramente, me ajuda mais do que os ajuda. Tirou o foco de mim, e isso pode ser uma boa coisa.

Dei um selinho nos seus lábios.

— Você percorreu um longo caminho, linda.

Declan se voluntariava todo sábado de manhã em um centro de crise para adolescentes na cidade. Orientava adolescentes que passavam por tempos difíceis — muitos sofrendo de depressão, algo que ele entendia em primeira mão.

— Acho que a maior diferença entre o meu eu de hoje e o homem que eu era há um ano é que não duvido mais de mim mesmo, se mereço certas coisas. Agora simplesmente escolho autocompaixão, mesmo que não tenha certeza das coisas. Mas precisa ter uma base sólida para assumir esse risco. Você tem sido minha base... a única coisa certa que me permite acreditar em mim mesmo.

Beijei-o de novo.

— Bem, é um prazer para mim, sr. Tate. Você também trouxe muita coisa para a minha vida, sabe?

Depois que Declan saiu do seu emprego para ficar em Chicago, ficou desempregado por alguns meses. Tínhamos aproveitado bastante esse tempo. Ele havia mantido o apartamento brilhando e, constantemente, preparava uma comida deliciosa. Tirei férias e fomos para a Califórnia para eu poder conhecer sua família. Foi, definitivamente, uma experiência e tanto conhecer todas as irmãs dele e tirar um dia para viajar para San Luis Obispo para visitar Catherine no convento. Eu dava risada toda vez que uma das suas irmãs o chamava de "Scooter".

Não apenas foi ótimo observar a dinâmica da sua família, mas também conheci os pais de Declan. Dormimos na casa deles e ficamos acordados até tarde conversando com eles no deque de trás. Fiquei surpresa por Declan ser tão aberto com sua mãe. Ela até falou da sua experiência com a bipolaridade, já que se relacionava aos medos de Declan.

Então, entre a viagem à Califórnia e ter Declan inteiro para mim por um tempo, eu tinha aproveitado aqueles primeiros meses. Mas nós dois ficamos aliviados quando ele, enfim, arrumou um emprego em uma empresa local de propaganda.

Agora, mais de um ano depois, as coisas tinham entrado em uma rotina. Eu havia sido promovida e não trabalhava mais aos sábados e domingos. Tinha um horário fixo agora de terça, quarta e quinta-feira. E não poderia ficar mais feliz com isso, porque era um saco mesmo não conseguir ficar com Declan nos fins de semana.

Curtia bastante sábados preguiçosos como hoje. Agora que Declan tinha chegado em casa do seu trabalho voluntário no centro de adolescentes, eu o teria todo para mim.

— Qual é o plano para hoje? — perguntei.

— Na verdade, preciso fazer umas coisas. Tudo bem para você ficar por aqui um pouco enquanto as faço?

— Acho que sim...

— A menos que ainda não tenha comido. Posso te fazer um café da manhã primeiro.

— Não. Comi um pão enquanto você estava no centro.

— Legal. Perfeito, então. Não devo demorar demais.

— O que precisa fazer?

— Só o de sempre de sábado — ele disse. — Lavanderia. Chegar ao banco antes de fecharem ao meio-dia. Essas coisas.

— Certo, bem... Vá logo. Mas não que eu não tenha um monte de roupa suja para me fazer companhia enquanto você estiver fora.

— Como sou sortudo de a minha namorada realmente gostar de lavar minha roupa agora, quando eu costumava usar isso como punição? — Ele deu uma piscadinha.

— É o mínimo que posso fazer, considerando que só você cozinha por aqui.

Ele me puxou para um beijo.

— Amo você. Te vejo daqui a pouco, ok?

— Também te amo.

Depois que Declan saiu, desci para a lavanderia do nosso prédio. Coloquei um monte de roupas na lavadora e voltei para cima.

Quando retornei ao apartamento, vi um envelope no chão do lado de fora da porta.

Eu o abri, pensando que talvez fosse uma daquelas solicitações de serviços de limpeza.

Em vez disso, era um recado — com a letra de Declan.

Sabia que hoje faz dois anos que deixei aqueles cupcakes na sua porta? Foi no mesmo dia que você me deu um passe de pênis e me deixou mudar. O que acha de marcarmos a ocasião tornando este sábado extraordinário? Para comemorar, estou te enviando em uma pequena caça ao tesouro. Então, pegue seus tênis e vá ao seu primeiro destino. Aqui vai uma pista: Porque minha garota ama comer, é o único lugar em que o nhoque supera o meu.

— Nonna's! — eu disse alto, minha voz ecoando no corredor.

Ah, meu Deus. Do que se tratava tudo isso? Será que ele está lá me esperando? Corri para dentro e fui em busca dos meus tênis.

O tempo lá fora estava perfeito para uma caminhada pelo bairro. Quando cheguei ao Nonna's, não sabia exatamente o que fazer. Quando entrei, parecia que eles estavam terminando de arrumar para o almoço lotado de sábado. Não havia sinal de Declan.

A recepcionista disse:

— Molly?

— Sim. Sou eu.

Ela apontou para uma mesa na janela.

— Venha se sentar.

— O que está havendo? — perguntei. — Vou comer aqui?

— Seu namorado pediu para te servirmos uma porção de nhoque e um cannoli coberto de chocolate. Aproveite. Depois vou te dar um envelope que vai levar você ao seu próximo destino, de acordo com as instruções dele.

Essa era uma das experiências mais estranhas da minha vida, mas resolvi ceder e aproveitar cada segundo. Estava sentada sozinha, encarando o lado de fora conforme as pessoas passavam e eu comia meu nhoque e bebia uma taça de vinho branco. Algumas pessoas entravam para um almoço cedo.

Tentei ir no meu tempo, mas estava ansiosa para pegar o envelope. Enfiei o cannoli na boca e o finalizei com três mordidas enormes. Deixei uma nota de dez dólares na mesa e, com a boca ainda cheia, fui até a garçonete.

— Muito obrigada. Estava delicioso. Estou pronta para o envelope agora.

Ela o entregou para mim.

— Tenha um ótimo resto de dia, Molly.

— Obrigada.

Na calçada, me apressei para abri-lo.

Este é o momento em que você pode ter que voltar e pegar seu carro. O próximo destino é porque agradeço a Deus todos

os dias por ter te conhecido. Se minha irmã Catherine estivesse aqui, esse poderia ser seu lugar preferido de visitar.
Dica: Rima com Notre Dame.

Parei. *Catherine*. Era um convento por perto? Uma igreja?

Rima com Notre Dame.

Então pensei: *Holy Name*! Era a maior catedral de Chicago.

Voltei rapidamente para o apartamento para pegar meu carro, então digitei o destino no GPS.

Após dirigir um pouco pelo centro, encontrei uma vaga para estacionar e olhei para a estrutura enorme com suas portas gigantes de bronze, me perguntando o que iria fazer ali.

Lá dentro, o ambiente silencioso era uma fuga pacífica do barulho da cidade. Rodeada pelo lindo vitral, inspirei a atmosfera calmante.

— Você é Molly? — alguém perguntou.

Me virei e vi um cara que parecia ter a minha idade, vestido com uma roupa justa e um capuz. Devia ser um ciclista mensageiro.

— Sim.

— Isto é para você. — Ele sorriu, me entregando um envelope. — Mas, antes de abri-lo, sente-se por um tempo na catedral. Espere um instante para aquietar seus pensamentos e refletir com gratidão. — Ele assentiu e saiu.

— Obrigada. Farei isso — eu disse, apesar de ele já estar quase na porta.

Conforme eu ficava sentada na igreja quase vazia, olhei para uma senhora em um dos bancos da frente. Me perguntei no que ela poderia estar pensando, quem poderia ter perdido. Refleti sobre o quanto eu era privilegiada. Mesmo que tivesse perdido meu pai cedo demais, tinha um homem na minha vida que me amava tanto quanto meu pai me amou.

Após muitos minutos de oração silenciosa, me levantei, me sentindo revigorada. Antes de ir, acendi uma vela.

De volta ao lado de fora, me deparei de novo com o barulho da cidade. Abri o envelope.

Porque você sempre será uma menininha do papai.

Pense em rosa.

Meus olhos foram de um lado a outro conforme processava isso.

Pense em rosa.

O quarto cor-de-rosa na casa do meu pai! Tinha que ser.

Quando voltei para o carro, meu coração batia mais rápido de ansiedade.

Ao chegar ao Lincoln Park, o tempo antes ensolarado se transformou em uma garoa conforme subi as escadas da casa do meu pai. A porta da frente se abriu antes sequer de eu bater. Parecia que Kayla estava me esperando.

— Oi, Molly. — Ela sorriu, parecendo extremamente animada.

— Então você está nesse joguinho, hein?

Ela se moveu para o lado para eu entrar.

— O envelope está te esperando na cama no quarto cor-de-rosa, mas, antes de abri-lo, há uma surpresinha.

— Siobhan está em casa? — perguntei ao subir as escadas.

— Não. Sua irmã está no ballet.

— Oh. Sinto muito não a ter encontrado.

Vi o envelope branco na cama e me arrepiei inteira.

— Então, antes de morrer... — Kayla começou. — Seu pai deixou outra coisa para você, além dos cartões que escreveu. No jantar do fim de semana passado, pedi um conselho a Declan de quando deveria te dar, e ele sugeriu hoje. — Ela foi até a escrivaninha e me entregou uma almofada de veludo cor-de-rosa. — Aperte-a.

Quando apertei, ouvi a voz do meu pai.

— "Te amo, minha doce Molly."

Abracei-a com força conforma as lágrimas preencheram meus olhos.

Apertei-a de novo.

— "Te amo, minha doce Molly."

Sua voz soava frágil. Ele deve ter gravado isso no fim da sua vida.

Me virei para ela.

— Ah, meu Deus. Quando ele fez isto?

— Não sei exatamente, mas deixou na caixa de coisas que me deu que eram designadas a você.

Secando meus olhos, apertei-a mais algumas vezes, me acalentando com a voz do meu pai.

— Pensei que receber aquele cartão de aniversário fosse incrível, mas nada ganha de ouvir a voz dele de novo.

— Sei que ele queria fazer muito mais no fim... Queria fazer uma série inteira de vídeos para você e suas irmãs... Mas estava fraco demais e não queria ser lembrado daquele jeito.

— Posso levar isto para casa?

— Claro que pode. É sua!

Eu a abracei.

— Obrigada, Kayla. Não faço ideia do que vem a seguir nesta caça ao tesouro, mas tenho certeza de que nada pode ganhar disto.

— Declan te ama muito. Você conseguiu um bom homem.

— Diga a Siobhan que vou ligar para ela para levá-la para sair na próxima semana.

— Ela vai amar.

Peguei o envelope antes de descer as escadas.

Conforme Kayla ficava na porta e dava tchau, pensei em como a via de forma diferente agora. Estava grata por meu pai ter passado seus últimos dias com alguém que o completava.

Na privacidade do meu carro, abri o envelope para descobrir aonde iria em seguida.

Porque sei que precisa do seu doce preferido quando está emotiva — e não apenas uma pequena quantidade. Bastante.

Bastante. A loja de doce!

Procurei o endereço e fui até lá.

Um sino soou quando abri a porta da Doceria Poppy. Uma mulher no balcão sorriu para mim.

— Oi... Sou a Molly. Acredito que deva ter um envelope para mim.

— Com certeza. — Ela me entregou um saco plástico. — Mas, primeiro, fique à vontade para escolher na nossa seleção de doces. — Ela deu uma piscadinha e apontou para o canto esquerdo da loja. — Os M&M's estão ali.

Indo para lá, vi que havia dois compartimentos: um cheio de cores primárias do arco-íris, e outro que continha todos os cor-de-rosa com uma placa escrita *Molly*.

Caí na risada. *Como assim?* O esforço que Declan tinha feito para essa caça ao tesouro era inacreditável.

Enchendo um saco com meu M&M cor-de-rosa preferido, levei-o para o balcão para ela poder pesar.

— Não precisa pagar. — Ela balançou a cabeça. — Seu amigo nos deu mais do que o suficiente para cobrir o custo desse saco.

Ela me entregou o envelope.

— E aqui está.

— Muito obrigada. — Sorri.

De volta à calçada, rasguei o envelope.

Porque estou com saudade, é hora de voltar para o lugar onde tudo começou. Até daqui a pouco.

Por mais divertido que tenha sido, eu estava ansiosa para voltar ao apartamento e beijar aquele maluco por inventar tudo isso.

Com um sorriso permanente, dirigi de volta na direção do nosso prédio.

De volta para casa, carregando meu saco de M&M's e a almofada do meu pai, cheguei ao topo da escada. Uma visão familiar me trouxe um sentimento de nostalgia — o mesmo pote de plástico que Declan tinha deixado à minha porta há exatamente dois anos. Se não fosse por aqueles cupcakes — aquelas coberturas deliciosas de cupcake que eu tinha devorado —, poderia nunca ter cedido e ligado para Declan a fim de oferecer o quarto a ele.

Me abaixei para abrir o pote. Havia seis cupcakes com cobertura branca lá dentro. E seis diferentes palavras escritas no topo de cada um.

Cobrindo a boca com a mão, congelei e me levantei. Quando me virei, Declan estava atrás de mim segurando... um cesto de roupa limpa. Aparentemente, ele havia descido para pegar as roupas que eu abandonara ao descobrir o primeiro envelope.

Ele arregalou os olhos e colocou o cesto no chão.

— Merda! A que velocidade você veio com o carro? Chegou aqui mais cedo do que imaginei. A funcionária da loja de doce me enviou mensagem quando você saiu. Era para eu estar parado atrás da porta com um joelho no chão quando você entrasse. Mas pensei em ir pegar as roupas que deixou lá embaixo primeiro. — Ele expirou. — Merda. O anel está no balcão da cozinha. Tanta coisa para um pedido falho... Droga, eu...

Praticamente avancei e o interrompi com um beijo demorado.

— Foi perfeito. Foi tudo perfeito.

— Exceto o meu *timing*.

— Sempre fomos ruins em *timing*. Mas, finalmente, acertamos. E, aliás, você lavar a roupa é quase tão sexy quanto um pedido ensaiado com o joelho no chão. — Balancei a cabeça. — Nunca sonhei que este dia fosse se transformar em um pedido. Ah, meu Deus, Declan.

Conforme ele me apertou, podia sentir seu coração acelerado.

— Podemos, pelo menos, fingir que acertei? Me dê dois minutos para guardar o cesto. — Ele o ergueu do chão. — Vou te dizer quando, aí você pode entrar. Ok?

Dei risada.

— Ok, seu maluco. É só me falar.

Ele se virou.

— Vai aceitar, certo?

Sequei os olhos.

— Sim.

— Ok, então vou continuar.

Ele fechou a porta ao entrar. Após uns três minutos, consegui ouvi-lo detrás da porta.

— Pode entrar agora!

Quando abri, Declan não estava de joelho nem havia um anel à vista.

— Este dia todo tem sido cheio de surpresas — ele disse. — O que é uma a mais? — Seus olhos brilharam.

Quando vi, uma dúzia de vozes diferentes gritou:

— Surpresa! — Saiu gente de todo canto do apartamento. Havia bexigas cor-de-rosa e pessoas vindo na minha direção. Minha mãe. Kayla. Siobhan. Emma. E, ah, meu Deus! Os pais de Declan. E duas das suas irmãs!

Demorei alguns minutos para terminar de abraçar todo mundo e secar minhas lágrimas. Então fui em busca de Declan e não consegui encontrá-lo em lugar nenhum. Até olhar para baixo e vê-lo de joelhos.

Ele olhou para mim.

— Se pensa que hoje mostrou o quanto amo você, repense. Não há nada que eu pudesse fazer para demonstrar a profundidade do que sinto. Molly Corrigan, queria poder dizer que estou apaixonado por você desde que nos conhecemos. Mas não foi esse o caso. Você era minha amiga antes sequer de ser meu amor. Passei a gostar de você e te respeitar muito antes de me apaixonar perdidamente. Mas, quando aconteceu, não teve volta. Me mudar para Chicago foi a segunda decisão mais fácil que já precisei tomar. A mais fácil foi resolver te pedir em casamento hoje, no segundo aniversário do dia mais sortudo da minha vida. — Ele abriu a caixa, exibindo um solitário maravilhoso, redondo e brilhante. — Quer se casar comigo?

Eu estava dominada demais pela emoção para dizer *sim*, embora, tecnicamente, já tivesse dito lá fora no corredor.

Ele colocou o anel no meu dedo e se levantou, me puxando para um abraço. Quase me esqueci de que ainda estava segurando a almofada do meu pai até a voz dele soar: "Te amo, minha doce Molly".

É, meu pai também estava ali. Achava que esse dia não podia ficar melhor, mas cada momento continuava me mostrando que podia.

— Sim, sr. Corrigan. Ouvi você. Não se preocupe.

Declan sorriu ao olhar para mim.

— Vou cuidar bem dela.

FIM

E SE FOSSE VERDADE?

AGRADECIMENTOS

Obrigada a todos os blogueiros incríveis que ajudaram a divulgar este livro aos leitores. Somos muito gratas por todo o apoio.

A Julie. Obrigada por sua amizade e por sempre aceitar nossas pequenas aventuras!

A Luna. Obrigada por sua amizade, seu encorajamento e apoio. Sua força e sua determinação sempre nos inspiram.

A nossa superagente, Kimberly Brower. Obrigada por sempre acreditar em nós e trabalhar tanto pela gente!

A Jessica. É sempre um prazer trabalhar com você como nossa editora. Obrigada por se certificar de que Molly e Declan estivessem prontos para o mundo.

A Elaine. Uma editora, preparadora, formatadora e amiga incrível. Gostamos tanto de você!

A Julia. Obrigada por ser nossos olhos finais.

A Kylie e Jo, da Give Me Books Promotions. Nossos lançamentos simplesmente seriam impossíveis sem seu trabalho duro e dedicação em nos ajudar a promovê-los.

A Sommer. Obrigada por trazer Declan à vida na capa. Seu trabalho é uma perfeição.

A Brooke. Obrigada por organizar este lançamento e por tirar um pouco da nossa carga infinita de afazeres todos os dias.

Por último, mas não menos importante, a nossos leitores. Continuamos escrevendo por causa da sua fome por nossas histórias. Amamos tanto surpreendê-los e esperamos que tenham gostado deste livro tanto quanto gostamos de escrevê-lo. Obrigada, como sempre, por seu entusiasmo, amor e lealdade. Estimamos vocês!

Com muito amor,

Penelope e Vi

SOBRE PENELOPE WARD

Penelope Ward é autora bestseller do USA Today e New York Times, além de número 1 do Wall Street Journal.

Ela cresceu em Boston com cinco irmãos mais velhos e passou a maior parte dos seus vinte e poucos anos como âncora de um telejornal.

Penelope mora em Rhode Island com o marido, o filho e sua linda filha com autismo.

Com mais de dois milhões de livros vendidos, ela já foi bestseller do New York Times vinte e uma vezes, tendo escrito mais de vinte romances.

Seus livros foram traduzidos para mais de doze idiomas e podem ser encontrados em livrarias em todo o mundo.

SOBRE VI KEELAND

Vi Keeland é autora bestseller do USA Today e número 1 do New York Times e Wall Street Journal.

Com milhões de cópias vendidas, seus livros apareceram em mais de cem listas de mais vendidos e, atualmente, foram traduzidos para mais de vinte e seis idiomas.

Ela mora em Nova York com o marido e os três filhos, onde está vivendo seu felizes para sempre com o garoto que conheceu aos seis anos.

Entre em nosso site e viaje no nosso mundo literário.
Lá você vai encontrar todos os nossos
títulos, autores, lançamentos e novidades.
Acesse www.editoracharme.com.br

Você pode adquirir os nossos livros na loja virtual:
loja.editoracharme.com.br

Além do site, você pode nos encontrar em nossas redes sociais.

 https://www.facebook.com/editoracharme

 https://twitter.com/editoracharme

 http://instagram.com/editoracharme

 @editoracharme